山川方夫
展望台のある島

坂上 弘―［編］

慶應義塾大学出版会

展望台のある島　目次

Ⅰ　夏の葬列

II　展望台のある島

I

夏の葬列

夏の葬列

海岸の小さな町の駅に下りて、彼は、しばらくはものめずらしげにあたりを眺めていた。駅前の風景はすっかり変っていた。アーケードのついた明るいマーケットふうの通りができ、その道路も、固く舗装されてしまっている。はだしのまま、砂利の多いこの道を駆けて通学させられた小学生の頃の自分を、急になまなましく彼は思い出した。あれは、戦争の末期だった。彼はいわゆる疎開児童として、この町にまる三ヵ月ほど住んでいたのだった。——あれ以来、おれは一度もこの町をたずねたことがない。その自分が、いまは大学を出、就職をし、一人前の出張がえりのサラリーマンの一人として、この町に来ている……

東京には、明日までに帰ればよかった。二、三時間は充分にぶらぶらできる時間がある。彼は駅の売店で煙草を買い、それに火を点けると、ゆっくりと歩きだした。

夏の真昼だった。小さな町の家並みはすぐに尽きて、昔のままの踏切りを越えると、線路に沿い、両側にやや起伏のある畑地がひろがる。彼は目を細めながら歩いた。遠くに、かすかに海の音がしていた。

なだらかな小丘の裾、ひょろ長い一本の松に見憶えのある丘の裾をまわりかけて、突然、彼は化石したように足をとめた。真昼の重い光を浴び、青々とした葉を波うたせたひろい芋畑の向うに、一列になって、喪服を着た人びとの小さな葬列が動いている。

一瞬、彼は十数年の歳月が宙に消えて、自分がふたたびあのときの中にいる錯覚にとらえられた。……呆然と口をあけて、彼は、しばらくは呼吸をすることを忘れていた。

濃緑の葉を重ねた一面のひろい芋畑の向うに、一列になった小さな人かげが動いていた。線路わきの道に立って、彼は、真白なワンピースを着た同じ疎開児童のヒロ子さんと、ならんでそれを見ていた。

この海岸の町の小学校（当時は国民学校といったが）では、東京から来た子供は、彼とヒロ子さんの二人きりだった。二年上級の五年生で、勉強もよくでき大柄なヒロ子さんは、いつも彼をかばってくれ、弱むしの彼をはなれなかった。

よく晴れた昼ちかくで、その日も、二人きりで海岸であそんできた帰りだった。

行列は、ひどくのろのろとしていた。先頭の人は、大昔の人のような白い着物に黒っぽい長い帽子をかぶり、顔のまえでなにかを振りながら歩いている。つづいて、竹筒のようなものをもった若い男。そして、四角く細長い箱をかついだ四人の男たちと、その横をうつむいたまま歩いてくる黒い和服の女。……

「お葬式だわ」

と、ヒロ子さんがいった。彼は、口をとがらせて答えた。

「へんなの。東京じゃあんなことしないよ」

「でも、こっちじゃああするのよ」ヒロ子さんは、姉さんぶっておしえた。「そしてね。子供が行くと、お饅頭をくれるの。お母さんがそういったわ」

「お饅頭？　ほんとうのアンコの？」

「そうよ。ものすごく甘いの。そして、とっても大きくって、赤ちゃんの頭ぐらいあるんだって」

彼は唾をのんだ。

「ね。……ぼくらにも、くれると思う？」

「そうね」ヒロ子さんは、まじめな顔をして首をかしげた。「くれる、かもしれない」

「ほんと？」

「行ってみようか？　じゃあ」

「よし」と彼は叫んだ。「競走だよ！」

芋畑は、真青な波を重ねた海みたいだった。彼はその中におどりこんだ。近道をしてやるつもりだった。……ヒロ子さんは、畦道《あぜみち》を大まわりしている。ぼくのほうが早いにきまっている、もし早い者順でヒロ子さんの分がなくなっちゃったら、半分わけてやってもいい。芋のつるが足にからむやわらかい緑の海のなかを、彼は、手を振りまわしながら夢中で駈けつづけた。

正面の丘のかげから、大きな石が飛び出したような気がしたのはその途中でだった。石はこちらを向き、急速な爆音といっしょに、不意に、なにかを引きはがすような烈しい連続音がきこえた。叫びごえがあがった。「カンサイキだあ」と、その声はどなった。

艦載機だ。彼は恐怖に喉がつまり、とたんに芋畑の中に倒れこんだ。炸裂音が空中にすさまじい響きを立てて頭上を過ぎ、女の泣きわめく声がきこえた。ヒロ子さんじゃない、と彼は思った。あれは、もっと大人の女のひとの声だ。

「二機だ、かくれろ！　またやってくるぞう」奇妙に間のびしたその声の間に、べつの男の声が叫んだ。「おーい、ひっこんでろその女の子、だめ、走っちゃだめ！　白い服はぜっこうの目標になるんだ、……おい！」

白い服——ヒロ子さんだ。きっと、ヒロ子さんは撃たれて死んじゃうんだ。

そのとき第二撃がきた。男が絶叫した。

彼は、動くことができなかった。頰っぺたを畑の土に押しつけ、目をつぶって、けんめいに呼吸をころしていた。頭が痺れているみたいで、でも、無意識のうちに身体を覆おうとするみたいに、手で必死に芋の葉を引っぱりつづけていた。あたりが急にしーんとして、旋回する小型機の爆音だけが不気味につづいていた。

突然、視野に大きく白いものが入ってきて、やわらかい重いものが彼をおさえつけた。

「さ、早く逃げるの。いっしょに、さ、早く。だいじょぶ？」

目を吊りあげ、別人のような真青なヒロ子さんが、熱い呼吸でいった。彼は、口がきけなかった。全身が硬直して、目にはヒロ子さんの服の白さだけがあざやかに映っていた。

「いまのうちに、逃げるの、……なにしてるの？　さ、早く！」

ヒロ子さんは、怒ったようなこわい顔をしていた。ああ、ぼくはヒロ子さんといっしょに殺されちゃう。ぼくは死んじゃうんだ、と彼は思った。声の出たのは、その途端だった。ふいに、彼は狂ったような声で叫んだ。

「よせ！　向うへ行け！　目立っちゃうじゃないかよ！」

「たすけにきたのよ！」ヒロ子さんもどなった。「早く、道の防空壕に……」

「いやだったら！　ヒロ子さんとなんて、いっしょに行くのいやだよ！」夢中で、彼は全身の力でヒロ子さんを突きとばした。「……むこうへ行け！」

悲鳴を、彼は聞かなかった。そのとき強烈な衝撃と轟音が地べたをたたきつけて、芋の葉が空に舞いあがった。あたりに砂埃りのような幕が立って、彼は彼の手で仰向けに突きとばされたヒロ子さんが、まるでゴムマリのようにはずんで空中に浮くのを見た。

葬列は、芋畑のあいだを縫って進んでいた。それはあまりにも記憶の中のあの日の光景に似ていた。これは、ただの偶然なのだろうか。

真夏の太陽がじかに首すじに照りつけ、眩暈に似たものをおぼえながら、彼は、ふと、自分には夏以外の季節がなかったような気がしていた。……それも、助けにきてくれた少女を、わざわざ銃撃のしたに突きとばしたあの夏、殺人をおかした、戦時中の、あのただ一つの夏の季節だけが、いまだに自分をとりまきつづけているような気がしていた。

彼女は重傷だった。下半身を真赤に染めたヒロ子さんはもはや意識がなく、男たちが即席の担架で彼女の家へはこんだ。そして、彼は彼女のその後を聞かずにこの町を去った。あの翌日、戦争は終ったのだ。

芋の葉を、白く裏返して風が渡って行く。葬列は彼のほうに向かってきた。中央に、写真の置かれている粗末な柩がある。写真の顔は女だ。それもまだ若い女のように見える。……不意に、ある予感が彼をとらえた。彼は歩きはじめた。

彼は、片足を畦道の土にのせて立ちどまった。あまり人数の多くはない葬式の人の列が、ゆっくりとその彼のまえを過ぎる。彼はすこし頭を下げ、しかし目は熱心に柩の上の写真をみつめていた。もし、あのとき死んでいなかったら、彼女はたしか二十八か、九だ。

突然、彼は奇妙な歓びで胸がしぼられるような気がした。その写真には、ありありと昔の彼女の面かげが残っている。それは、三十歳近くなったヒロ子さんの写真だった。

まちがいはなかった。彼は、自分が叫びださなかったのが、むしろ不思議なくらいだった。

——おれは、人殺しではなかったのだ。

彼は、胸に湧きあがるものを、けんめいに冷静におさえつけながら思った。たとえなんで死んだにせよ、とにかくこの十数年間を生きつづけたのなら、もはや彼女の死はおれの責任とはいえない。すくなくとも、おれに直接の責任がないのはたしかなのだ。

「……この人、ビッコだった？」

彼は、群れながら列のあとにつづく子供たちの一人にたずねた。あのとき、彼女は太腿をやられたのだ、と思いかえしながら。

「ううん。ビッコなんかじゃない。からだはぜんぜん丈夫だったよ」

一人が、首をふって答えた。

では、癒ったのだ！　おれはまったくの無罪なのだ！

彼は、長い呼吸を吐いた。苦笑が頬にのぼってきた。おれの殺人は、幻影にすぎなかった。あれからの年月、重くるしくおれをとりまきつづけていた一つの夏の記憶、それはおれの妄想、おれの悪夢でしかなかったのだ。

葬列は確実に一人の人間の死を意味していた。それをまえに、いささか彼は不謹慎だったかもしれない。しかし十数年間もの悪夢から解き放たれ、彼は、青空のような一つの幸福に化してしまっていた。……もしかしたら、その有頂天さが、彼にそんなよけいな質問を口に出させたのかもしれない。

「なんの病気で死んだの？　この人」

うきうきした、むしろ軽薄な口調で彼はたずねた。

「この小母さんねえ、気違いだったんだよ」

ませた目をした男の子が答えた。

「一昨日ねえ、川にとびこんで自殺しちゃったのさ」

「へえ。失恋でもしたの？」

「バカだなあ小父さん」運動靴の子供たちは、口々にさもおかしそうに笑った。「だってさ、この小母さん、もうお婆さんだったんだよ」

「お婆さん？　どうして。あの写真だったら、せいぜい三十くらいじゃないか」

「ああ、あの写真か。……あれねえ、うんと昔のしかなかったんだってよ」

洟をたらした子があとをいった。

「だってさ、あの小母さん、なにしろ戦争でね、一人きりの女の子がこの畑で機銃で撃たれて死んじゃってね、それからずっと気が違っちゃってたんだもんさ」


葬列は、松の木の立つ丘へとのぼりはじめていた。遠くなったその葬列との距離を縮めようというのか、子供たちは芋畑の中におどりこむと、歓声をあげながら駈けはじめた。

立ちどまったまま、彼は写真をのせた柩がかるく左右に揺れ、彼女の母の葬列が丘を上って行くのを見ていた。一つの夏といっしょに、その柩の抱きしめている沈黙。彼は、いまはその二つになった沈黙、二つの死が、もはや自分のなかで永遠につづくだろうこと、永遠につづくほかはないことがわかっていた。彼は、葬列のあとは追わなかった。追う必要がなかった。この二つの死は、結局、おれのなかに埋葬されるほかはないのだ。

——でも、なんという皮肉だろう、と彼は口の中でいった。あれから、おれはこの傷にさわりたくない一心で海岸のこの町を避けつづけてきたというのに。そうして今日、せっかく十数年後のこの町、現在のあの芋畑をながめて、はっきりと敗戦の夏のあの記憶を自分の現在から追放し、過去の中に封印してしまって、自分の身をかるくするためにだけおれはこの町に下りてみたというのに。……まったく、なんという偶然の皮肉だろう。

やがて、彼はゆっくりと駅の方角に足を向けた。風がさわぎ、芋の葉の匂いがする。よく晴れた空が青く、太陽はあいかわらず眩しかった。海の音が耳にもどってくる。汽車が、単調な車輪の響きを立て、線路を走って行く。彼は、ふと、いまとはちがう時間、たぶん未来のなかの別な夏に、自分はまた今とおなじ風景をながめ、今とおなじ音を聞くのだろうという気がした。そして時をへだてて、おれはきっと自分の中の夏のいくつかの瞬間を、一つの痛みとしてよみがえらすのだろう……

思いながら、彼はアーケードの下の道を歩いていた。もはや逃げ場所はないのだという意識が、彼の足どりをひどく確実なものにしていた。

あるドライブ

「……本当に、こうして二人でドライブに出たのなんて、三月ぶりかな」

「そのくらいね」妻はシートに背をもたせて、目をつぶった。窓の近くを流れる濃い緑のせいか、それとも頭痛のためだろうか、こころもちその頬が蒼白く、冴えて見える。

「そのあいだ、日曜日だとか休みの日だとかいえば、貴方は欠かさずゴルフだったわ。……よく飽きなかったこと」

「子供でもいりゃ、気がまぎれたんだ」

「あら。もともとその子供がわりに、無理してこの車を買ったんじゃない？　一年まえ」

「そうだったね。……だが、それがとんでもないことになっちまって」

「とんでもないこと？」

「うん」夫は一瞬の間を置き、ゆっくりと苦く笑った。「たった五万円だっていうんで飛びついたんだが、五ダッシュの外車だろう？　税金は高いしガソリンは食うし、修理代はかかるし……」

「そうね。……買い替えたら？」

「一時はそう思ったよ。どうせならカッコいい国産の中型車でも、って。……でも、君は左ハンドルのほうがいいんだろう?」

「国産のだって、左ハンドルはあるわよ。輸出向きのだとか、外人用のだとか」

「へえ、そうだったの。じゃ、そうしてもよかったんだな」

しかし、車は支障なく走っていた。しだいに山は深くなって、凝結した血のような野性の葉鶏頭が、ところどころに赤い色を輝かせて窓の外を後ろへと飛び去る。

「……この車が、いけないんだ」

不意に夫がいい、妻は笑いだした。

「じゃ、早く売りなさいよ、そんなに癪にさわるのなら」

「売るもんか」

と、言下に夫は答えた。

「売ったって、せいぜいやはり三、四万だ。あとの金は捨て金になっちゃう。いや、計算したら、もっとひどいマイナスにしかならない」

「金利のこと? そろそろ車検も必要よ」妻は、笑い声をさらに大きくした。「ケチね、貴方って、ほんとに。……使ったお金ぐらい、自家用車の気分をたのしんだ費用だと思えばいいじゃないの」

「ケチっていうんじゃないんだ。ただ、もっと有利な処理を考えているのさ」夫は真面目な声でいった。「僕は、いったん自分のものにしたやつは、おいそれとは手放したくないんだ。……よっぽど有利な補償でもないかぎりは、面白くないのさ」

ふと、妻は黙った。一台の国産車が追い抜き、みるみるそれが小さくなる。

「それに、やはり情も移っている。……買いたての頃は、よく君とドライブをしたね。箱根。三浦半島。房総。伊豆。日光。交替でハンドルを握って。……そう、こっちには一度も来なかったな」

「……それが、今度はだんだんゴルフに凝りはじめて」妻は、無表情な声でいった。「はじめは景品もかならず持って帰ってきて私にくれたのに。この春ごろからはサッパリ。景品も、私へのお土産も、ひとつも持って帰ってこなくなった。いくらお仕事かもしれないけど、私、まるで忘れられてるみたい」

「……そう、春だっけね、あれは。まだ、このへんの山に桜の花が残っていたっけ」

「えっ？　こっちに来たことあったの？」

妻はふいに夫の横顔をみつめた。真夏の白い道に照る光が、その瞳をきらきらと輝かせている。何の表情も読めない。

「この道をずっと行くとね、ゴルフ場があるんだ。あの日、僕はお得意の連中につれられて、車でそこへ行った。なんでも、彼らにはひどくツキのいいコースらしくってね」

無言のまま、妻は夫の顔を見ていた。夫は、微笑して振りかえると、すぐまた前方の道に目を戻した。

「でも、その日は雨でね。はじめは小雨決行だなんて意気ごんでたけど、だんだん本格の降りになって、とうとうゴルフはお流れになっちまった。……で、同じこの道を、僕は連中の車でいっしょに帰ることになった」

しだいに呼吸をつめたような顔になって、だが、妻は夫の顔から目をはなすことができなかった。

「すると、この先になるけど、小さいがしゃれた白い洋風のホテルがあってね。その前に、僕たちのこの車が停っていた」

「……嘘。嘘だわ」妻は、叫ぶような声でいった。神経質な手つきでハンカチをつかみ出すと、額や頬をおさえた。「同じ型の、同じ色の車なんて、いくらだってあるわ。そうよ、貴方の見間違えだわ」

「僕は、はっきりとナンバーも確めたんだぜ、この目で」と、夫は落着いた声でいった。「ちょうど雨が上りかけていてね。皆が残念がっていたのを憶えている。道は下りだ。スリップを避けて車は徐行していた。……そして僕は、そのときこの車に寄り添うように停った紺のトヨペット・クラウンから、守谷が降りてきてホテルに入って行くのを見た」

……突然、妻はヒステリックに笑いだした。

「呆れたわ。貴方って意外に想像力が豊かなのね。まるで、私と守谷さんとが、そこで逢引きをしてたみたい。……すごい妄想家ね」

夫はとりあわず、前を見たままでいった。

「守谷とは、同じテニス部の仲間だった。僕より彼のほうが、君とは昔からの知合いだ。……ねえ、あれがはじめてだったのかい？」

「何をいうのよ、失礼ね。怒るわよ、勝手に、へんな想像なんかしちゃって……」

「はじめてだっていうのか、と聞いてるんだ」

不意をつかれ、いかにも感情を装っているのがあきらかな妻の声音とは逆に、夫の声は重く、強くひびいた。

妻は顔がこわばり、緊張に頬がふるえるのがわかった。蒼ざめ、何もいわなかった。

「しらをきっても遅いさ。僕が凝り性なのは君も知ってるだろう。その僕が調べたんだ。ホテルでの変名もいってもいい」やがて、夫はいった。

「……そうか。やはり、もっと前からだったんだな」

「違うわ。……あれが最初」妻は目をつぶった。「信じて。あれ一回きり」

夫は、苦笑でその言葉に答えた。

「……よけい、君が信じられなくなったよ」

「どうして?」妻は目をひらいた。

「あの日は、お得意たちの手前、僕には何もできなかった。東京に帰っても彼らにつきあわないわけにも行かず、ビールを飲んで夜になってから家に帰った。すると、君はまったくいつもと変らない顔や態度でいるじゃないか。こいつ、僕をごまかせると思ってると思うと、僕は腹が立って、……よし、とことんまで追いこんでやろう、と決心した」

「こわいわ。……貴方の目」と、妻はいった。

「じつは、僕、あれからは一度もゴルフには行ってないんだ」

「……なんですって?」

「ゴルフだといって家を出ては、僕は一足先にいつもあのホテルに行った」その声は、もう憤りをかくさなかった。「いつも君たちは来た。ほとんど同時に近かったが、かならず君が先に、彼が後に。……ホテルを出るのは、しかし、いつも逆の順序だ。何度かあとをつけて、やっと僕はその意味を知ったよ」

「やめて、……お願い」

「やめない」夫は怒鳴った。「あいつの車は右ハンドル。君の、つまり僕たちの車は左ハンドルだ。かならず君はやつの車を追い抜く。いや追い抜くふりをして並ぶ。そして二人は、車の窓から手を出して、握手したり、手を触れあったりしていちゃつくんだ。まるで、それが君たちの『今日は』と『さようなら』の合図か挨拶かみたいに。……いつも、仲良さそうに、幸福そうに、子供みたいに、君たちはそうやって、ホテルの往復でまで、不貞とスピードのスリルをたのしむ。……」

妻は、夫の顔が真赤なのに気づいた。結婚して六年、こんな顔は見たことがなかった、と思った。胸がふるえてきた。

「内側から追い抜くのは違反だからね。だから、君たちの到着と出発の順序も、ああなるんだ。……でも、あんな道で……まったく、君も運転が上手くなったものさ」

夫は乾いた声で笑う。妻は唇をわななかせて、肩で呼吸をしていた。額に汗の粒が滲み出て、流れる。

「あいつが好きなのか？」

妻は黙っていた。

「僕と別れたいか？」

何もいわなかった。

「答えろ。僕は真面目なんだ」

「……たしかに、私は貴方を瞞してたわ」と、やっと妻はいった。「いまも瞞そうとしました。……でも、もうお終いね。あの人と結婚するかどうかは別の話。とにかく、もう私は貴方といっしょには暮せないわ」

「どうして？」

「貴方って人が、信じられなくなったの」

「ふん、勝手なことを」夫はいった。「君から信じられるってことは、つまり、甘く見くびられる、って意味なのかね？」

「そうかもしれないわね」そして、ため息をつくような口調で妻はいった。「……私、貴方って人をよく知らなかったんだわ、いままで」

「いままで？」

夫は笑い、振りかえった。

「いまだって、君はまだ僕を知っちゃいない。もうすぐ、もっとよく知ることになるぜ」

「もうすぐ?」

「そうだ、もうすぐだ」

夫は前方をみつめたままでいった。

「さっきもいっただろう? 僕は、いったん自分のものにしたやつは、おいそれとは手放したくない、もし手放さざるを得ないときは、よっぽど有利な、気に入る補償でもないかぎり、面白くないんだ、って……」

夫は妻を眺め、その目を窓の外の風景に移した。それは、氷りつくような冷たい目つきだった。

「もうすぐ、いつも君たちが手を触れあって遊ぶあたりになる。……さ、運転を、君にかわってもらおう。

「どうして?」

「いいからかわるんだ」

夫はブレーキをかけ、いったん車を停めると強引に妻を左側の席に押しやり、自分は助手席にと入れ替った。

「さあ、走らせるんだ、ゆっくりとな」

夫の声や態度は別人のように威圧的で、妻はいいなりになるほかなかった。

車が滑りだすと、夫は身を斜めにし、身体をシートの背にかくした。運転する妻の膝近くで、彼女を見上げながらいった。

「……そろそろ、守谷の車がやってくる時刻だ。いつも後ろからつづいてくる君の車の見えないのを不審がって、でも約束の時間もあることだし、今日は何かの都合で君が先に行ったのかと思いながらやってくるさ。そして、この車をみつけて、喜び勇んで追っかけてくるにきまっている」

「何を考えているの？」

妻の声はふるえていた。

「やつは今日もきっと『今日は』をしようとする。さいわい人気ない山道だ。違反をしても相手はなれあいだし、わからない。……そこでやつは、内側から追い抜こうとする」

内側。――つまりその道の左側を眺め、妻は悲鳴を押しころした。ガード・レールのない道の左側は、削ぎ落したような深い断崖がつづいていた。そこは渓谷で、その下にはたしか岩を嚙む激流が渦を巻いているのだ。

「まさか、まさか貴方……」

「いいか」と、下から夫の声がいった。「君は、追い抜かせるように車を右に寄せろ。そして守谷の車が並んでやつが手を出してきたら、いきなりハンドルを左に切る。接触して、やつの車を崖から落っことすんだ。……君は運転が上手だから、うまくやれば、こっちは落ちずにすむ」

「……いや。いやです。そんなの」

妻は金切り声で叫んだ。しかし、夫は平静な口調だった。

「いやなら、そのときになったら僕が下からハンドルを左に切るだけのことだ。……この崖から落ちれば、まず守谷は死ぬ。誰も見ているやつはいない。やつが勝手に違反して、その結果の事故だといやあ、こっちは罰金さえ払わずにすむんだ。そして、もし万一、守谷が生きのびたら……そしたら、僕は君を守谷にやり、そのかわり莫大な慰謝料を取る。いずれにせよ、事故はやつの違反が理由だから、この車の受ける損害には、相応の賠償金をいただく。……どうだい、いい考えだろ?」斜めの姿勢のまま、夫は不気味に笑った。

妻は、ほとんど失神寸前の気分だった。……そのとき、バック・ミラーに一台の紺色のトヨペットが、ぐんぐん速度をあげ近づいてくるのがうつった。

運転している男が右側の窓から手を振る。……守谷だ。妻は、ハンドルを握りしめた。合図のクラクションを鳴らして、その車が近づく。夫が上目使いに妻を見て、笑った。

「来たようだな。……さ、いった通りにするんだ」

しかし、妻は必死にその言葉を無視した。車をガード・レールぎりぎりにまで寄せると、アクセルを踏みつづけた。守谷の車が内側から追い抜けぬよう、並べぬよう、どこまでもその進路をふさごうとしたのだった。

「おい、何をしているんだ?」

夫の怒声が飛ぶ。その手がのび、しっかりとハンドルを摑んだ。右に切ろうとする。

夢中で抵抗する妻の力と、不自由な姿勢の夫の力とは頡頏した。車は、小刻みに尻を左右に振り、いよいよ速度を上げて突進した。事故は、その直後に起こった。

結局、いくら無理な姿勢とはいえ、男の力が女のそれに勝った。ハンドルは大きく右に切られ、そのまま力あまり、勢いあまってシボレーは道の右側面の崖に激突した。ショックで、大きな岩が一つ、ゆっくりとその上に顚落した。

遅れてきた紺のトヨペットがあわてて急停車し、守谷がその右前半部の潰れたシボレーに駈けつけたとき、夫はすでに完全な屍体だった。顔は血とガラスの破片に埋まり、下半身は石の下敷きとなって、動かすこともできなかった。

妻は気絶していた。奇跡的に、彼女はいくつかの打撲と擦過傷を受けただけで、たいした怪我はなかった。


——彼女は、約一時間後、運びこまれた附近の病院の、一つだけのベッドの上で気づいた。

その呻き声に、看護婦が声をかけた。

「じっとしてらっしゃい、じっとね。もう大丈夫ですから」

「……あの人は？　うちの人は？」と、妻はいった。

看護婦はうつむき、それからあわれむような目で彼女を見た。妻は、いっさいを了解した。

ふいに、目に熱いものがあふれてきた。涙だった。なぜか妻にはその涙は、あの恐怖から解放された安心の涙、生命が助かったよろこびの涙ではなく、まして夫と別れ、たぶん守谷といっしょになれることの、そのうれしさの涙でもないのだという気がした。そのとき、彼女の意識には、あれほど真剣に、一途に愛してくれたあの夫しかなかった。きっと、この涙は、あの夫を永遠に失くしたかなしみの涙なのだ……

「……お気の毒に」と看護婦がいった。「あなたを運んできて下さった方もとても同情して、かわいそうに、ってばかりおっしゃってましたよ。そして、奥さんに、この手紙を渡してくれ、って……」

手紙を受けとりながら、妻は訊いた。

「どこにいるの？　その方」

「それが、通りすがりの者だとだけで、名前もおっしゃらずにお帰りになってしまって……」

ふと、胸に閃くものがあった。妻は小さく折り畳まれた白い紙を目の前でひらいた。

『うまくやったな』見憶えのある守谷の字がならんでいた。『わかっている。君は、あいつをはじめから気絶させてあの席にのっけといた。ごまかさなくてもいい。その証拠は、僕に車には君一人しか見えなかったことだ。（そうじゃなくて、あのゴルフ狂のあいつが、なぜ僕と約束したホテルに行くも、君の車になんか乗ってたんだ？）だがいい。頭のいい君のことだ。この事故にみせかけた計画殺人にも、なんとか辻つまを合わせるだろう。しかし、僕は君が怖くなった。君の夫殺しを忘れてやるかわりに、僕を巻きこむのはやめてほしい。僕が違反をしそうになったせいだ、なんていわないでほしい。じっさい、僕は何も知らなかったんだから。……いま僕は、やつに悪く、やつがかわいそうな気持ちでいっぱいだ。二度と、僕は君に逢いたくない。さようなら。君の運のつよいことを祈る』

「……違う。違うってば」

と無意識に呟き、しかし妻にはもはや弁解する気力もなく、それを信じてもらえっこないのもわかっていた。全身の痛みとあたらしく湧く涙との中で、妻はふと、夫ののこした僅かな遺産の計算をはじめている自分に気づいた。

三つの声

由美子は、はじめて見たときからその中年男が虫が好かなかった。無口で、陰気で、ひどく孤独な感じがして、バカ丁寧で、もと伯爵の次男かどうかは知らないが、冗談ひとついえない。イカさない古ぼけた背広を着て、物腰だけはいやに礼儀正しいのに、その態度にはどこか人を人とも思わない、へんに酷薄な、他人への冷たい無関心があるのだ。——都心のあるホテルのスカイ・ルームで、彼女に母が彼を紹介したその夜、由美子はさっそく彼に『インギン無礼』という渾名《あだな》をつけ、それがいかにもピッタリしているのに悦に入って、一人でベッドの中でくすくすと笑いつづけた。

ところが、彼女は笑ってばかりもいられなくなった。——翌日、事もあろうに母がその『インギン無礼』のオジサマと、結婚をするといいはじめたのである。

養子だった父が早く病没して、母は、母の父を「中興の祖」とするある海運会社の大株主であり、事実上の所有者だった。由美子はその一人娘として、母娘二人は麻布の宏壮な邸宅で、なに不自由のないのんき気な、気ままな生活を送っていた。

もともと母は性格が派手で男友達も多かったが、二十代で未亡人になったその年齢から、ある程度は仕方のないことだと思っていた。毎年、母の誕生日には豪華な花束が五つ六つは届き、母は突然見慣れない高価な装身具をつけていたり、拙劣な理由をつけて外泊したりもする。由美子は由美子なりに、なんといってもまだ高校生としての潔癖も、亡父になりかわったような怒りもあったが、我慢してそれを大目に見てやっていたつもりでいた。——でも、再婚となると、これは話がちがってくる。

あまりの意外さに呆然とし、それから母の本気なのがわかると、由美子はわけのわからない衝動に全身が熱くなった。

「ママ。……ママったら、なんて悪趣味なの？　あんな陰気な、イカさないオジサマのいったいどこがいいの？」

「そういわれると、困っちゃうんだけど……」

鼻を鳴らし、母は毎日欠かしたことのない美顔術や美容体操のため、三十そこそこにしか見えないみずみずしい頬を赧く染めて、少女のように身をくねらす。——すこし舌足らずな、癖の甘ったるい声音でいう。

「ママ、きっと、もう遊び上手な連中とのおあそびには、飽きあきしちゃったのよ。そりゃあの人はイカさないし、とっつきも悪いわ。でも、なんだかすごく真面目で、信用がおける感じじゃない？」

「でも、なにも結婚しなくたって……。ねえ、ママ、本気？」

「本気よ。……相談しないで悪かったけれど、ママ、もうはっきりとお約束しちゃったのよ。昨夜」

「ひどいわ、一人で、さっさとそんなこと勝手にきめて、……」

「だって、あの人が早く約束してくれ、ってせくんだもの」

そのとき、はじめて由美子にある直感が来たのだった。……ゆっくりと、由美子はいった。

「わかったわ。あの人、きっとママの財産が目当てなのよ」

「まあ、由美子。なんてことを、……」

母は顔色をかえ、声がふるえだした。が、かまわずに由美子はつづけた。

「そうよ、きまってるわ。いまどき、もと伯爵だなんてなにさ、お金がないからせめてそんなものでハクをつけてるんだわ。それに、昨夜のあの背広だって、よくいえばクラシックなイギリス紳士風ってことになるのかもしれないけど、カビ臭かったわ。……ママ、気がつかなかった？」

目尻が釣り上り、頬をこわばらせて、母は形相がかわっていた。

「由美子、あなたはわかっていっているの？　あなたは、あの人だけじゃなく、ママまで侮辱しているのよ。あなたは、この私が、財産ぬきでは男に真面目に相手にもしてもらえない女、そんな魅力のないお婆さんだって思ってるの？」

由美子はびっくりして、プライドを傷つけられた中年の女の、怒りに青ざめ醜くひきつれた顔をながめた。そして、はじめて自分の言葉が正反対の効果を、——つまり、意地でも二人のあいだの「愛」を主張し、母にあの『インギン無礼』との結婚を強行させる力を、——生んでしまったのがわかった。

母はヒステリックに、声をふるわせて叫んだ。

「私だって、バカじゃないわ。あなたの心配することくらい、ちゃんと考えています。だからこそ、いままで警戒して、チャンスも逃してきたのよ。でも、あなたはあの人を知らないのよ。あの人は、そういう点は、いわばバカよ。まったくの世間知らずなのよ。あの人は、誠実で、清潔で、お金のことなんか、なにもわからない人なの。でも、ただお魚の研究だけに夢中で、その世界ではなんでも日本でも一、二といわれるほどの人だそうだわ。私、あの人の、そういう子供のまま大人になったみたいな、不器用で生真面目なところ、しかもリッパな芯が一本通っているところに惹かれたのよ。私、だからこそ、安心して結婚する気になったんだわ」

「……ママ、あの人を愛してるの？」

由美子は痛みを怺えるような顔でいった。

母は答えなかった。やがて、弱よわしく声を落し、苦しげに由美子の手を握った。

「ねえ由美子、お願い。わかって頂戴。……いまにあなたも結婚する、そしたら、ママは一人ぼっちのまま、なにを相手に生きて行けばいいの？　それに、ママ、もう四十。一日たてば一日だけ皺がふえて、みっともないお婆さんになって行くの。でも、なにもかも諦めてしまうには、ママはまだ若すぎるし、これからが長すぎるわ。といって、新しく生き直すのには、ママは老けすぎたし、もう時間だってあんまりない。……ね、わかって。ママにはもうバカ騒ぎや、面白おかしく暮す気力だって、なくなりかけてしまっている。ママは、安心していっしょに年をとれる相手がほしいだけよ。だから、あの人が、いろんな点で安心できる人だってことだけで、ママにはもう、充分なの。ね？　ママは、このママのチャンスをつかみたいの。いま、ママは藁にでもすがりたいのよ。……」

披露宴は盛大に行われた。由美子の父とのときは、文金高島田に結ったからといい、母は今度は念入りにデザインに凝り、五度も仮縫いをした淡い水色のウェディング・ドレスの裾を床に引いて、さも嬉しげに笑みくずれた。前々から婦人雑誌の結婚衣裳をみて、一度こんなドレスを着てみたいわといいつづけていただけに、由美子にはふと、母は憧れのウェディング・ドレスを着たいがだけのために、わざわざ再婚をしたのではないか、という気さえしてきた。

『インギン無礼』は、おどろいたことに初婚だった。──その新郎への祝辞で、由美子ははじめて魚といっても彼の専門は熱帯魚で、彼が戦前からその飼育に熱中しつづけ、いまでは日本でも有数の権威者の一人にされているのを知ったが、彼女には、それは讃辞というより、彼の実生活への無能を語るものとしか聞けなかった。『インギン無礼』は、おそらく正業についたことはないのだった。

現在でこそ熱帯魚は一般にも普及したが、戦前からその飼育や孵化に熱中していたのなんて、いかにもかつての伯爵家の不出来な次男坊にふさわしい道楽であり、彼は、どうやらその道楽のほかには、なんの取柄もない男なのだ。

「──幸い、ここによき伴侶を得られまして……」と、頭の禿げかかった男はしゃべっていた。「彼の貴重な研究が、精神的、また物質的にも新婦の多大の援助を得て、いちだんと飛躍し、世界的な評価を得る日も間近いと、私、同好の一人として確信し、かつ期待しているのであります……」

つまり、いい金主をみつけたな、としか思われてはいないことじゃないの。由美子はライトに明るく照し出された母を眺めた。母は聞こえているのかいないのか、ただご機嫌でニコニコと笑っている。一方『インギン無礼』は、喜怒哀楽のまったく読みとれない無表情で、まるでロボットのように直立している。面白くも、おかしくもないという顔をしている。——

不意に、由美子は鼻の奥が白く痺れてきた。……それは、母のこの結婚にたいする、彼女のはじめてのあわれみの涙だった。

母は『インギン無礼』の家に移り、麻布の邸は、由美子と古くからの婆やとの二人きりになった。——『インギン無礼』の邸は小田原にあり、戦前、まだ伯爵家が権威をもっていたころ金にあかせてつくったという、いくつもに仕切られ水温の調節も自由な巨大な水槽が地下にあって、彼がどうしてもそこを動かないのだ。

もちろん、まだ高校に行っているというのに、小田原くんだりに引っこみ、あの『インギン無礼』をパパと呼んで暮すのなんて、とんでもない話だった。一度だけ「義理」で由美子は小田原に行ったが、だだっぴろい旧伯爵家の敷地は市に没収され小公園に変っていて、『インギン無礼』の家はその隅にポツンと建っている洋風の平屋だった。インター・ホーンのブザーを押すと、『インギン無礼』の声が「……どなたですか？」と、無表情な切口上でたずねた。

よほどの人嫌いらしく、たいていの訪客はそこで撃退し、彼は由美子の母と二人きりでそこで暮しているのだった。まめまめしく立ち働き、「ほんとに世話がやけるのよ、大きな子供みたい」とコボしながら、でも母はそんな家事や新しい夫の世話を、まるで珍らしい遊びのように面白がっている様子だった——。

お金は、彼女がまだ未成年なので、母が毎月送ってくる。婆やがすこし口うるさかったが、由美子の生活はひどく自由だった。

……が、いくらお金と自由とがあっても、彼女の心の無聊は慰められなかった。友人たちを招いてステレオをかけ、踊ったりトランプをしたりのパーティをくりかえすうち、淋しさは紛れるどころかいよいよ深くなって、やがて彼女は気の合ったグループと、近くの六本木あたりを徘徊するようになった。……男たちに誘われ、酒を飲んだ。ナイト・クラブに出入りし、麻雀屋から朝帰りをするようになった。髪にも、パーマネントをかけた。

刺戟飢餓のように、そうなるともうとめどがなかった。学校なんかどうでもよくなるには、三ヵ月もかからなかった。由美子の学生ノートはボーリングの点数表に変り、やがて賭博行為による金銭の貸借のおぼえにかわった。十七歳の彼女は、そして、はじめて男を知った。男は光男という名前だった。

表面はあるナイト・クラブのバーテンだったが、光男はじつは賭博狂の札つきのヤクザで、自動車事故で右脚が太腿までしかなかった。——半ば暴行のように犯されたのだったが、由美子はその不具のヤクザが見せるすてばちな、いつも落伍した人生への屈辱を嚙みしめているみたいな軽薄で虚無的な目つきが、しだいに忘れられなくなった。光男は、口笛が上手だった。

ときどき、ひどく兇暴な、怒りの爆発のような激しさを見せるくせに、機嫌のいいときの彼は親切で調子がよく、頼りないほど気の弱い顔を見せる。もう彼から離れないといってだだをこねる由美子に困りきって、そしたらお前は金を持ってこられなくなるじゃねえかと叱りながら、青山の薄汚ない彼の四畳半のアパートから、麻布の彼女の家まで、きまって彼は送ってきてくれるのだった。

始発の都電さえ通らない夜明けのひろい舗道を、青白く冷えた水のような空気を吸い、二人はいつも腕を組みあって歩いた。光男の口笛はときにモダン・ジャズのメロディだったり、流行歌だったり映画音楽だったり、あるいはダンチョネーであったり大漁節だったりもしたが、薄明の誰もいない世界に微妙に顫えながら鋭く尾を引いて伸びるその口笛に、一本の義足の固い響きをまじえた二人の跫音がもつれるのを聞くたび、由美子は甘美な痛みに胸が疼き、そうだ、この人には私が必要なのだ、と唐突な確信のように思ったりするのだった。……それが、彼女が彼を愛しはじめたことだけを語る、恋の最初の徴候であるのも知らずに。——

だから、むしろ打ち込んだのは由美子だった。彼女はすすんで彼の借金の肩代りをしてやり、ヤクザの世界から足を洗わせるため、彼に一軒の店を持たせたいとさえ思うようになった。私はそこで若いマダムになり、バーテン兼経営者の彼といっしょに、小さくても濃密な二人だけの愛の巣を築きあげる……それが、かつてはしっかり者で勉強もよくできた由美子という十七歳の娘の夢想だった。

が、いくら送金に余裕があったとはいえ、店をもつのはおろか、毎日のあそぶ費用だけでも、それが不足がちなのは当然だった。彼女の名の預金も、とうとう完全にゼロになった。やむをえず、由美子は小田原の母に電話をして、お金を送ってくれとたのんだ。

母は、理由もなにも聞かず、すぐ由美子の要求額を送る約束をした。声がすこし上の空のようだったが、さすがに自分でもあそんでいただけに、母はものわかりがよかった。

が、次の電話のとき、母はすこし渋った。

「こっちも、いま水槽の大改造をしててね、お金がかかるのよ」と低声で母はいって、だが、結局のところ、お金は送ってくれた。

三度目の電話は、そろそろ夏になろうという季節だった。お友達と北海道にキャンプをしに行く、という架空の理由を用意していたのに、母は不在だった。『インギン無礼』の声が、「ただいま、留守でございます」といった。二人の結婚は秋の終りだったから、そろそろ十ヵ月がたってしまっている。由美子は、そのときはべつに不審な気持ちにはならなかった。

が、二日置いたその次の電話にも、『インギン無礼』が出てきて、「ただいま、留守でございます」といった。その翌日の電話にも、『インギン無礼』は、やはり同じことを答えた。その翌日も。翌日も。……

由美子は、胸さわぎがしてきた。いったい、母はどこに行っているのだろう？　ではそっちから電話をかけて下さいってお伝え下さい、ともいっているのに、母からはなんの音沙汰もない。――そして、由美子は最初の直感を思い出した。いや、それよりも不吉な想像が、雨雲のようにひろがりはじめてきた。財産目当ての結婚。その財産を、こんどは一人占めにしようとする男。……でも、そんなバカなことが……

由美子が、『インギン無礼』の名が出ている新聞のカコミ記事をみつけたのは、母へのそんな無駄な電話をかけつづけていたある日だった。そこには、こう書かれていた。

――川を渡る牛馬を襲ってまたたく間に骨にしてしまうアマゾン地方原産の猛魚、ピラニア・ナッテリーは、人工フ化が不可能というのがこれまでの通説だったが、このほど神奈川県小田原市のその方面の権威、もと伯爵のS・T氏の邸内にある実験用水槽でフ化に成功、話題になっている。

同氏がこの人工フ化に取り組んだのは三年前。「失敗に失敗を重ねた」そうだが、このほど水温を常時三十度に保ったプール内に石がきを築いたり、水底を暗くするなど、ジャングル地帯の川と同じような環境でピラニアを育てようと、設備の大改造をした苦心が実り、約六千尾の稚魚が育った。なにしろピラニアは牛馬で十五分、人間などは五分で片づける兇猛な肉食魚で、よほどの理由がないかぎりたがいには食いあわないが、アマゾン川附近の住民は〝三声の魚〟と呼んでおそれている。まず「助けて」、次に「痛い」、そして「苦しい」と叫んでお終い、というわけだ。

なお、ピラニアはこれまで原産地からの直送だけにたよっており、成魚の値は約三万円。この人工フ化の成功は世界的な業績と目されるが、当のS・T氏は「こういう設備をすれば当然成功する目算はあった。当分は売りたくない。現在旅行中の妻に、一日も早く見せて協力に感謝したい」と語っている。

（小田原）

——気がつくと、由美子は床に倒れていた。彼女は『インギン無礼』がそらぞらしく「旅行中」だなどと語っている、ここのところいつも留守だった母の居場所が、いまこそはっきりとわかった気がした。彼女の耳の中では、「助けて！」「痛い！」「苦しい！」という母の絶叫が、狂おしく鳴りつづけた。

由美子は目を血走らせて、くりかえし新聞のそのカコミを読んだ。……そして新聞から目を放したとき、彼女は自分のあの『インギン無礼』への殺意が、すでに明瞭な、不動の、一つの決意になっているのを確信したのだった。

——そうだわ。そしたらママの財産も、あの『インギン無礼』が成功した一匹三万円ものピラニアの何千匹かも、そっくりそのまま、私のものになるわ。

彼女は、これはママの仇討ちでもあるのだ、と心を励ましながら、綿密に計画を立てはじめた。アリバイの工作には、やはりどうしてももう一人、共犯者が必要だと思えた。——となると、その相手は、やはり光男のほかにはない。

その夜、青山の光男のアパートでの愛撫のあと、由美子は彼にいっさいを打ち明け、説明した。新聞記事も見せた。片脚の、いつも金に困っているヤクザは、「一匹三万円！　それが六千匹だと！　それじゃ、半分死んだところでざっと一億の金になっちまうじゃねえか！」と、目をむいてどなった。

だが、結局のところ、いざとなると弱気の彼を乗り気にならせたのは、由美子の計画の周到さだった。感心して聞く光男に、彼女はくわしく自分のプランを話し、事こまかに彼と打ち合わせた。

「よし、おれの役目はわかった。なあに、一日ぐらいのおれのアリバイなんて、仲間がどうとでもしてくれらあ」

張り切っていう光男に、きびしく由美子は注意をした。

「だめ、仲間になんか頼っちゃ。あとで面倒なことになるじゃないの。あなたは、頭が痛くて一日中このアパートで寝てたことにするの。そういう、一見アリバイのないみたいなほうが、かえっていちばん自然なアリバイになるのよ。……いい？　わかった？」

光男は気を呑まれたようにうなずき、彼女のやわらかい、すこし茶色っぽい髪を撫でた。そして、ふいに元気よく、「クワイ河マーチ」の口笛を吹きはじめた。……

由美子が小田原の『インギン無礼』と電話で言葉を交わしたのは、その翌日である。案の定、母はまた留守であった。由美子は、けんめいに困ったような甘え声をつくった。

「困っちゃうわ。私、お友達と夏休みにキャンプに行く約束をしちゃったのよ。そのお小遣いが欲しいんだけど、……明日にでも、いただきに上っちゃいけないかしら」

相手は、しばらく黙ってから答えた。

「……結構です。あの人はまた留守かもしれませんが、私一人はいつも家におりますし、明日はなんの約束もございません。……たぶん、お役に立てますでしょうから、いつでも、どうぞ」

「あら、じゃママ、いつもオジサマを一人ぼっちにしてどこかへ出かけてますの？　悪いわ、ご主人を一人だけにしとくなんて……」

「いいえ。私、一人には慣れておりますので」

例の無表情な、なんの愛想もない声が答える。——電話を切り、由美子の頬に微笑がのぼってきた。よし。これで明日あの男が、一人きりで家にいるのはほぼ間違いない。

彼女は、わざと新聞の記事については、なにもいわなかった。『インギン無礼』が感づくのを、極度に警戒したのだった。


七月だというのに、まだ梅雨があけないのか、その日は曇天でむしろ肌寒かった。天気予報は夜から雨になると報らせている。それならたとえ光男が庭に義足の跡をつけても、雨が消してしまうだろう。由美子はその日、神がそんな天候をあたえたことに、いっそう力づけられた思いだった。

小田原の山手の旧伯爵邸は、背後に低い丘の濃緑をめぐらせ、蝉がうるさく鳴きつづけていた。予定どおり小公園のそこでは子供たちが夢中で三角ベースの野球をしている。その中を、濃い赤の夏のスラックスをはいた彼女は、ゆっくりと一人きりで『インギン無礼』の邸へあるいた。

細く小柄な彼女に、スラックスはよく似合った。が、その日のスラックスはおしゃれのためではない。敏捷に動きやすいためだ。赤を選んだのは、人びとに目立つためと、万一『インギン無礼』の吐いた血がついても、それとわからないようにという配慮の結果だったのにすぎない。

まっすぐ『インギン無礼』の邸に歩く由美子に、ぶらぶらと通りすがりの者のように、先着していた目立たない白シャツにデニム・ズボンの光男が近づく。目で合図をして由美子がインター・ホーンのブザーを押すとき、彼は、すぐそのうしろに来ていた。

「……どなたですか？」と、まぎれもない『インギン無礼』の声がひびく。無言で振りかえる由美子に、光男は、わかった、というふうに軽くうなずき、そのまま蟬の鳴く林へと歩み去った。

その潜り戸の鍵は、つまみを倒して閉めておくと、内側からしか開かない。が、そのつまみさえ上げておけば、自由に開閉ができてしまう。……『インギン無礼』の開けてくれたその潜り戸を抜けるとき、由美子はそっとそのつまみを上げた。これで、光男もらくに忍びこめるし、あとは打ち合わせどおり、彼がまたつまみを倒しておけば誰も入れないのだ。——すべては、順調に運んでいた。

「……ねえオジサマ、ママはいったいどこに行ったのかしら」

由美子がそう切り出したのは、約三十分ほどもたってからであった。その間に彼女は、水槽のある地下室への鍵を、『インギン無礼』が要心深く自分のベルトに結びつけているのをたしかめてもいた。

「旅行かしら？」

と、彼女はわざと無邪気にいった。

すると『インギン無礼』は、目を伏せ、さも苦しげに答えた。

「……ええ、そう。じつは一人でちょっと旅行に……」

「あら、留守だとしかおっしゃらなかったわ。……どうしておかくしになっていたの？」

「いや、その……あなたが心配なさってもと思ったもので。あ、そう、お金の事でしたな」

しどろもどろになり、彼はあわてて約束した額の紙幣を机の上に置いた。さ、早く帰れ、といわんばかりの態度だった。

「……長い旅行ですの？」

と由美子は、机の上の紙幣には目もくれずにいった。『インギン無礼』は、汗を拭いた。

「ええと、……そう、きっと、かなり長いでしょうな、たぶん」

さりげなく、由美子はいった。

「ねえオジサマ、ご幸福？　ママと結婚した甲斐はあった？」

「……ええ、まあ、おかげさまで」と、彼は無表情に答えた。

「でも、いま、ママは退屈してないかな」と由美子はいった。「ママって、いつでも誰か、生きた人間を相手にしていなくちゃおさまらない人なんですもの」

『インギン無礼』は押しだまり、みるみる青くなって避けるように床に目を落した。

由美子は、陰気なその青白い馬面をみつめながら、用意してきた言葉をぶつけた。

「私、ママがいまどんな旅行に出ているのか、わかるような気がしてるの」

はっと目を上げると、『インギン無礼』の顔はいきむように赤くなって、みるみる、また青くなった。……がらりと態度をかえ、彼はふてぶてしく、はじめて見る不気味な冷笑をその頬にひろげた。

必死に、その顔に由美子は浴びせかけた。

「ママがいま、どこにいるか、どこでどうしているのか、それだって私、ちゃんと知ってるのよ」

陰惨な目つきだった。『インギン無礼』は、ちらりとその目で由美子を見た。

「そうですか。そこまでご存知でしたか。……」そして、ひきつれたような笑い声をあげた。立ち上った。「なるほどね。でも、それでは、もうかくしておく必要もありませんな。私、あなたにだけは、最後までお知らせしたくはなかったんだが……」

「……助けて！」

由美子は叫んだ。その悲鳴が、合図だった。

二人のいる応接間の、そのカーテンのかげから男の腕がのびて、細い絹紐が『インギン無礼』の喉を巻いた。言葉にならぬ呻きをあげ、必死に喉をかきむしる大柄な彼の力に引きずられて、よろめきながら光男の全身が出てきた。充血して赤く膨れあがった『インギン無礼』の苦悶の顔と逆に、彼の顔は紙のように白く、しかし、光男はけんめいに力を振りしぼって大男の首をしめる。由美子は、かすかに、小さな遠雷のような誰かの喉のひびきと、はげしい歯ぎしりの音を聞いた。——

「……死んだ」

と、空《うつ》けたような光男の声がいった。やっと由美子は顔から手をはなした。さすがに胸が慄え、膝がガクガクして立てなかった。

「……いいわね。いったとおりにして。……鍵は、その人のベルトについてる」

光男と同様に大きく肩で喘ぎながら、そう由美子はいった。光男が、バカのようにうなずく。

「さっき、この男に聞いといたわ。ピラニアの成魚のほうは、地下室に降りた左側の、いちばん大きな水槽だわ。その首の紐をとって、そこに投りこむの」

そのとき、意味もなく涙があふれてきた。きっと、ママもその底で骨になっているわ。私は、復讐をしたのよ。……でも、いま、とうてい私、ママの骨が沈んでるその水槽になんか、近寄れない。泣きじゃくりながら、彼女は口が熱くなって、知らぬ間に命令をする口調だった。「……いいわね、落着いてやるのよ。インター・ホーンのことも忘れないでね。そして、潜り戸の鍵も、つまみを下ろして閉めて出てくるのよ。いいわね？」

「……わ、わかってるさ」と、光男は答えた。「そ、そいで、しばらくはおれ、お前に近寄らねえでいるんだよな？」

「電話もダメよ。大丈夫。私を信じて約束したとおりにすればいいの。じゃ、頼んだわよ」

やっと立ち上れた。『インギン無礼』は床にのびて、もはや完全な屍体だった。幸い、鼻血も吐血もない。由美子はコンパクトを出し、顔を直した。不思議に、もう全身の慄えはなかった。

……ちゃんと鍵のつまみを下ろし『インギン無礼』の邸の潜り戸を出ると、わざと五、六歩あるいてから、由美子はふと思いついたように立ち止った。ぼんやりと、突っ立って野球を見ている子供たちに声をかけた。「ねえ坊や、いま何時？　お姉さん時計忘れてきちゃったのよ」

「三時五十二分、正確だよ」

と、腕時計をした一人が得意げに答えた。

「そう。ありがと。……あ、そう」

ふたたび邸の前に駈け戻ると、由美子はインター・ホーンのブザーを押した。

「……どなたですか?」

光男の、『インギン無礼』のそれを真似た声が聞こえる。さっき一度聞かせただけなのに、なかなかよく似ている。これならまず、申し分ない。

「私、由美子です。いうの忘れてたの。あの、私、明日また来ます。それまでにお約束のもの、お願い。ね? それだけ」

「……ああ、はい」

呻くように光男がまた声色を使っていう。由美子は、何気なく子供たちがそのやりとりを眺めてるのを知って安心した。これで、私がこの邸を出たときは『インギン無礼』はまだ生きていたことになるのだ。事故は、その後に起こったことでしかない。誰が、完全な白骨から、その死亡時間を推定することができるだろう。

道に出て、彼女はすぐタクシーを拾った。……まったく、すべては順調すぎるほど順調だった。

が、その夜、彼女は夢の中で、誰ともわからない男女の「助けて!」「痛い!」「苦しい!」という三つの悲鳴を聞きつづけた。気がつくと、自分が叫んでいるのだった。全身に汗をかいて、暁方まで彼女はそれをくりかえし、やっと浅いまどろみの中にはいった。

だが、翌日の朝になると、彼女は、いっさいはむし暑い夏の夜の闇のせいだったのだと思った。彼女の心はその日の空のようにからりと晴れ、計画どおりに行為を遂行できた爽快、みごとに果した復讐、そして自分の手で、光男との新しい未来をつくる財産を立派にかちえたことの充実感、勝利感が、彼女をきらきらと輝く幸福の中に置いているのだった。

――もともと、あの『インギン無礼』は、なにか虫が好かなかったわ。彼女は、その苦悶の表情を残忍に瞼に思いうかべながら、ほがらかな声で笑った。


だが、計画はまだ全部終ったわけではなかった。最後の仕上げが残っている。

その午後、彼女はふたたび小田原行きの湘南電車に乗った。

昨日『インギン無礼』が机の上に出したお金は、そのままにしてある。……彼女は今日、それを取りに行くのだ。たとえ彼が昨日彼女が行く寸前に銀行から下ろしていたことが明白になったにせよ、昨日は彼がくれなかったといえばいい。理由はいくらでもつく。ただ、光男がそれを持って逃げていたら困るが、その点はきびしくいい含めてある。目の前の五万円が大切か、うまく数億の財産をころがりこませることが大切か。――きっと、光男は手もふれずにうまく逃げてくれただろう。

由美子は、自分のプランを検証するように追いはじめた。まず、ブザーにインター・ホーンからのなんの応答もなく、潜り戸も開かない。そこで附近の人の手を借りて、いっしょに邸内に入る。でもどこにも人かげが見えない。そこで地下室に降りる。ピラニアの水槽。そこに『インギン無礼』のシャツの切れ端がうかんでいる。みんなで底をさぐる。と、二組の中年の男女の人骨が出てくる。一つはまだ新しい。そして私は卒倒する。人びとは『インギン無礼』がママを殺し、その罪の苛責にたえかねてか、あるいは偶然の事故でか、自分もそのピラニアの水槽に落ちこみ、兇猛な肉食魚の餌食にされてしまった、という顚末を、想像せざるをえない……

私？　私は疑われっこない。だって私には明白なアリバイがあり、子供たちという証人もいるのだ。あやしいとしたら昨日そのあたりをうろついていた「目立たない風態」の若い男だろう。もしかしたら光男は侵入するところを見られているかもしれない。が、だったらその男が、どこも荒していないのは不思議ではないか？　もし怨恨なら、机の上の五万円には、逆にわざと手を出してごまかすだろう。……それに、あの光男が邸内のどこかに侵入の形跡を残していたにせよ、私が義父と母を探すのを口実に、そこらをかきまわし駈けまわって、そんなものはすぐにわからなくしてやる。

由美子には、充分の自信があった。その自信は、約束どおり光男が鍵のつまみを下ろして出たらしく、手をかけても潜り戸が開かないことで、いよいよ鞏固なものになった。インター・ホーンのブザーになんの応答もないのはいうまでもなかった。

すべては計画どおりだった。ちょうど警官が通りかかり、由美子は彼の力を借りていっしょに邸内に入った。おそらく、その警官が彼女の卒倒を目撃し、いっさいの顚末を、彼女の書いた筋書どおりに「推理」する役を果すことになるのだ。

邸内には、やはり人かげがなかった。予定どおり、光男は机の五万円には手をつけず、地下室への扉を開け放したままにしている。……由美子は勝算に胸をわななかせ、警官といっしょに、照明も灯けっぱなしの地下室への階段を下りはじめた。眩しい光にかがやく深い緑色の、すぐ左側の巨大なピラニアの水槽をながめた。

——由美子は卒倒した。

明るい照明に照り映えるその水槽の水面に、首にはっきりと紫色の条痕をつけた『インギン無礼』の明白な他殺屍体が、どこにも魚の歯の跡が見えない昨日のままの姿で、ぶかぶかと浮かんでいた。そして、そのそばに、見憶えのある白シャツとデニム・ズボンの細かな切れ端が浮かび、ほとんどが白い骨になった無残なもう一人の男の屍体が、かすかな水音を立てていまだに肉を食い千切りつづけるピラニアの成魚たちに突つかれ、しずかに動いていた。

その屍体は、あきらかに右の腿から下が義足だった。

……どうやら、光男は『インギン無礼』を水槽に投げ入れようとしたはずみに、片脚のかなしさで平衡を失い、いっしょにピラニアの水槽に顚落したのに違いないのだ。でも、どうして『インギン無礼』の屍体のほうは、魚に喰べられていないのだろう。——演技ではない、本物の失神からさめかけた薄明の中で、由美子は、悪夢のようなその事実の意味を必死に追いつづけた。どうして、あの光男だけが、あんな惨めな姿になったのだろう……いや、夢だ、これはみんな夢なんだわ。そうよ、こんなバカなことが……

どのくらいの時間がたったろうか。ふいに耳のあたりで叫ぶ声が聞こえ、あたりのそうぞうしさに、由美子はふと目を開いた。その目が飛び出すようにみひらかれて、由美子は恐怖に絶叫した。——いま、彼女にとりすがり、声を放って泣きながら由美子の名を呼んでいるのは、『インギン無礼』に殺されたママでしかないのだ。ママが、まるで生きているように彼女の手を握り、泣きながら名を呼んでいるのだ。

「ごめんなさい由美子、私が悪かったわ。あんまり退屈なので、つい昔の癖が出ちゃって……ごめんなさい、ママがいけなかったの。あなたの反対も聞かずに強引に結婚したくせに、その奥さんの役目に飽きあきして、十日も男のお友達とほっつき歩いたりしちゃって。……無断で留守にしたのがいけなかったんだわ。いけなかったんだわ……」


「ママ……」と、やっと由美子はいった。「ママは、ピラニアに食べられてあの水槽の底に沈んでるの。……ママは死んでるのよ」

あらためて母は悲鳴に似た大きな泣き声を放った。

「ごめんなさいね、あなたは、ママがあの人に殺されたと思ったのね、それで復讐をしたのね。……ああみんな私のせい……」

「あの人を、殺した?」と、目を宙に据えて由美子は呟いた。「いいえ、わかるはずはないわ、だって私、アリバイがあるんだもの。昨日の、午後四時ごろ、私が出てきたとき、あの人はまだ生きてたんだわ、だって、声を私、聞いたんですもの……」

「いいか、君が昨日この家に来たのは午後の二時だ」と、警官が母の膝の上の、由美子の顔を横からのぞきこみながらいった。

「この家を出たのは午後の三時五十二分。これは子供たちの証言でたしかなんだ。……が、ここのご主人の殺されたのは、昨日の午後の三時前後だ。これは検屍によりはっきりとした事実なんだ。……え？　君は、この若い片脚の男と共謀して殺したんだろ？」

「……ウソよ、ウソだわ」と、由美子は低くいった。「だって、ピラニアは人間の肉を食べちゃうのよ……骨だけの屍体で、死亡時間がわかるはずはないの。私、知ってるのよ」

そして由美子の目は空をさまよい、奇妙な輝きが目に生まれた。

「そうよ、夢よ、みんな夢なんだわ。でなきゃ、あの人の屍体がそのままだったことなんて、考えられない。考えられない。そうだわ、夢なのよ。みんな、悪夢でしかないのよ」

警官はムキになった。

「ま、聞きなさい。ピラニアはだな、死んだ動物の肉は食わないのだ。ここに、こうちゃんと書いてある。いいか？」そして彼は部厚い魚類図鑑をひろげて朗読した。「ピラニア・ナッテリー。産地はアマゾン、ギアナ。全長10糎より30糎。体色は光沢ある銀灰色にて体側両面に多数の黒斑を有し、鰓より腹鰭にかけては美麗なる赤褐色。下顎部が特に発達し歯は鋭い楔形にて上下完全に嚙みあい、性質強猛なる肉食魚として有名。ただし屍体は敏感にこれを避けて食せず、もっぱら……」

突然、由美子がけたたましく笑いはじめ、警官はびっくりして朗読を中絶した。母が「由美子！」と叫んだが、由美子はそれに耳もかさず、甲高く、大声で笑いつづけて止めなかった。

そして、声を涸らせて笑いながら由美子のいう、こんなかすかな、彼女にはわけのわからない呟きを、母は聞いた。「……助けて、痛い、苦しい、……私は骨よ。私も食べられたの、ママも、光男も、みんな食べられて、骨になっちゃったの。みんな、……生きていたからだわ、だから食べられたの。助けて……痛い……苦しい……私も、私も食べられてる、私も……」

母は、思わず膝の上の娘の顔をながめ、そこにかつて考えてみたこともなかった顔、すでに常人とは別な世界を一人で生きはじめた者だけのもつ、あの空ろな目の輝きを見たのだった。……

未来の中での過去

その正月も、大学の植物学教室の連中は、そろって老教授の自宅をたずねた。老教授は大学の植物学のかつての主任教授で、とうに現役を引退し、名誉教授として悠々自適の毎日を送っている。現在の理学部長を含むその研究室の連中には、「ご年始」にこの老師の家に集るのが、ながらく、新しく年がかわったことの儀式であり、習慣であり、いわば、新年を迎える一つのきまりだったのである。

「おめでとうございます」

声をそろえる弟子や孫弟子たちに、老教授が白髪の頭を下げ、

「や、あけましておめでとう」

と答える。この言葉を交換するだけのセレモニイ、それが、人びとには新しい一年のはじまりになるのだった。やがて酒肴が出る。師弟は、その一日は酒を飲みながら歓談をしてすごすことにしていた。

「やはり、年をとったのかな。このごろは、急に、矢も楯もなく昔がなつかしくなったりしてね」

と、その年、老教授は微醺にかすかに頰を染めながらいった。

「こうして、君たちが年に一度、打ちそろって顔を見せてくれるのが何よりの愉しみになった。K君なぞ、私よりも毛が薄くなってしまっているが、それでも私には、やはり昔のK君でしかなくてね」

皆は罪のない笑い声を合わせた。老師のあとを継ぎ、高等植物の生化学的研究を大成させ、いまは国際植物学会の副会長である理学部長のK博士も、まるで子供のように照れて、赤くなった禿頭に手をやる。

「ありがたく思っているよ」と老教授はいった。「……毎年、こんなにいつも皆で集って新年をいっしょに祝ってくれるなんて、できそうでいてなかなかできぬことだ」

「いえ、先生」と、一人が身を乗出しながらいった。植物のエネルギー代謝におけるさまざまな化学反応の回路を発見し、主にホルモン物質であるカイネチンの改良液を葉に塗ることによって、その回路を思うままにストップさせたり、光合成を促進させたりして開花期をあやつり〝花の魔術師〟という異名さえとった博士だったが、これも、口調はしぜんと学生時代のそれに戻っている。

「そんなことおっしゃられると、恥ずかしくなっちゃいます。つまり、われわれは先生のお宅にこうして集らないと、年が変ったという実感がわかないんです」

「いわば、この集りがわれわれにとっての新年という、そのめどになっているんですな」

と、I博士の言葉をうけ、これは染色体の人為的増殖に成功し、花輪の直径が一メートルの菊や朝顔をつくり出したり、一個の重さが平均三〇キログラムの馬鈴薯の量産などで有名な、もっとも古顔のO博士が口を出した。

「まあ、政府が年間の雨量や気温湿度などを調節するようになってから、われわれには、どうやら〝新年〟という感覚も消えてしまったようでしてな。そりゃ一応、四季の変化はつけてありますね、でも、それも温度がつねに一五～二八度C内に保たれている幅の中でなんですから……」

ふたたび、K博士がいった。

「つまりですね、先生。そういっちゃ申しわけないようだが、われわれは本当の季節感というものをとうに失くしている。だから、あんまり毎日が同じようで、平坦にだらだらとつづきすぎるために、逆に、人工的に時の経過のしるしというか、里程標というか、そういうケジメみたいなものが、どうしても欲しくなるんですな。そこで、こうして先生のお宅に集らしていただいて……」

「……なるほど」

と、老教授はおだやかな顔でいった。

「じゃ、何かね、君たちはこうして私の家へ集るのを、いわば、実感できるただ一つの、一年というものの区切りとして利用している、とこういうわけなのだね？」

「まあ、そういってしまうと、まるでわれわれが先生をカレンダー代りにしているみたいで、もちろん、それだけじゃありませんが……」

さすがに自分たちの甘えすぎに気づいたのか、口々にいいかけるはるか年下の弟子たちを手で制して、老教授は静かに笑った。

「わかっている。わかっている。もちろん、君たちがただそういう自己本位な理由だけで、わざわざこの老人の家にまでやってきてくれているのじゃないことは、私は、充分に承知してるよ」

老教授は、よく響く古い教師らしい口調でつづけた。

「とにかく、理由なんてどうでもいい。私には、ただ君たちが忘れずにそろって顔を見せてくれることだけでうれしいのだ。……それに、じつのところ、この私も季節感というかな、そういう四季の変遷の感覚をこのごろは忘れてしまっていてね、君たちがやってくると、ああ、新年なんだな、とやっと感じることができる。……その点では、まったく君たちとご同様だ。なにも、君たちだけがすまながる必要はないのさ」

だが、その笑い声は、すこし空ろなものに聞えた。弟子たちは、なんとなくこの老人をひどく傷つけた気持になり、いささか気がとがめた。……しぜん、それまでの歓談の賑やかさはしずまり、人びとは老師の話に耳をかたむける顔になった。


老教授は、しばらく目を閉ざしていた。やがて、ゆっくりとその口がひらいた。

「……そうなんだ、さっき私は、しきりと昔がなつかしくなるといったが、結局それは、昔の、あの季節感にあふれた毎日、春は春、冬は冬という、あの生活がなつかしい、ということだったんだな」

皆はうなずき、声もなく老師の次の言葉を待った。老教授がその追憶をたのしむのを、さまたげるまいという気が動いていた。

「正月の蜜柑。春の桜んぼ。初夏の苺、桃。秋の柿。冬の林檎。……昔は、こうして果物の一つ一つにさえ、そのときの季節がしみこんでいたのさ。鳥の声にも、魚にもね」

「歳時記を読むとわかりますね、そういう原始的な自然と、人間の生活とが、当時はいかに密接に関係しあっていたか」

と、まだ若い一人がいった。

「原始的な自然、か」老教授は笑った。「君たちから見れば、たしかにそれはそうだろうね。だが、私ら老人の感覚では、原始的でない自然なんて、〝自然〟とはいえんのだよ」

「でも、その〝自然〟を処理し所有して行き、コントロールするのが人間の〝文化〟でしょう？」

孫弟子のそのまだ若い助教授は、思いのほかの老教授の機嫌のよさに気をよくしたのか、なおもそう言葉をつけ加えた。

「その通りだ」老教授はやさしくうなずきながらいった。「〝文化〟は、人間を苦しめる〝自然〟を探究し征服して、人間の生活を便利にしてくれるものさ。……だから君たちから見れば、私などはそれだけ〝文化〟から遠く、それだけ野蛮人に近いことになるね」

「その野蛮な生活がなつかしいって、どういうことなのかな」と、もう一人がいった。「だって、先生のおっしゃるように、つまりはそれだけ不便だったわけでしょう？」

「そう。それはたしかに不便だったよ」と、老教授は温顔に微笑をたたえながらいった。

「それは今のように、たとえば食物ひとつにせよ、店に春もの、夏もの、秋もの、冬もの、と四季の野菜や、生きのいい魚が全部並べられているわけじゃなかったしね。今なら、タケノコとフグでも、鮎と白菜の漬物でも、蕗の薹と秋刀魚でも、一度にそれぞれのしゅんで食べることができる。だが、昔はその一つ一つが、いわばその季節というものの味だったんだよ。いまはそれがないのさ」

　助教授は不審げな顔でたずねた。

「だけど、どうしてそれを淋しいと考えなくてはならないんですか？　かえって、いつでも好きな季節のものを味わえて、便利でいいじゃありませんか」

「まったくだ。苺でも熟柿でも、どんな花でも、いつでも好きなものが年間を通じて味わうことができる。……もっとも、これはここにいる諸君の研究のたまものだし、最初に指導したのは私だから、私の責任だともいえるわけだけどね」

　老教授はたかい声で笑った。そして、呟くようにいった。

「しかし、その結果、四季とか季節とかは、めぐってくるものではなく、いわばこちらから出かけてさえ行けば、いつでもそこにあるものになってしまった。春も、秋も、正月も真夏も。……」

　何かをいいかける若い助教授を、O博士が制した。

「やめたまえ、君。……先生は、〝自然〟が人間を苦しめるだけのものじゃなく、その生活に変化を、ある味わいをあたえて、人間をたのしませてもいたことをおっしゃっているんだ。〝文化〟が、〝自然〟の害悪といっしょに、古くからのその人間の〝自然〟と共生することのたのしさまでを征服してしまった、それを嘆いておられるんだ」

　老教授はふたたび目をつぶっていた。

「たぶん、この中の誰も知るまいがね」と、ふいに追憶の色をあらわにして、その声がいった。

「まだ、私も幼い頃のことだ。お正月になると、きまって家の日本座敷の床の間に、福寿草が置かれていた。平たい、陶器の鉢に白い白河砂が盛られていて、福寿草がそこから小さな黄色い花をひらいていた。……あれを見ると、私は、ああ、お正月だな、と思ったものだったよ。何故か、このごろ、あの福寿草の黄色い花が目に浮んでくる……」

「……フクジュソウ？　何科ですか？」と、一人がいい、老教授の代りに、O博士が低い声で答えた。

「たしか、アドニス・アムレンシスのことだと思う」

免疫化学を専攻の教授がいった。

「……すると、毒草ですね。全草中にアドニンを含有している。この配糖体は心臓作用があってかなり有毒です」

と、I博士も低い声でいった。

「ウマノアシガタ科の多年生草本だろ。黄金色の花瓣で、だから縁起がよくて正月には飾られたと聞いたが、……私もまだ見たことはないんだ」

突然、さっきから黙りこんでいたK博士が、老教授に質問した。

「先生。……シラカワスナとおっしゃいましたが、それはどんな砂ですか？」

「……さあよくは知らんね。なんでも京都の比叡山あたりで採れる砂だと聞いたが」

「石英系ですか？　それとも、安山岩系でしょうか」

「白い砂だ、粗い、硬い、美しい砂だ。……私は、それ以上のことは知らん」

どこか遠くを見る目のまま、ぼんやりと老博士は答えた。博士たちはそれぞれの目を見合った。いま、老教授は、一つの追憶の中に、その黄金色の花瓣をつけた縁起のいい花、アドニス・アムレンシスを眺めているのに違いないのだった。

「……水盤のような鉢なのだよ」とその想像を裏書きするように、老教授は、放心した和やかな表情のまま、誰にともなくいった。

「そこに、中高にふくらんで粗い白い砂が盛られていて、……その下の土から、黄色い花をつけた福寿草の短い茎が出ているのだ。……そうだ、あれが私の〝正月〟の感覚だったんだよ。あれを見ては、私は、ああ、お正月だ、と、なにか胸が鳴るみたいな、そのくせしんとして浄らかな、清新な、冷たく神聖な澄んだ気分に引入れられた。……あの感覚。私は、やはり、あの〝正月〟がなつかしいのだ……」


老教授の弟子、孫弟子を含めた大学の植物学教室の連中は、翌年の正月にも、そろって恒例通り老教授の自宅をたずねた。……だが、その年はいつものようにどやどやと玄関から上がってくるのではなく、庭に回る跫音が聞えた。モーターの響きもする。

「どうしたのだね？　今年は」

廊下からたずねた老博士の声に、皆の代表格らしいK博士が、光沢のいい禿頭をハンカチで拭きなら木戸から顔を出した。

「先生。……お年玉というんですか？　われわれからの、先生への新年の贈り物です」

まるでその声を合図のように、クレーンの唸る音が聞えた。そして、空が暗くなった。

老教授は、びっくりしてゆっくりと空からその庭に降りる巨大なものをみつめた。クレーンの鎖を軋ませながら、そろそろと降りてくるそれは、ちょうどトラック一台分ほどの大きさの陶器の鉢であり、その上に、かすかに象の耳ほどの黄金色の花瓣が見えた。

「……アドニス・アムレンシスです」

と、K博士が満面に笑みをたたえながらいった。

「福寿草です。……先生が去年、あんなになつかしがっていられたので皆で育てました。どうか、お受取り下さい」

K博士につづけて、やはり木戸から姿をあらわしたO博士が、やっと庭の地面に着いたそのトラックの荷台ほどの鉢をさしていった。

その鉢の、約一メートルも盛上がった粗く白い砂の上には、巨大なサボテンの化物のような植物が植わっていた。まるでフェニックスのような大きな褐色の鱗片に蔽われた太く短い茎。その尖端にひらいた黄金色の大団扇を重ねたような丸く厚ぼったい花。そして、やはり大きな緑色の萼に包まれた一抱えもある黄色い蕾……。

だが、よくみるとそれは福寿草に違いないのだった。老教授は、近ごろでは、花という花はこの大きさが一般化してしまっているのをやっと思い出した。……弟子たちは、それぞれの研究の成果をかたむけ、苦心をして、昨年彼が呟いたとおりの〝新年の感覚〟を、老教授にプレゼントしてくれようとしたのに違いなかった。

「……ありがとう……ありがとう」

感謝に鼻をつまらせ、老教授はいった。弟子たちの心根のやさしさ、暖かさとともに、しかし老教授は、どうにもならぬ彼らと自分とのあいだの深淵を、全身に感じていた。

博士は、涙で目を曇らせながら思った。

――私には、やはりこれは、こんな福寿草は、過去の〝正月〟など、感じさせてはくれない。……私は、君たちの未来なのではない。また、君たちの過去でもない。君たちが、私の未来でも、過去でもないみたいに。何故なら、われわれは同一の生涯を生きているのではないのだから。――だから、過去が現在につづき、現在が未来につづくなどと思うのは誤解だ。それは一本の延長線ではないのだ。同じ研究・同じ仕事に従っていてさえ、そこには一つ一つ、どうしても越えがたい深淵しかないのだ。……

「おめでとうございます」

そのとき、庭に一列に並んで、皆が声をそろえた。

「や、あけまして、おめでとう」

あわてて涙を拭き、老教授は、白髪の頭を下げた。現在には、つねに現在の〝新年〟しかないのだ、とあらためて心に深く刻みながら。……

蛇の殻

「おい朱実、酒屋の坊やがな、お前になにか渡したいものがあるんだとさ。そこの裏口で待っているぜ」

カウンターの下に、ビールや炭酸の罎を運びこみながら、そうバーテンが声をかけた。

もう化粧もすみ、そのとき朱実はボックスで同僚たちといっしょに、腹ごしらえのラーメンをすすっていた。そろそろ、その酒場も開店の時刻がせまっていた。

「なにかしら。坊やが私になんて」

「……お姉さん誘惑しちゃダメよ。あんな子供、ツミよ」と、一人がいたずらっぽく目で笑った。

「バカなことというのやめてよ」と朱実も笑いながら立ち上った。「誰があんな子供を、……いくらツマむにしても、早すぎるよ」

酒場の裏口は、ほとんど身体を斜めにしなければ通り抜けられない狭い路地だったが、その薄暗がりのなかに、白っぽく小柄な酒屋の小僧の顔が浮かんでいた。

「ああ、お姉さん」と、その小僧がいった。

――もちろん、二人は姉弟なんかではなかった。小僧はただ、その酒場につとめて四年になる古顔の朱実を、同僚の他の女給たちが立てて「お姉さん」と呼ぶのに、そのまま従っていたのにすぎないのだ。

彼自身、田舎町からこの港市にやってきてまだまる二年にならなかったし、その点でも、朱実は彼の「先輩」に違いなかった。

「なによ、いまごろ。寒いじゃないのさ」

両手を和服の袖に入れ、いかにも寒そうに肩を動かしながらいう朱実の厚化粧を、小僧は眩しいように見つめて、目をそらせた。

「ほら、お姉さん、いつか慾しいっていってたでしょう？　だから見つけてとってきたんだ。完全なやつさ。……ほら」

やはり寒さのためか真赤な頬のままで、小僧は大切そうに紙に包んだものを出した。

「……まあ、蛇の抜け殻じゃないの」

「ずいぶんでっかいだろう？　二米はあるよ」

紙包みをあけ、その乾いた透明なウロコがつづく蛇の抜け殻をつまもうとする朱実に、小僧はあわてて声をかけた。

「ダメ、ダメ、乱暴にさわっちゃ。……こわれちゃうよ」

冬のその日、小僧は同じ港市の住宅街に配達に出かけて、ある屋敷の門近くの、黄色く熟れた夏蜜柑の木に、ふとその蛇の殻をみつけたのだという。

「なにしろ、蛇が殻を脱ぐのは春だっていうだろ？　それに夏蜜柑の木って棘だらけで、たのんで取らしてもらったんだけど、切れそうでビクビクしちゃった。……だって切れたらご利益がないんだっていうし、でも、春のやつがまだ完全に残ってたなんて、あの木が葉の落ちない夏蜜柑の木だったせいだね、たぶん」

「……ありがとう。うれしいわ」

と、朱実は、手や頬が棘の引きかき傷だらけのその小僧をみつめながらいった。いつだったか、完全な蛇の抜け殻をタンスの底に入れておくと、衣服がふえる、という母から訊いた話をして、もしもそんな蛇の殻があったら欲しいな、と冗談に彼にしゃべったことがあった。なにしろ、こういう商売だと、衣類はいくらあっても足りないから。……小僧は、その言葉をおぼえていてくれたのだった。

「たすかるわ。暮からお正月にかけて、着るものが欲しくてたまらなかったのよ。きっとこの蛇の抜け殻のおまじないがきいて、私、着るものに不自由しなくなるよ」

「そのおまじない、きけばいいね」

照れくさそうにいうと、背もまだ彼女の肩までしかない小僧はピョコリと頭を下げ、そのまま背を向けて自転車に乗った。すぐ、路地の外に消えた。

見送り、いつの間にか朱実は頬に微笑がうかんでいた。色白で丸坊主の、まだ幼な顔ののこった清潔な少年のようなその小僧の初心な印象を反芻して、可愛いところのある子ね、と思った。……ていねいに蛇の殻の紙包みを帯の間にはさみ、酒場の裏口に入りかけて、ふと足をとめた。そうだ、もしこのおまじないが、あれにきいてくれたら。――

そして母から聞いたそのおまじないが、早くもその日のうちにきいたのかもしれなかった。看板まで残っていた赤ら顔の船員ふうの大男が、その夜、朱実に金をくれた。

もちろん、ただでくれたわけではない。マダムからの目配せで、久しぶりにその港市に帰ってきたその大男が、かなりの金をもっているから安心だとはわかっていた。大男のいうがままに、朱実はすぐ近くの彼女のアパートまで大男が送ってくるのを、――そして部屋に入ってくるのを、避けなかった。

帯をとくと、白い紙包みが落ちた。大男の問いにこたえ、彼女はその蛇の抜け殻のご利益を説明した。大男は笑いだした。

「へえ、あんた、あのバーじゃいちばんの古顔だって聞いたが、まだ子供なんだな」

「さあね、子供だかどうだか……とにかく年齢《とし》の話は止めにしようよ。私や、年齢の話は苦手なんだ」

派手なネグリジェに着替えながら、そう朱実は答えた。

大男は酔った目を据えて、ふいに真面目な顔になった。

「でも、そんなお母さんの話を信じこんでるなんて、可愛いところがあるじゃないか。……そんなに着るものが欲しいか？」

「欲しいよ」と、朱実はいった。でなきゃ、どうしてこんなことで稼ぐもんか。

「……女って、面白えな。いくつになっても、妙に子供みたいなところがある。子供みたいなことを、信じてやがる」大男は、呂律のまわらない口でいった。「……でも、そこが女の可愛いところだ。よし、気に入った。そのおまじないを信じているお前の可愛さにめんじて、俺が、着物ぐらいつくってやる」

「無理することなんかないよ」と、朱実はお茶を淹れてやりながらいった。相場からすれば、着物はこんなことを数多くくりかえさなければ買えないのだ。

「いいんだよう」大男は吼えるような声を出して、大きな札束をつかみ出した。「……どうせ、俺は明日からまた半年ほどは海の上だ。お前の晴れ着すがたが見られねえのは残念だが、それだけの金はやるよ。どうせ持っていたところで、使いようがねえんだしな」

「――ほんとかい？」

「船乗りは嘘はつかねえ、……さあ」

渡された札を算え、朱実は胸がせまった。

「……ありがとうよ」と、いった。

だが、そのお礼の言葉、感謝は、相手の大男に、というより、あの蛇の抜け殻にたいしてのそれだったかもしれなかった。なんてあらたかなんだろう。これであれが買える――思うと、ごく自然に目に涙が湧きあがった。

「……なんだお前、年齢のことは苦手だなんていってよう、まだ若えじゃないか」

抱きながら、大男がいった。朱実は無言だった。まだ、目から涙があふれていた。

「そうか、そうか、そんなに嬉しいのか？……まあ、豪勢なやつでも買ってくれや」

大男も、さすがに嬉しそうにいった。たくましい日焼けしたその胸板にかじりついて、朱実はでも、自分の欲しい着物は、大男のいう豪勢なやつとはまったく違うのだと思った。それは、来年の一月十五日、成人式に着る晴着なのだ。……父を落盤事故で失い、中学を出ただけで九州からこの港市に来た彼女は、二年ほど缶詰工場に勤めてから、年齢をかくしてあの酒場に入った。だから、いくらそこでは「お姉さん」扱いされ、いちばんの顔だとはいっても、朱実はまだ、やっと満で二十歳でしかなかったのだ。


成人式は、市の公会堂で、市長やその港市を選挙区にもつ代議士たちも列席して、午前十時からはじめられる予定だった。

毛脚のながい白い化学繊維の大きな肩掛けをし、安っぽい型捺しの和服を着たうれしそうな同じ年の女たちにまざり、朱実もまた同じすがたで公会堂へといそいだ。化粧も、髪のかたちも、わざといささか野暮ったく素人ふうにしてある。一見、満二十歳の普通の娘となんのかわりもない。

……じつは、この服装で成人式にのぞむことがながい間の彼女の夢想だった。いつも厚く濃い化粧と、いかにも酒場の女らしい服とその着方、ベテラン然とした「お姉さん」の外観のしたに、自分の年齢をかくしつづけてきた反動だったかもしれない。あるいは、金を稼ぐためのその見てくれの底にひそむ、自分の職業にたいする根づよい嫌悪と劣等感、荒れたふしだらな生活への負い目が、彼女にわざわざそういう平凡な、素人娘たちの〃成人式の晴着〃の類型のなかに自分をかくしてしまうことを、あこがれさせたのかもしれない。そして、一時ではあっても、彼女はこうして素人の、普通一般の二十歳の娘たち、その幸福に、自分を同化させたかったのかもしれない。――それこそが、その人間が水商売を生きている証拠なのだ、とも知らずに。

晴れた日だった。日光を久しぶりのもののように暖かく背に感じながら、公会堂に群り寄る満二十歳の男女たちのなかで、彼女も皆と同じように奇妙に晴れがましく、うれしく、心がうきうきと弾むのを抑えきれなかった。なにか、やっと年齢相応のすがたで、自分が年齢相応の自分、年齢相応の心に、かえれているような気持だった。

「……あの、お姉さんじゃないですか?」

その声に、反射的に朱美は振り返った。

冬の陽光に目を細めて、そこに立っていたのは酒屋の小僧だった。やはり丸坊主で借り着らしいだぶだぶの背広を着て、ピカピカの靴がひどく目立ち、よけい子供っぽい印象をあたえていた。

「やっぱりお姉さんだ。……なんだ、見違えちゃったなあ、まるで感じが違うんだもの。成人式にきたんですか?」

「……あなたも、成人式にきたの？」

と、やっと朱美はいった。

「ええ。ぼく、一月の十日生れだから……」

「私も、……一月生れなのよ」

「なあんだ、じゃぼくたち、ほとんど同じ頃に生まれていたんですね？　……ぼく、でもお姉さんのこと、ずっと大人だと思ってたなあ。……なんだ、お姉さん、二十だったのか」

べつに軽蔑の口調ではなく、むしろ、小僧ははしゃいでいるみたいにくりかえした。

他に誰も知った顔がないまま、二人は並んで会場の椅子に坐った。若々しくはなやかなざわめきがつづくうちに、式が開始された。

記念品が授与され、代議士や市の商工会議所長のおだてたりお説教の演説がくりかえされ、最後に市長がまた壇上にあがった。

「ええ、ところで今年は巳《み》年、つまり、ヘビの年であります。で、ここでちょっとヘビに因んだ話をさせていただきます」と、禿げ頭の市長は、閉会の辞をかねてかふたたびしゃべりだした。「ええ、ご存じのごとく、蛇は毎年、殻を脱ぎます。そうして、年ごとに成長して行く……」

朱実は、例のおまじないのことが心によみがえって、おかげでこの着物ができたのだと思い出した。となりの酒屋の小僧の顔を見たが、でも、彼はそんなことは忘れたのか、緊張しきった顔で壇上の市長をみつめていた。

「……ところが、です。蛇という動物は、なにか引っかかりが、――まあ、棘とか硬い草とかでいいのだが、それがなくてはどうしても殻を脱げない。そして、もしも殻が脱げなかったら、その蛇はどうなってしまうか？」

市長は一呼吸つき、声を大きくした。

「そのときは、蛇は、死んでしまうのです。……蛇の殻は、甲羅みたいに固い、それが蛇を保護していると同時に、いざそれが脱ごうにも脱げなくなったときは、蛇は、いわば窒息というのか、成長し大きくなろうとする自分の生命と、それを小さい古いままの形に抑えつける固い殻のために、苦しみ悶え、あげくのはて、死んでしまう。……ま、これを自分自身の生命の膨脹と圧迫のための自殺と呼ぶか、事故死と呼ぶべきかは知りませんが、とにかく、どこかに引っかかりをみつけ、そのおかげで固い鎧のような古い自分自身の殻を脱がぬかぎり、蛇は、生きつづけられない」

――ふと、朱実はなにかが胸につかえた。そのまま、全身が硬くなった。

「……だから、この話に関して私のいいたいのは」と、市長は両手を机に置き、まるで校長先生のような口調でいった。「君たちも、このヘビの年に成年に達したということをひとつの教訓とし、どうにかして毎年、殻を脱ぐべきです、ということです。いつまでも、同じ自分、古い自分、幼い半人前の自分にしがみついていてはいけない。さいわい、どうせ世の中は、引っかかりに充ちておるから……」

かるい笑声がおきたが、市長はそれを無視してつづけた。「だから、そのチャンスには事欠かない。

たぶん、あとは君たちそれぞれの勇気の問題です。私は、今日のこの成人式が、皆さんにとり、ひとつの脱皮の日であることを信じ、これからも勇気をもち、あらゆる機会をとらえて皆さんが脱皮をくりかえして、そして成長されるのを望むのです……」

朱実は、目をつぶっていた。さまざまな思いが重たく胸に落ちかかって、目を開けることができなかった。

拍手の音が湧いて、それが止んだ。……いつのまにか、式は終っていた。

「……さあ、二十だ」

と、小僧が張りきった元気な声でいった。

見ると、さっきの緊張からすっかり解き放たれた笑顔で、小僧はスタート・ラインに立った選手のように目を輝かせて、威勢よく拳骨で片手の腹を打った。その態度は、たしかにそれまでの「坊や」からは、完全に「脱皮」していた。……朱実は、それを感じた。

——私は、もう二十よ。と口の中で呟き、朱実はふいにいらだたしい疲労に似たものを感じた。郷里に送る金だけが目あての、さまざまな男たちとの経験、「お姉さん」としての酒場での毎日が、急に重くるしい膜のように彼女を包んできて、朱実は、自分はつねに殻を脱ぐどころか、まるで重ね着をするみたいに、殻の上に殻をかぶりつづけて日々を送ってきたのだと思った。蛇なら、私はもう、とうに何回も死んでしまっている……

「いい着物だね、スゴいや」と、立ち上りながら、はじめて気がついたように小僧がいった。「おまじないが、きいたのかい？」

そうよ。でも、これだって殻の上に殻をかぶるようにしてできたんだわ。

手をとられ、その手にふいに意外な「大人」を感じながら、朱実はいままでとは逆に、自分がその小僧よりずっと年下の、重ね着のしたの十六歳のままでいるような気がした。

頭の大きな学生

学年末試験の季節になると、教職員室には、かえってのんびりした空気がただよう。ことにその休み時間、学生たちは次の時間の試験課目のヤマの相談やら、未練なドロナワの猛勉強やら、まる暗記やらで必死の形相だが、教師たちのほうは、いたってのん気に雑談に花を咲かせている。

もっとも、教師たちにしたら、このあとの採点がひと苦労で、つづいて入試にかり出されたり、卒業生たちの相談にのったり、新学年のための準備に忙殺されなければならなくなる。――だから、一年間の授業を終えてのこの学年末試験の期間は、かれらには年に一度のホッとできる期間であり、気らくにくつろげるひとつの空白に似た時間として、その舌の回転を、ひときわなめらかにしてしまうのかもしれない。

丘の上のその大学でも、やはり、同じ風景が眺められた。……しかも、郊外にあるこの大学の校舎には、同じ大学の一、二年生だけが通学していて、三年生以上は都心の本校舎に行く。そのため、この丘の上の校舎の教師たちは卒業生の就職を考えることも要らず、教職員室には、いっそう無責任な、あかるく和やかな気配だけがあった。

大きなガラス窓の向うに、葉の消えた銀杏の並木が、私鉄の駅へと降りるなだらかな坂道に沿って、冴えた冬の青空を掃きながら小さくなる。その下、並木道の舗道に試験を終ったらしい学生たちが黒い行列をつくり、それに混じってはなやかな色彩の女子学生たちが、元気な若い脚の線や、あざやかなソックスの白を際立たせて坂道を下って行く。……舗道の両側の、ベンチの置かれた枯れた芝生の日だまりに学生たちは顔を寄せて、ノートや参考書を見せあったり、ふと顔をあげ、おたがいに声をかけあったりしている。

教職員室の窓ガラスは厚く、また密閉してあるせいか、あらゆる物音は遮断されて、学生たちの声も、私鉄の発着する音も聞えてはこない。

「ほほう、またあそこでボンヤリしている」

英語の教師がインスタント・コーヒーをすすりながらいった。彼の目は、窓越しに芝生の上の一点を見ていた。

「……Aですな」

と、これは番茶を口に運びながら、数学の教師がいった。「カレはいったい、天才なのですかな。……私はカレが勉強をしているのを見たことがない。授業中も、いつもああしてボンヤリして、他のことを考えているみたいだ。そのくせ、どんな不意打ちの質問をしても、完全に正確に答える。とにかく、何度テストしても、カレだけは、たった一つのミスもないんですからな」

雑談に笑いあっていた教師たちは、そろって誘われたように窓の外を眺めた。……枯芝の上のベンチの一つに、一人の学生が、さも退屈げな放心した顔のまま坐っている。頭でっかちの、どことなく老けた感じのする痩せた男だった。

「なるほど。ありゃあAだ」

と、体育の教師がいった。

「あんな頭のハチの大きな学生はAしかおらんですよ。すぐわかりますな」

「……ああ、あの頭の大きな学生かね」と、これはいちばん年長のフランス語の教師がいった。「たしかに、私も長年教師をしてきたが、あんなにできる生徒は見たことがないね。まだ一年生だというのに、ためしに何を読ませてもちゃんと読みこなすんだからね」

「ほほう。フランス語もですか。英語もそうですよ」

と、英語の教師が答えた。

「一種の、語学の天才であることはたしかですな。それに、どうやらカレは英独仏あたりだけじゃない。もっと古いところにまで手をのばしている。いつかはへんな本を読んでいるんで、なんだと聞いたら、聖書の原書だというんですな。そして、旧約のほとんどはヘブライ語で、新約の大部分はギリシャ語だ、この二つはらくだが、ところどころアラマイ語の箇所があって、辞引がないのでちょっとそこには時間がかかるという。……しかも、その聖書の原書を、まるでわれわれが退屈しのぎに読む推理小説のように、たのしそうに、猛烈な速度で読んでるんです」

「……ほんとに、読んでいるんですか？」

と、数学の教師が驚嘆した声を出した。

「嘘じゃありませんよ。私もすこしはヘブライ語は読める。それに……」と英語の教師は、すこしいい澱《よど》んでからいった。「先だっては、楔形文字の本を読んでいました」

一座がどよめき、信じられない、といった笑い声もおきる中で、フランス語の老教師が、片手をあげて皆を制した。

「本当だよ、それは私も見た。……英語の時間ではどうか知らんが、じつは、私は、面目ないことだが、間違いをカレに訂正されたこともあるんだ。じつにこう、おだやかな、謙虚な態度で……」

「ほう。私も同じ経験がある」

と、英語の教師がいい、すると物理の教師も口を出した。

「こりゃ驚いた。Aはそんな男ですか。じつは私も訂正させられたことがあるんですよ。物理までカレは選択で取ってましてな」

「Aは私の担任の生徒ですが」と、そのとき、まだ若い色白の生物学の教師がいった。「あの生徒は入学試験のとき、全課目に一〇〇点満点をとった男ですよ。そして、教養課目の全課目をとってもいる。……前期の試験のとき、必修と教養のその全学課に、やはり一〇〇点をとった」

「こんどもきっとオール一〇〇点でしょう」

と、物理の教師が嘆息するような声でいった。

「いや違うね」

突然、体育の教師が笑いだした。

「私のほうでは、せいぜい五〇点がいいところですな。つまり、Cです。本来なら落第点のDをつけるべきだが、熱心さに免じてCをやるつもりでいる」

もっぱら重量挙げが得意な彼は、小柄な逆三角形の体の、その肩から胸にかけての瘤《こぶ》のような筋肉を自慢そうに動かしながらいった。

「つまり、頭でっかちで、いつも腰がフラフラしとるですな。バーベルなんか、子供の持てるやつも持てない。走らせれば転んじまう。……まあ、よっぽど脳ミソがいっぱいつまっていて、それで皆さん感心しとられるんでしょうが、私にいわせりゃ、ありゃ人間としては畸型ですな。脳ミソが大きなだけで……」

「べつに、脳ミソが大きいからって、頭がいいとはかぎりませんがね」

と、色白で貧弱な体軀の生物学の教師が、いささか皮肉をこめた口調でいった。

「へえ、大きいことは重いことで、脳は重いほどいいんじゃないんですか？」

体育の教師はいった。

「違いますね。ただ重さとか大きさだけだったら、人間の脳はゾウの三分の一、クジラの約五分の一しかありませんよ」

「だって、ゾウやクジラは図体が違うでしょう、図体が」

「体重比ですか」と、生物学の教師は落着いた声でいった。「なるほど、人間は一対三八で、ゾウは一対六〇〇ですがね。……しかし、時実利彦博士の本によると、サルは一対二〇、スズメが一対三四、ネズミが一対三六で、あなたの説にしたがえば、これらの動物はすべて人間より知能がすぐれていることになってしまう」

「……あの、襞《ひだ》というか、皺《しわ》が多いほどいいっていうんじゃありませんか？」

と、沈黙した体育の教師に代り、数学の教師が質問した。

「それも違いますね」

と、生物学の教師は答えた。

「脳の皺だったら、イルカのそれのほうが、人間のそれよりずっと多い。でもイルカのほうが人間より知能がまさっているとはいえないでしょう」

「じゃ、いったい、脳の良し悪しは、なにが決め手なんです？」

「Aの頭の大きいのは、カレの知能とは無関係なわけですか？」

いくつかの質問が集注して、生物学の教師は困った顔になった。

「頭の大きさは知能の大きさには無関係です。よく、精薄児でフクスケ頭の子供がいるでしょう。あれを見ればわかるでしょう」

「でも、だね」と、フランス語の老教授がいった。「なるほど、頭の大きいのが必ず頭がいいとはいえん。が、頭のいい人間には、頭の大きなやつが多い、とはいえるんじゃないかね？」

「それも、ムリでしょうな。とにかくAはまれに見る秀才かも知れませんが、それとカレの頭の大きさとは関係はない。頭でっかちは、たんにカレの身体的特徴にすぎない」

すこしムキになって生物学の教師はいい、ちょっと目を宙にすえると、ニヤリとして皆の顔を眺めた。

「――たしかに、Aは天才的な生徒です。でも皆さんは、カレを天才だとお思いになっているようだが、〝天才〟という存在については、ある説がありましてね」

「狂人と紙一重、というあれですか？」

体育の教師の言葉を無視して、生物学の教師はつづけた。

「ご存知かもしれないが、いまのところ、最古の人類はアフリカで発見されたオーストラロピテクスとかジンジャントロプスといいましてね。これらの脳の容積は約六〇〇ccです。これらはほぼ七〇万年前の原人だといわれているんですが、それが、ジャワ原人、北京原人となると、約九〇〇ccから一、〇〇〇cc。さらに、約八万年前までマンモスとともに生きていたネアンデルタール人や、現代人になると、約一、五〇〇ccになっています。つまり、平均して、一・五倍ずつ容積が大きくなることによって進化している」

専門外のそんな話に、呆然と聞き入っている同僚たちを眺めながら、生物学の教師は、これもしだいに講義の口調になりはじめた。

「だが、重さの点で考えれば、オーストラロピテクスを一とすれば、ジャワ・北京原人は二、ネアンンデルタール人、現代人は四、と、二倍ずつ重くなっている。これはつまり、脳細胞が倍に倍にと分裂したことの結果だろう、という考えの根拠になります」

「……それで？」

と、数学の教師がいった。

「それで、次の人類はどうなるか、を考えてみると、脳の容積は、二、二五〇cc、脳細胞の数は現在の一五〇億の倍の三〇〇億、目方も倍で、なんと脳だけで三キログラム近くになってしまう。……」

「……待てよ、Aはそれぐらいある感じじゃないか」

「そうですな。畸型ですよ、完全な。……するとカレは未来人ですかな？」

そんな教師たちの私語には耳をかさず、生物学の教師はいった。

「そして、こういう未来の人類が、そろそろこの地上にあらわれてこない、という理由はないのですな。いや、すでにあらわれている、それこそが〝天才〟ではないか、と、その説はいうのです」

「なんですって？　もうあらわれてきている？　するとわれわれは……」

「そうです。そいつから見れば、ひどく原始的な、サルに近い人類だといえるでしょうな」

びっくりした英語の教師の顔に向けて、生物学の教師はいった。

「たとえば、一度に七人の話を聞くことができたという聖徳太子とか、キリストとか……、あんなのは、皆この、脳細胞が現在の人類の倍に分裂していた例じゃないか、と、その説はいうんですな。……そういう人類から見れば、キリストの行なったさまざまの奇蹟だって、とるに足らない行為なのかもしれない。昔の人間が、空を飛び月に行くわれわれの行為を、ひとつの奇蹟としか見られないようなものでね」

「ま、待って下さいよ」と、物理学の教師がいった。「でもですね、そんな頭の大きな子供が、母胎からどうやって出てこられるんです？　いまだって、精いっぱいだ。……つまり、構造的にいって、そんな人類の出現はムリじゃないでしょうか？」

生物学の教師は冷笑した。

「だって、昔の原人の時代、われわれ現代人のような頭の大きな子を生めるようになると、だれが予想できましたか？　それと同じことです。そんなことは、帝王切開が常識化し、当然のこととなったらすぐにも解決しちゃうじゃありませんか」

「――まったくだ、あのAだって、ちゃんと人間として出てきたんだし……」と呟《つぶや》きかけ、フランス語の老教授は、ふとあることに気づいた。「き、君。……じゃ、あのAは、……Aは、やっぱり、その未来人じゃないのかね？」

教師たちの中に、声のない恐慌のような動揺がおこった。すでにそんな未来人が、身近に出現しているのだったら、われわれは、もうすぐ猿の位置に落ちてしまう、……口には出さなかったが、皆の考えは同じだった。

生物学の教師は、一瞬、真剣そのものの顔になった同僚たちの、その慌《あわ》てぶりを眺めわたし、破顔一笑した。

「……ご安心下さい。Aは、そんな未来人じゃありませんよ。……ごく普通の、ただのまれに見る頭のいい学生です」

「どうしてわかる、どうして」と、体育の教師が恐怖にみちた声で叫んだ。「あの頭の大きさ、重さは、完全に未来人のそれだぞ。ぼくは知ってるんだ。ぼくは、転んだAを助けおこしたときに、カレの頭の重たさは、普通の学生の倍はあることに気づいたんだ……」

「まあ、落ち着きなさい」と、生物学の教師は余裕をもって答えた。「いいですか？　いまのところ、そういう未来人は、ミュータント、つまり突然変異体として、せいぜい何百年かに一人ぐらいの率で出現してるだけだ。だから、この未来人には、まず一〇〇パーセント女に子供を生ませる力がない。相手の女もやはり突然変異体でなけりゃ、子供はできないんですからね。……聖徳太子やキリストをそういう〝天才〟視するのも、じつはかれらに子供がないことからなんでね」

生物学の教師は言葉を切り、はじめの皮肉な微笑にもどりながらいった。

「ところが、私も気になって調査をしてみたんだが、ひたかくしにかくしてはいるが、なんとAは、まだやっと二〇だというのに、妻をもち、ちゃんと子供もいるんですよ。……これはAが、私がさっきいった意味での〝天才〟でも、突然変異としてあらわれた未来人でもなく、ごく普通の、ただ、すこしばかり頭のいい現代人でしかないという明白な証拠なんです」

枯れた芝の上のベンチで、頭の大きなその学生は、見るともなく教職員室での教師たちの会話を、その唇の動きから読解していた。

そして、同時に、アパートの一室で積木あそび代りに群論の数式を考えるのに熱中している満二歳のやはり頭でっかちの息子と、テレパシーで、こんな会話を交してもいたのだった。

——おい、ぼくはもう、きみたち家族のことをかくすのはやめにするよ。どうやら、そのほうが都合がいいみたいだ。……わざわざ、ぼくがこんな幼稚園みたいな大学に来ているのだって、みんな、ぼくたちをこの社会に抵抗なく受け入れてもらうためだからね。

クレヴァ・ハンスの錯誤

皆さんは、動物心理学において、もはや古典的な事件とされている「クレヴァ・ハンスの錯誤」をご存知だろうか?

それは、いわばひとつの物語であり、それも教育というものについての、かなり暗示的な物語である。

試験に、いわゆる○×《マルバツ》方式がひろく行われだしたのは戦後である。ある問題につき、いくつかの解答が並んでいて、受験者は、正解と思うものに○をつける。わからないときでも絶望する必要ない。そのときは、あてずっぽうで○をつける。……受験者はまったく知らない問題についても、何対一かの割合いで百点満点をとる可能性をあたえられているのである。

これでは正確には受験者の学習の程度や、その知識のテストとはいえない。ひとつの必然として、いわば受験者のカンの試験になる場合が多く、そのカン——動物本能、あるいは動物的直感力といってもいいが——の良し悪しが、成績を大幅に左右してしまうことにもなるのである。

しかも、現今の競争社会において、なんといっても力をもつのはその「成績」でしかない。だからこの結果、もっぱらカンばかりが発達しカンにのみたよる人間がつくられてしまうのも、止むをえないのかもしれない。

現在、某私立大学の三年生である彼も、幼少からその種の試験の波のなかで、思わず知らずひどく繊細にカンの発達してしまった一人だった。そして、彼自身それを自覚していた。

彼は知っていたのである。カンとは、一見そう見えるような向う見ずな賭けではなく、じつは相手を綿密に観察し調査した上での、その微妙な変化をキャッチし、とっさにそれを判断してのひとつの反射でしかないのを。……だから彼は、小・中・高校と進むにつれ、試験課目や問題についてよりも、出題者である教師を観察することこそ、彼の「勉強」と心得るようにさえなっていたのである。

正解を、いくつかの解答のどのへんに置くか、何行かのガリ版の字のうち、正解だけがどう力の入れ方の違う字で書かれているか。もちろん、教師によって個人差はある。が、それもたいていはいくつかのパターンに分類され、はじめてでもだいたいの見当をつけることはできたし、なによりも彼にとっていちばんよく「正解」がわかったのは、試験のはじめに教師が念のため、問題を口頭で読み上げるときであった。どんな教師でも「正解」を読み上げるときだけは、態度が微妙に変化するのである。その前に、かるく呼吸を吸いこむのもいれば、直後にそうするのもある。小さく頭をそらすのも、無意識のうちそのときだけ特別なあたりの見まわし方をするのもいる。またわざとひと呼吸でその前後を読みつづけ、声の抑揚の意識的な単調さで、かえって、ああ、これだな、とわかるのもある。

……彼は、試験問題を読みあげるときの教師にいつも全神経を集注させ、その目の動き、声、ふとしたしぐさの癖などから、きまって「正解」を読んだ。一、二度経験すると、ほとんど彼は間違うことがなかった。

むろん、違う方式の試験もあり、彼はそっちでは及第点をとるのがやっとだったが、しかし、この種のテストとなると見違えるように抜群の成績をおさめ、結局かならず総合点数ではクラス中の上位に進出した。彼はそういう「優秀な」生徒でいたのである。

たとえフェアとはいえなくとも、現在の試験方式の中では、それはひどく有効な、ひとつの特殊な才能に違いなかった。彼はそれを意識し、もっぱらそのカンを練磨することを自分の勉強にしていた。テレビのクイズ番組は、だから彼には絶好の教場だった。司会者がいくつかの解答を読み上げ、この中のどれでしょう、と訊ねる形式のクイズでは、彼は、ひそかに九十五パーセントを越える的中率を、つねに保持していたのである。

ところで「クレヴァ・ハンス」の事件である。今世紀の初め、ある特に悧巧な馬が、学界のみでなく、ひろく世間のセンセーションを起したことがあった。この馬の名前が「ハンス」である。「クレヴァ」は、おそらくその悧悧さにつけられた渾名である。

この馬の持主、フォン・オステン氏は、馬を含め高等動物は人間と同等の知能を有していて、それが外に顕われないのは、ただ訓練を欠くからだという考えを抱いていた。氏によれば、その理論を実証するのが氏の使命であり、そこでは氏はある一頭の牡馬をえらび、この馬を教育することに熱中した。まずアルファベットを教え、その文字を表現する術を教えねばならない。で、氏は、馬に前肢の蹄で、その文字に相当する数だけかるく床を叩かせるのを思いついたのである。やがて馬は（この馬がハンスだが）、フォン・オステン氏が示す文字に相当する数だけ正確に床を打つようになり、さらに時間を節約して、一方の蹄で十位を示し、他方の蹄で一位を示すようになった。

二年後、ハンスは、語を綴り文を構成する段階にすすんだ。人びとは驚倒した。フォン・オステン氏が公開したこの馬は、こうして算術の加減乗除をやり、分数を小数に直し、逆に小数を分数に直すことができた。また、日や時間を告げることもできた。「七時半から五分たてば、分針はどこを指しているか？」というような質問にも答えた。そしてハンスは、音感の点でもおどろくべき才能を示した。たとえばあるカデンツオに不調和音を入れて聞かせると、ハンスは首を振って、その音を取り除けという意味を示した。

こうした馬の出現にたいし、人びとの驚きが疑義に変ったのは当然である。人びとは見世物で犬や猿や鳥が、見世物師の技術により、これに似た多くのペテンを演じていたのを思い出したのである。が、この疑には、フォン・オステン氏がこのハンスによって一文も儲ける気がないこと、氏が誰にでも、たとえ氏が不在中で、相手が見知らぬ人間でも、異論をもつ同じ動物学者でも、平然と馬に質問することを許し、しかもその質問のほとんどが、氏自身がやるときと同様に正確に答えられた、という事実でみごとに裏切られた。そこで、この「クレヴァ・ハンス」の存在は、たんに動物学・心理学上の興味からばかりでなく、深遠な哲学上の問題として世にセンセーションを巻き起したのである。しかも、著名な動物学者、馬の権威、心理学者たちからなるこの馬の審査委員会は、十分に慎重な審査を行った結果、この「クレヴァ・ハンス」にかぎって、絶対にペテンは存在しない、という報告書を発表したのである。これが、フォン・オステン氏はじめ、馬に人間と同等の知能・思惟能力がかくされていると信じる人たちの勝利を意味したのは、いうまでもなかった。——が、この勝利は、はかない幻影にすぎなかった。数週後、委員会はステートメントを発表し、オー・プングストがこの馬の行動につき、そこには智能的活動が微塵も存在しないのを終局的に証明することに成功した、と告げた。「クレヴァ・ハンス」は、やはり「ハンス」という名の、ただの一頭の馬だったのである。

答えのわからない問題をあたえたことで、それは立証された。たとえばたくさんのカードに問題を書き、かきまぜたその中から一枚を抜きだし、どの問題か誰にもわからないようにして馬に示す。と、馬はもはや、もっと簡単な種類の問題すら答えることができない。馬はとめどもなく、あるいは無意味に蹄で床を打って、あたかも問題そのものより、問題の提出者にいっそう鋭い注意を向け、床打ちを止める信号を今か今かと待つ様子になるのである。プングストは、そしてこの馬が、主として問題の提出者が、その答えに相当する打数を知る瞬間にあらわすごく微妙な運動を合図に、床打ちを止めるという事実を発見したのだった。

つまり、質問者が必要な打数を知っているときにのみ、この馬は正確に答えることができたのである。馬の打数を正確に算えるために、このときは質問者自身も算えている。で、馬の蹄が最後の打数に達した瞬間、彼自身も、緊張が一時に弛む。こんなとき、人間は知らずによく頭や胴をわずかに前後に動かしたりする。……実際にハンスが反応していたのは、じつは質問者の、この驚くべき軽微な運動にたいしてだった。プングストは、みずからこの種の運動を意識的に行い、それによりハンスから望みどおりの答えを引き出すことに成功して、これを証明したのである。

フォン・オステン氏の理論は崩壊し、それが「クレヴァ・ハンスの錯誤」と呼ばれる動物心理学上のすでに古典的となった事件である。……が、これはフォン・オステン氏が意図的に馬をそう躾けて、馬にも人間なみの知能があるよう人びとにペテンを打ったのではない。馬が静止した事物にたいしては鈍感だが、微細な運動にたいしては、知覚的に人間よりも敏感であった結果のひとつにすぎない。やはり動物学者の一人、カール・シュツンプも、一専門家の立場から、こう述べているのである。

「馬は、算術的教程の長い訓練の期間に、思考過程に伴う教師の無意識のうちの態度の微細な変化と、さらに床を打ちながらそれに注意していると、そこに床打ち止めの信号があらわれるのを学んだのに違いない。そして、くりかえし練習するにつれて、この信号看取の正確度が増加したのだろう。……」

二月は、学年末試験の季節である。しかも現在三年生の連中にとっては、この二月の試験の成績は、直接にかれらの将来を左右しかねない重大な試煉でもある。……たぶん、皆さんもご承知のように、就職を希望する会社に差出す学業成績は、最終学年のそれでは間に合わず、その一年前のものが使われるのが恒例である。だから、この年の成績は、将来にたいし、ひどく大きな意味と力とをもってしまう。

彼もまたその三年生の一人として、けんめいの努力をつづけていた。たとえどんな会社に行くにしても、まず全課目の五分の四のAは確保しなければならない。……しかし、彼のひそかな期待ははずれ、大学の試験ともなれば○×方式はほとんどない。彼は苦しい毎日を、ほとんど徹夜をくりかえして送りつづけていたのである。

その苦労が実ったのか、最終日の専門の西洋史をのこして、かろうじて彼は予定どおりのAを確保できそうだった。最後の日を前に、彼は泥に落ちこむように睡った。——彼は安心していたのだった。西洋史は、教師の気質からいっても、また、毎年のそれからいっても○×方式の試験にきまっている。

——だが、そこに彼の「錯誤」があったのだった。晴れやかな気分で第三学年最後の試験を迎えた彼は、教室に入った教師が、まるで畑違いの国文学の助手であるのを見て、一瞬、目の前が昏くなった。その助手に、西洋史の知識などあろうはずがないのだった。だとしたら、……だとしたら、ぼくの答えを読む能力も、まるで役に立たない……。

なるほど、その点では予想どおり、試験はいくつかの解答が並んでいる○×方式に違いなかった。が、危惧は実現した。それを朗読する国文学の助手の声や態度は、西洋史がその助手にはまるで無縁な学問であることのほか、なにひとつ彼には告げなかった。

絶望して、彼は歯がみをした。西洋史の教授ほど、「正解」のときの癖が明瞭な相手はなかったのである。そのたびに右肩をすこし揺すり、なにくわぬ顔で片手で意味もなく服の釦をつまむ。それが百パーセント的中する教授の癖であるのを、もっぱらその教授を観察する「勉強」によって習得して、彼は安心しきっていたのだった。

でも、それも見えない。見えなかったら、彼になんの手がかりもないのだ。時間だけが、痛いように流れて行く。白紙の答案用紙を眺めながら、彼は、ショックのせいか、もともと答えを自分で考えるのを完全にやめていたおかげか、なにも考えられなかった。

周囲で、学生たちが片端から問題を片づけて行くペンの音と、無言のまま義務的に目を光らせて教室の列の間をゆっくりと歩きまわる、監督の国文学の助手の跫音だけが聞こえている。腕組みしたまま、彼は下腹のほうから這いのぼる痒いような、こそぐったいような、そのくせ空虚な焦立たしい悲哀を感じていた。いっそのこと、答案を出さずDをとって、五月の再試験にもう一度いっさいを賭けようと思った。……だが、再試験ならよく出来てもまずBになる確率が大きい。それに、またもし教授があらわれなかったら。……思うと、彼は胸が苦しくなった。ぼくは、くだらない、いつ潰れるかわからない二流会社で一生を送らねばならないのか。今日までの徹夜は、徒労にしかすぎないのか。

「……あと十分」

冷えた声で、事務的に助手がいった。あきらめ、彼は立ち上ろうとした。そのとき扉があいた。西洋史の教授が、自分の試験の様子を見に入ってきたのだった。

思わず、彼は叫んでいた。

「先生。問題が、印刷がずれてよくわかりません。読んで下さい……」

「はじめに、読んでもらったんじゃないんですか？」

教師はニコニコ笑いながら、でも助手の手から答案用紙の一枚をとり、たのしんでダメを押すような口調で読みはじめた。——

右肩が動いた。片手の指が釦をつまんだ。……歓喜が胸にあふれ、彼はそれをみつめたまま、解答に○をつけた。それをくりかえした。これで大丈夫だ、と彼は、突然目の前にひらいた明るい未来を、まるで眩しいもののように瞼の裏に感じながら、心のなかで絶叫したのである。


彼が、実際に彼の志望どおりの一流会社への入社に成功し、順調な出世街道を歩めるかどうかは知らない。もしかしたら、彼みたいな人間こそ、「出世」できるのかもしれない。……とにかく、彼に、相手の微妙な変化を読み、それに反応し対処するカンという特殊な才能が育成されているのはたしかだから。

ただ私は、「クレヴァ・ハンス」についてのさきほどのシュツンプの言葉のつづきをここに誌しておくにとどめる。

「……しかし、教師として数年間、倦むことなく努力されたフォン・オステン氏の卓抜なる技倆とたぐいまれな忍耐心をもってしても、なお、抽象的思惟能力の片鱗だに引出すことができなかったのである。人間は思惟し、動物は思惟できない。おそらく思惟の能力だけが、人間を動物から区別するのである。」

遅れて坐った椅子

女子高校を卒業しての、のぶ子たちのはじめてのクラス会は、銀座の洋菓子店の三階が会場だった。――のぶ子は、いまもその日のことは、あざやかに憶えている。

ちょうど日曜日の午後で、だからデパートに就職した何人かは、そろって姿を見せなかった。が、一方に初夏の街を見下ろす大きなガラス窓のある四角いその部屋は、まるで船のボイラー室のように、若い女たちのおしゃべりが熱い渦をつくり、それがひとつの唸りとなって耳に聞こえていた。

さすがにまだ結婚した者はいなかったが、それでも、ほんの三月前まで同じ窓辺で机をならべていた制服の連中とは思えないほどの全員の変化だった。……みんな、いいあわせたようにパーマをかけ、口紅を濃く塗って、思い思いの凝った「大人」の服装に身をつつんでいる。のぶ子自身にしても、その日のためにはじめて自分のお金でつくった新調の鮭紅色のスーツに、手を通していた。

お正月の晴着みたいな和服を着た二、三人もいた。

だが、そんな全員の服装が、すべてどこか身にそぐわず妙にケバケバしいのと、お化粧もまだ下手くそで額が白く粉っぽかったりしているのが、結局はこの女性ばかりのクラス会の、それぞれのまだ幼いともいえる年齢を、正直に語っていたのかもしれない。

目立ったのは洋裁学校に通いはじめた連中で、一目でそれとわかるギョッとするようなトップ・モードを着ている。まったく同一の流行の服地を着た二、三人が、てれくさそうに値段を聞きあったりして、いちばん高価《たか》く買ってしまった一人が口惜しげな大声をあげる。……いつのまにか、彼女たちがひと塊りになっていたのと同じに、気がつくと、大学にすすんだ連中、短大進学の連中がそれぞれの渦をつくり、就職組は、その間に点在する位置に散ってしまっていた。

——だが、K大の英文に入ったというのに、一人だけ大学生のグループから離れている点でも、服装の点でも、のぶ子の隣りにいた池辺初子だけはどうやら例外だった。

その日、初子はマジック・インキで前後にスポーツ・カーを描き散らした丸首の白いシャツを着ていて、灰色のタイト・スカートの下は、短いソックスとスポーツ・シューズという無造作な姿だった。髪も思い切りよく当時の流行のセシール・カットに刈り、もともと異国的な顔立ちの美人で評判だった彼女のそのボーイッシュな軽装は、同性ののぶ子にも、ひどく新鮮な、洗練された魅力にあふれていた。

「……だってのぶ子、あなた、なにもお茶汲みをするためにその食品会社に入ったんじゃないんでしょう?」

と、大きな目をきらきらさせ、いかにも大学生らしい口調でその初子がしゃべっていた。

「ダメよ、おとなしくハイハイお茶なんか汲んでやってちゃ。……そんなだから、だから日本のキャリア・ガールの位置はいつまでも向上しないんだわ」

「でも、……」のぶ子は、おずおずと答えた。

「そりゃ、お茶を汲みたくなきゃ汲まなくてもいい、とはいうわよ。……だが、そういう女はむつかしいから、みんな仕事も持って行かん。結局そんなやつは敬遠されて、ガンバればガンバるほどどこの営業部でも、いや女たちの中でも孤立しちゃう。会社という企業体、職場という人間関係の場で、孤立していったい何ができる？　って課長さんはいうの」

「だからよ、わかっちゃいないわね」

ちらと会場の遠くの教師たちの笑顔を見て、初子は器用な手つきで外国タバコを箱から一本だけ抜き、鼻から白い煙を出すとのぶ子に笑いかけた。

「つまり、結局は勇気の問題よ。主張すべきことは主張し、そして女どうしで連帯すること。……したいことをする、したくないことはしない。人間にとって、ほんとうはこれがいちばん勇気の要ることだと思うの」

「だって、会社じゃ、これはしたくありませんなんていったって、通らないわ」

「だから長いものには巻かれる？　その弱さがいちばんいけないことなんだけどな」

――わかっちゃいないわねえ、とのぶ子は口の中で呟き、議論はやめようと思った。どうせ、美人でお金持の大学生なんかには、わかってもらえっこないのだ。

「……退屈ね。私、女って大嫌い。そうぞうしいったらありゃしない」と、すると不意に初子がいった。さりげなく目を伏せると、胸のスポーツ・カーの落書きの線を指でたどりながら、いささか得意げに声をひそめた。

「どう？　これ。同じ自動車部の男の子に描かせたのよ……ＭＧ」

そして、白い煙を吐きかけ、初子は朗らかにまた笑った。

のぶ子は、潑剌としたそんな初子に、すっかり気をのまれていた。初子たちの軽快で明るい自由奔放な毎日を思うと、なにかそれが太陽をじかに見ることのように、眩しく、目に痛く、自分には危険なことのような気がしてきて、のぶ子は初子から目をそらせた。

もともと、そんなに親しくはなかったのだが、その日、初子は帰りにのぶ子を誘った。

「あなたも頑固だけど、無理に気取ってないから好きよ」と初子はいい、外でお茶でも飲まない？　と、のぶ子にだけ聞こえる声でいった。

無論、颯爽としたそのかつての同級生への、反感も湧いていないではなかった。でも、のぶ子は、とっさに低く「……ええ」と答えてしまっていた。なによりも、当然大学進学組と行をともにするはずの初子、いちばん大人びた変化を身につけた美人の初子に、自分一人がこっそりと誘われたことが嬉しかった。

日が永くなって、日没にはまだ間がある初夏のその銀座の舗道を、軽快な、リズミカルな音を立てて初子の靴が歩いて行く。自分のドタドタした重い跫音を気にしながら、しかしのぶ子はけんめいにそれを追って、背の高い初子に遅れまいと小走りに歩いていた。

きっと、いい対照だわ。美人と不美人、貴婦人か良家のお嬢さんと、山出しの女中さんというところね。

……自分でもそう思いながら、だが、のぶ子は初子と離れることができなかった。どう見ても美人とはいえない鼻が低く目の細い自分の大きな顔、小肥りのみっともない大根脚。それとせいぜいおめかしして、その結果、よけい野暮ったくなってしまっている服装。

——でも、のぶ子は、垢ぬけた颯爽とした美人の初子とならんで銀座を歩くことに、生まれてはじめての、ある華美な感覚さえ味わっていたのだった。

若い男の二人づれが、彼女たちに声をかけたのは、最初の角を曲ったところだった。

「——やあ。お茶でもつきあわない?」

固く白い襟の高い、細身の縞の背広を着たほうが、気やすくそういって初子の横にならんだ。もう一人の、やはりズボンの細すぎる黒背広のサン・グラスをかけたほうが、挟むようにのぶ子の近くに寄った。

「ねえ、三十分ぐらい、どう?……二人と二人。ちょうどいいじゃないか」

サン・グラスの男が、やわらかな、囁くような声でいった。のぶ子はドキドキして、顔が真赤になった。初子を見た。

初子は、知らん顔のままで歩いていた。

「ねえ。ボーリングでも、ダンスでも……。もしなんだったら、ただお茶を飲んで、お話をするだけでもいいんだけど……」

縞の背広が、初子の前にまわりかけた。

「……ダメよ。私たち、久しぶりなの」

にべもなくそういい捨てると、初子はのぶ子の腕を保護するように取った。そのまま二人の男の間をすり抜けるように通りすぎた。

男たちの笑い声が後ろに去った。二人の男は、どうやら、あきらめたみたいだった。のぶ子は、まだ胸の高鳴りがつづいていた。頬も熱い。その頬をおさえながらいった。

「私、あんなことといわれたの、はじめて。……話では知ってたけど、ほんとなのね。きっと、初子といっしょだったからよ」

「なにいってるのよ」と、初子は前を向いたまま、声をあげて笑った。

「あなた、このへんはあんまり歩かないんでしょう？」

「ええ、めったに……」

「だから驚いたのよ。ヒガまないこと」

朗らかなその口調に、のぶ子も、やっとくつろいだ気分になった。……くすくすと笑いだして、はずんだ低声でいった。

「ねえ？　でも、二人ともちょっとハンサムだったじゃない？　惜しいな」

「惜しい?」初子は笑った。

「あんなの、いつだってウヨウヨしているのよ。いまの連中だって、このへんぐるぐる歩いててごらんなさい。きっと先廻りしていて、何度でも角を曲るごとに逢うわ。そういう連中よ」

「……ふうん」

「あら。なんだか、残念そうじゃない?」と初子はいい、突然、のぶ子の顔をのぞきこんだ。

「……あなた、恋人いないの?」

「あたり前よ、そんな、まだ……」

とっさにのぶ子は答え、顔が赤くなった。と、やはり歩きつづけながら、初子はまた声をあげて笑った。さすがに、すこしムッとして、のぶ子はいった。

「なにがおかしいのよ。だって、恋人なんて、そんなに簡単にできるものじゃないわ」

「そうかしらね」と、初子はまだ笑いながらいった。

「……つくろうと思えば、いくらだってできるんじゃない? 簡単に」

「そりゃ、あなただから……」

「違うわよ、そういうことじゃないのよ」とやっと笑いおさめて初子はいった。

「もしほんとに欲しかったら、恋人なんて一日に一人はできると思うけどな」

「一日に一人?」

呆れて、のぶ子はいった。初子はこともなげにうなずき、教えるような口調になった。

「だって、一人きりじゃ、気も重くなるし、なにかと窮屈だったりするじゃない？……私も、だからときどき気分転換に、こんどはアレ、ってマークしちゃうの」

べつにふざけているとも、からかっているとも思えない声音で、初子はつづけた。

「簡単よ。……まずそいつに、あきらかに差別して親切にしてやるのよ。ほかの男なんか目にも入らないみたいに。それでものってこなかったら、自分に自分で、私はあの人が好きなんだ、って自己暗示をかけちゃうのよ」

「だって、その人、ほんとに好きじゃないんでしょう？」

「まあね、でもゲンミツにいえば、わからないな。案外、そのときはほんとに好きになってるのかもしれない」

まるで、他人ごとのように初子はいった。

「とにかく、この手でやれば百パーセント大丈夫よ。あとは適当にわがままをいったり、すぐ折れてやさしくしてやったりすりゃ、男ってみんな人がいいから、けっこう夢中になってくれるわ。……ただ、弱むしになっちゃダメよ。男は、女にすがりつかれたいなんてよくいうけど、ほんとにすがりついてくる女なんて、すぐ嫌いになっちゃうから」

「……初子、いつそんなことおぼえたの？」

「さあ、経験でしょ」と、ケロリとして初子はいい、胸のスポーツ・カーの線をいじりながら、いたずらっぽく横目で見た。「このカレもね、その手で陥落した一人。私のいうことなら、なんでも聞くのよ」

「よく、平気ね」と、のぶ子はおそるおそるいった。

「そんな、何人も恋人をつくって」

「あら、どうして?」

初子は振りかえった。

「だって、そんな、……こわいし、そんなつくり方、すこし無責任じゃない?」

「そうね、その点では、さっきと同じことね」と、微笑して初子は答えた。

「要するに、勇気の問題だ、ってことよ。ほんとにしたいことをしたいのなら、その人は、どこまでも自分の主体性を、……つまり、自分の孤独を守り抜くだけの強さをもっていなくっちゃね、すこしぐらい他人に白い目で見られたって。……その勇気のない人は、恋人は夢の中だけのものにしておくほうがきっと安全だわ」

いって、初子はまた道を折れた。同じように道を曲り、低く声にならぬ声で叫ぶと、のぶ子は立ちすくんだ。

正面から、さっきのあの二人づれの若い男が、ニヤニヤしながら歩いてくるのだった。

何気ない口調で、初子がいった。

「——どう? あの二人とつきあう?」

「いや。いやよ。……いや!」

と、反射的にのぶ子は叫んだ。すがりつくように、初子の腕を抱えていた。

二人の男の笑い声が、またのぶ子の後ろに消えて行った。

「どうしたのよ、さ、行きましょうよ」と、初子がいった。

――そのときの初子の、あわれむような、嘲笑するような彼女を見下した眼眸《まなざし》を、のぶ子は忘れられない。あのとき、のぶ子は自分の勇気のなさ、こわくて、不安で、とうてい一人きりで自主的な行動などとれない自分を、その弱さを、一瞬のうちに初子に見抜かれてしまった、と感じたのだ。

そして、のぶ子は、自分が容貌やスタイルの点ばかりではなく、根本的に恋人をもつ資格がないのだという確信、恋人なんかもてっこない女だという確信を、初子のあの眼眸とともに、そのとき、はっきりと心に灼きつけてしまってもいた。

――初子に手をとられ、ふたたび歩きはじめたとき、のぶ子は萎えたように膝に力がなく、全身がふるえていた。

……だが、のぶ子のその日の記憶は、それで終りではない。やがて、初子とともに入った喫茶店で、赤い絨毯の敷かれた二階への階段を上りかけたとき、そこに立っていたボーイがこういったのである。

「――あの、失礼ですが、二階は御同伴様だけになっておりますので……」

「あらそう。じゃ、ほかに行きましょ」

怒ったように出口を向く初子とはべつに、振りかえって、のぶ子はその「御同伴専用」の二階への階段を見上げた。

階段の上は薄暗く、そこには、たぶん、自分にはけっして足を踏み入れることができない、魅惑的な「恋人」たちの世界があるのだと思った。……のぶ子は、その赤い階段を、まるで禁断の世界への門を仰ぐような気持で、脳裏にふかく刻みつけた。

——それから、四年がたった。

季節こそ初夏ではなく春だったが、久しぶりのクラス会は、またあの洋菓子店の三階が会場だった。デパート勤めの連中から抗議が出たとかで、その日はウィーク・デイだったが、やはり最初とくらべると出席者は少なかった。

だが、のぶ子も初子も出席していた。席はまた隣りだった。会は、四年前のようには盛り上らず、こんどは既婚者の連中、許婚者のいる連中がひと塊りになって、姑の悪口やら育児法などに熱中しきっている。「大人」の服装も化粧も、すっかり板についてしまっていた。

二人は、その渦から離れていた。あのときの自信にみちた言動を忘れたかのように、初子は、卒業したカレがいかに優柔不断になったかをコボしていたが、のぶ子はもう勤めについては何もいわなかった。

時間がたち、いつかのように、初子はまたのぶ子の耳に口をつけた。

「ねえ、いっしょに歩かない?」

「……残念だけど」と、それを待っていたようにのぶ子はいった。

「私、主人と待ち合わせをしてるの」

「え？　結婚したの？　のぶ子」

初子はおどろきをかくさずにいった。その目をみつめながら、のぶ子は笑った。

「ええ。……でも、めったに銀座になんか出てこられないのよ。それで、今日はいっしょに夕御飯をたべる約束をしたの」

「……呆れた。よくもかくしてたわね」

「だって……」と、のぶ子はいった。「平凡なの。親戚がもってきた見合結婚なの。だからべつに何もいうこともないし……」

「いつ？」

「それが、ほやほやなの。今年の二月。だから、クラス会の幹事の連中にも、まだ教えてなかったのよ。会社は、一月にやめたわ」

「……考えられない」と初子はいった。驚いた顔のままで、どうやら、それはびっくりしたときの彼女の口癖だった。

「でしょう？　ろくに恋人をつくる勇気もない私が、結婚しちゃうなんて」

のぶ子は、ハンドバッグから結婚指環を出し、ゆっくりと左手の薬指にはめながらいった。

「恥ずかしいから、だまってたの。……たしかに、いつかあなたのいったとおり、私は勇気がなかったから、恋人は一人ももてなかったわ。でも、その代り、夫をもつことができたわ。恋人とこそ縁がなかったけど、でも、そういうの、かえって奥さんになるのには向いているのね。……あなたは、あいかわらず、恋人だけ？」

「こいつ……」と、ふざけて打つ真似をしながら、そんな初子の顔には、急に弱よわしい、一目置いた表情がうかんでいた。のぶ子は、その初子に笑いかけた。

「……じゃ、お先きに」

それが、用意してきた最後の言葉だった。しらけて黙りこむ初子、いまは他の同級生たちとかわらない、いや、まだ結婚の気配がないだけ、かえって卒業当時のままのような子供っぽい印象の初子をあとに残し、のぶ子は会場を出た。まっすぐ、夫の待つ駅前の小公園へと歩いた。堅物《かたぶつ》の建築技師の夫は、すでにその公園のベンチに坐っていた。

「やあ、早かったね」と声をかける夫に走り寄ると、のぶ子は、甘えた声を出した。

「ねえ、お願い。行きたい喫茶店があるの。ご同伴でしか入れてくれないところなのよ。そこへつれて行って」

「……アヴェック・シートか。苦手だな」

だが、そうはいいながら、夫はのぶ子につづいてきた。

――のぶ子の行先きは、もちろん四年前、初子とともに行き、ことわられたあの喫茶店の二階だった。

こんどは、ボーイが、「どうぞお二階に」といった。彼女は、夫とともに堂々と腕を組んで赤い絨毯を上り、照明の暗い二階の、一方にしかシートのないボックスの一つに、その夫とならんで腰を下ろした。……が、期待にみちてその椅子に坐ったはずの彼女をおそったのは、予期に反し、ようやくこの四年間の望みをはたしたという満足感ではなかった。むしろ幻滅というのに近いしらけた感慨であり、一つの違和感でしかないのだった。

のぶ子は、この四年間の自分が、はるかな背後の闇に去って、自分がもはや彼女とは別人の、一人の「人妻」にすぎないのを全身で感じていた。いまになってここに来ても、それはあれからの自分の欠落を医《いや》すものではなく、ただ、その頃からの自分との遠い、しかも決定的な距離を、あらためて彼女に思い知らすものでしかなかった。のぶ子は、呆然として卓の赤いシェードの光を見ていた。

とにかく、彼女は遅れすぎてそこに坐っているのだった。あれからの四年間の自分、それは、やみくもに自分は絶対にここに来ることはできないのだと一人ぎめにし、自分のその一つの不能をうらめしがりながら、しかし頑なにそれを確信しきっていた自分だった。「恋人」とともにこの二階に上り、坐ることは、そんな毎日の中でのみ価値や意味をもち、おそらくは独得の魅惑的な暗い輝きさえ放っていた、一つの夢に違いなかった。でも、私はもう、二度とその夢を充たすことができない……。

ふと、のぶ子は思った。——でも、何故この四年間、私は誰かとここに来ることができなかったのだろう。たとえ現在の夫であるこの人といっしょにでも、どうしてここに坐れなかったのだろう。私は、そのときにしか見られないもの、そのときにだけしか生命をもたない感覚、そのよろこび、その幸福を、すべて、永遠に失ってしまっているのだ。

「……どうもてれくさいな。まるで恋人どうしだな」と、運ばれてきたジュースに口をつけて、夫が、小さな声でいった。

意味もなくうなずき、突然、奇妙な心のこりがのぶ子の胸を刺した。彼女は、その自分の中に、もはやけっして塡《う》められることのない心のこりが、まるで二度と手に取れない忘れ物のように黒い口をあけているのを、そのとき、はじめて明瞭に意識したのだった。

Ⅱ　展望台のある島

ある週末

I

赤革のスーツ・ケースをさげ、髪の毛を脱色したそのまだ若い女がホテルにやってきたのは、土曜日の午後おそくだった。さし出されたカードに、女は「新関加代　20歳」と書いた。一泊。劇団員。そして、ちょっと考えてからアパートらしい東京の住所を記した。

「お一人でございますか?」

「ええ、そう」

女は敏捷に瞳をあげ、眉の太い生真面目な表情のボーイをみた。まあ、わるかないわ、と女は思った。こんりんざい迷惑をかけてやる気のしない男ってのもあるけど。

「お待ち合わせで?」

「いいえ。どうして?」

「失礼いたしました」

スーツ・ケースをもち、黒服のボーイが先に立った。中央のロビイで女は脚をとめて、ポーチの右側の大プールに、背広の男がゆっくりと曲って行くのをみた。男は一人きりで、うつむいたまま歩いていた。その向うに、ひろびろとそそりたつ海の青い壁があった。

「……いいところね」と、加代はいった。


水のない大きなプールのふちに立って、川辺祐二は、その底の乾いた灰色のコンクリートをみつめた。大きく呼吸を吐いた。

「……まだ、結婚するまえだったわね、ここに来たの」

横で、妻の敬子がいう。

「そう、三年まえだったたね」

あのとき、子供の玩具らしい白い汽船がプールの底に沈み、濃緑の水にその白が滲んでいた、と川辺は思い出した。だが、いま、プールには、水も、おびただしい光も、原色の氾濫も、夏の物音もなかった。

海岸のそのホテルからは、海に向かい、松をあしらった芝生がなだらかな傾斜をみせ、その芝生の尽きるところに低い白い柵があって、それから渚へと降りて行く砂浜までのあいだに、いくつかのプールが横にならんでいる。川辺の立っているのは、西の端の、いちばん大きなプールのほとりだった。

季節はずれのからっぽのプールは、ところどころ黒っぽい水が溜っていて、そのいくつかが遠い山のつらなりの上にある冬の夕日に、灼熱した棒のように貫かれている。手ずれのした鉄の梯子の脚も水につかり、黒い水溜りは、動かない枯れた松葉を泛べていた。

「……おぼえている？　ほら、あなたが、ふいにここで私を突きおとしたこと」

透明な敬子の声音は、なんの感情もさぐることができない。

「ちょうどここ。このふちの、ここに私が立っていたときだったわ」

笑いながら、ふいに心になにかが湧き、それが奔出するように手をのばして、赤い水着の敬子をプールに突きおとしたときの記憶、あのときの、悲鳴と水音がまざりあった一瞬の敬子、その眩しく充実した、はじめて彼が敬子との繋がりを自分のなかに認めた瞬間の記憶が、きらりと閃いて川辺の胸を過ぎた。

が、いまはそれが、遠い単独な点のような、どこへもなににもつながらぬ孤立した一つの風景の記憶としか、彼には感じとれないのだ。

それぞれ、カメラをもった三四人の背広の男たちが、なにか笑いあいながらホテルのほうに歩いて行く。ひろびろとした空間に、人かげはそれだけしか見えなかった。川辺は、なぜとはなく、ひどく疲労している自分に気づいた。

「風がつよいのね。寒いわ」ささやくように敬子がいう。

川辺も、スプリングを部屋に置いてきていた。

足もとに、砂が走っている。

「ちょっと、海をみてくる」と、川辺はいった。

敬子は歩き出さなかった。「私はいや。部屋にかえるわ」

スーツの襟に手をやり、敬子がからだをくねらせて風をよける。その姿が、低くなった日の鈍い銅色の光にまみれ、一瞬あざやかに川辺は瞳に沁みるような気がした。

「じゃ、私、部屋にかえってるわ」

川辺は振り返らずにあるいた。

平坦なコンクリートの敷地をわがもの顔にかけまわる風は冷たく、隣りのプールにある飛込台が、その中にさむざむと停っていた。飛込台は乾いていた。

今ごろ、敬子は、鍵のかかったあのスチームのある小さな部屋の中央にあらわれ、ラジオをつけ、好きな音楽でも聞きながらぼんやりと天井をみつめているのだ、と川辺は思った。ぼんやりとした目。黒瞳の大きな、長く反った睫にふちどられたよく光る目。……そうだ、彼女はすでに一つの目、精巧な義眼みたいな、焦点のない一つの目だ。いくらのぞきこんでも、また、手にとり裏返してみても、もはやなにもみつけることができない一箇の目。いまは、それが敬子なのだ。

かれらが三年まえ、それぞれの友人たちと東京から約一時間半ほどのこのホテルへ一台の自動車でやってきたとき、いまそのふちに川辺がいた大プールしか、まだ使われてはいなかった。敬子は、彼の同級生の妹の友達で、逢ったのはそれが二度目だった。翌年の春、敬子が大学を出るのを待ち、二人は結婚した。

そう。あのときから、僕は敬子に負けはじめたのだ。ゆっくりと靴で砂浜を踏みしめ、川辺は思ってみる。ふいの衝動で敬子をプールへ突きおとしたあのとき、僕は、はじめて敬子が僕にとって、もはや皮膚の外側だけでの存在ではないことを確認したのだ。敬子は、すでに僕の内側に侵入していた。僕にとり、あの瞬間を境に、敬子は「特別な他人」となった。それから彼女は僕の「家族」、アパートの一室に住む二人きりの家族の片っぽになった。僕たちは、夫婦という一つの単位になり、連繫しあっていた。それを、僕は「愛」だと信じてきた。

……わからない。

口のなかで呟き、川辺は苦笑していた。意味のない、それは疲れた嘆声でしかなかった。いったい、いまさらなにをわかりたいのだ、わかってどうなるのか。自分が他人になることができぬように、結局僕にはどうすることもできなかった。そして、僕は、どうなることもできない、そのことがわかりすぎているだけのことじゃないか。

敬子が、ふいに別れたいといい出したのは、一週間まえの夜のことだ。敬子は彼の見ていたテレビを消し、彼のまえに、膝をくっつけるようにしてすわった。

私、あなたと別れたいの。敬子は真面目だった。

ヒステリイよ、私は。一時間ほどたち、敬子は、叫ぶような声でいった。あなたはいい夫よ、やさしいし、いつも最後まで話し合おうとしてくれるし、誠実だし、よく気がつくいい夫よ。

川辺は、はじめて妻が泣くのをみた。そうよ、私たちのこと知っている人はぜんぶ、私のパパやママだって、みんなあなたの肩をもつわ。だから早く子供でもつくっときゃよかったんだ、きっと敬子はチヤホヤされすぎて、幸福すぎて、退屈しちゃってんだ、ゼイタクな文句だ、わがままだ、っていうのにきまってるわ。どっちかに恋人でもできたんじゃないかなんて、かんぐる人だってきっといるわ。でも私、このままうやむやに毎日をつづけて、ああ、もうおそすぎるわ、なんてことになりたくないの。あなたが、私のことを考えて、いいようにしようとしてくれればくれるほどたまらないの。私を、一人きりにしてほしいの。あなたはいい夫よ、ある意味では申し分のない夫、尊敬できる、まるで満点の私のパパだわ。でも、別れたいの。このままだと私、浮気をしちゃうかもわからない気がする。私は、ずるい妻になるのはいや。でも、そういう自分をごまかしちゃうのもいやなの。別れましょう。絶対に、私は後悔はしないわ。

風が、短い笛の音のように耳をかすめている。浜辺には、小さく裂くような唸り声を断続させ、いっそう鋭くあらあらしい風が遠くまで走っていた。

海は目のまえにあった。

沖に舳先を向け、ワイヤア・ロープで繋ぎとめられている一般の漁船に寄りかかって、川辺は苦心して煙草に火を点した。青黒い海は、ゆっくりと東に滔々と流れている感じで波頭が動いていた。

海は気持ちよかった。川辺は、この近くの海岸の町に疎開していたころの彼をおもった。少年の彼は、よく浜辺に出て腰をおろし、飽かずに海をながめた。空腹と、つねに孤独な怒りに似たものが、いつも、彼をけわしい眼にしていた。

あのころ、僕は海と会話を交していた、と川辺は思う。少年の僕は、一箇の固く真摯な存在とし、海を支え、海に支えられながら海と拮抗していた。……だが、いま、僕は問いかける言葉もなく、海にただ自分の放心を眺めているのにすぎない。一本の流木、一箇の石のように、自分だけの暗い充実を海に映し、無心に風になぶられる灰いろの空白に化しているだけにすぎない。

鷗らしい鳥が一羽、汚れた白い翼を返しながら、鈍くひかる海の上を、どこまでも遠く沖へと翔んで行くのを川辺は見た。夕暮れの光が海面を染め、左右の墨絵のような松林は、靄のなかに裾を没している。視界には、一人の人間の姿もなかった。

どうしてあなたはそんなにいきいきとしていないの。いつも義務に耐えているみたいな顔をしてるの。ずるい、悪い、もっと他人を傷つけて平気な、強い、人間らしい男になれないの。そうだわ、あなたはひとつも生きていないんだわ。生きるのが、こわいのよ、きらいなんだわ。

唐突に、川辺は、さっき駅からこのホテルへと歩いてきた途中での経験を思い出した。

彼は、舗装された国道をあるいていた。海の側に、松林がつづき、逆の側には田畑が、製粉所の建物があった。海岸に平行した国道には、疾走する自動車の爆音が絶え間なく交替して、その爆音の切れ目だった。

走ってきたトラックが彼のうしろに消え、一台の小型車が、彼を抜き正面の短い坂をのぼりかけた。ふと、その外国車のエンジンのひびきが、あたりの風景のなかに独立して、急速に遠ざかって行く虫の翅音に似たその爆音の最後が、車体とともに坂の頂上に消えた。一瞬、すべての音がなかった。

そのとき、川辺は、ふいになにかが自分から奪われ、自分がぽっかりとむき出しにされた気がしたのだ。生き、動き、音を出すすべてのものたちから縁を切られ、彼は、それらとのあらゆる関係の外に置かれていた。ただ一人、風景のなかにほうり出されていた。足が、機械のように、その彼を運んでいた。

外界との、あの断絶感。孤立し、息ぐるしく風景の上をかすめて行く透明な翼のような時間を、ただつかまえようとだけ焦っていたあの瞬間。停止した永劫のような瞬間。——川辺に、それがまたうまれていた。

「敬子」と、彼は呼んだ。

答えはなかった。

湿った黒い砂に足をとられ、川辺は急な砂丘をのぼった。もう、なにも考えることができなかった。砂丘から、ホテルに出る石の階段にまであるくほんの僅かなひまに、太陽は沈んでいた。松の肌や、プール・サイドに転げている小石を、丹念に贋造するみたいにふしぎに精緻に浮き出させているどこにも光源のない光は、もはや生気がなかった。彼は、大きく呼吸をした。

ロビイでは、壁ぎわのテレビの画面だけが光っていた。

薄暗い室内には、一人だけ、純白のスェーターに焦茶色のスラックスの、赤茶けた髪をした女がソファにすわっていた。女は、さも退屈したような顔で、ソファの背にかけた肱に頤をのせて、ガラス戸をあけてゆっくりと入ってくる背広の男をみつめた。ぶつぶつと男は口のなかで呟き、ちらと女をみて、そのまま青白い顔をうつむけて前を通りすぎた。

テレビでは、小さく、甲高いつくり声の男女が、早口にしゃべり、笑っている。

漫画か、と川辺は思った。足をとめなかった。

鍵をあけて、川辺は部屋に入った。電燈を点した。敬子の、身をおこす気配がする。

彼は待った。

が、敬子はなにもいわなかった。

川辺敬子が死んだのは、三日まえの午後であった。

アパートの近くの路かどで、彼女は自動車にはねられ、意識をなくしたまま、一時間後に絶命した。川辺が、銀行のいつもの机で報せをきき、病院にいそぐ途中だった。

轢いた車はそのまま逃げ、翌日の新聞は、若妻が不慮の事故にあった、と書いた。川辺はその新聞を燃やした。

一週間待ってくれ、そのあいだに、どうしても別れるか、どうにかして別れないですむのか、二人でもう一度考えよう、とあの夜、彼はいった。敬子も同意していた。だが、その約束も四日目で反古になった。

車の持主をさがす気もおきない。事故か、自殺か、あるいはその両方か、たしかめることはできず、たしかめたくもなかった。たしかめることは要らなかった。敬子は、死んでしまったのだ。敬子を、運転手を、うらむ気にもなれない。他人をうらむことができない。

病院で、目から上を繃帯で巻かれた敬子の屍体をみて、泣くことも、叫ぶこともできなかった。彼とおなじエンゲージ・リングをはめた見おぼえのある掌が、胸の上で組まれていた。片すみで女が声をあげ泣きはじめて、見ると、彼を待っていたのらしいそのアパートの隣室の細君のいるとなりの椅子の上に、青い葱の垂れた敬子の買物籠が置かれていた。籠はひしゃげ、泥で汚れていた。

2

それを、忘れているのではない。悪夢だと、虚妄だと、考えているのでもない。むしろ、いま、その光景のほかにはなにも確かなものはないのだ。それだけが確かなのだ。だが、その確かさが、いったいこの僕になんのかかわりがあるというのか。……彼女の死、その事実。それが僕に、たしかなどんな力をもち、どう、僕をかえてくれるというのか。

枕もとのラジオに手をのばして、川辺は深夜放送の音楽を切ろうとした。「あ、もうすこし」と、ふいに敬子の声がきこえた。

せまいベッドだった。手をもとにもどし、川辺は敬子がシーツの裾を蹴って、からだを反転させるのをかんじた。

「ねむれないの？」

耳もとで、敬子がいう。

「いやよ」いって、敬子が身をずらせる。川辺は、彼の手をはらって床に下りる、揃えたままの彼女のすこし細すぎる脚をながめた。

「星がいっぱい。ああ、明日はきっといいお天気だわ」

窓のそばに立って、敬子はいった。

黒い窓の向うに、松の枝らしい影が風に動いている。濃く暗いその影に掃かれながら、ちらちらと明滅する漁火らしい赤い小さな灯が、意外な高さに横に一列にならんでいる。水平線が、きっとそのあたりにあるのだろう。

川辺は、吹きさらしの夜のからっぽの大プールを目に描いた。すると、彼の網膜のなかで、どこか荒涼としたその風景は、たちまち真昼の、真夏の、青緑色の水をいっぱいにたたえたそれ、プール・サイドに喚声や、浴客やパラソルの色彩、きらめく光が群れあふれたそれになって、見たこともない芥子色の水着の敬子がそこで笑っていた。なんだ、タクアンのような色だ、と彼は思う。

敬子が首をかしげ、海岸で拾ってきたのらしい小さな巻貝を耳にあてる。彼もあてる。巻貝は冷たかった。……べつに、なにも聞こえはしない。そんなことはわかっているのだ。

あなたって、どうしていつもそう本気なの？　もっとうまく私をだまして、ごまかしてよ。

あの土曜日の晩、目を赤くした敬子はいった。

だって、君はふざけているんじゃない。

そうよ、そのとおりよ。

どうすればいいっていうんだ？　敬子。

わからないわ。

退屈なのか？

退屈っていうより、こわいの。なんだか、生きるためっていうより、私たち、死ぬために毎日を送っている気がする。私たち、ただ年をとって、ただ傷つけあうのをこわがってそればかりを恐れながら、うやむやのうちになにかをごまかして、具合よく、完全に死んでしまうのだけを目標に、いっしょに毎日それをじっと待ちつづけているだけ、っていう気がする。……生きることって、ほんとにこんなことなの？　このほかにはないの？

でも、僕は君を愛している。

うそ。あなたは私を愛してはいないわ。

愛しているよ、僕なりに。

ちがうわ。わからないの？　あなたの愛しているのはこの部屋、結局は、清潔な、他人どうしの巣としてのこの家庭よ。それだけだわ。そこでの平穏無事と、そのためのあなた流の秩序だけなんだわ。

あなたの愛しているのは、人間じゃない。私という人間じゃない。いくら私のことを考えてくれてるっていっても、それは私じゃない。私というあなたの一部分なんだわ。

だって、僕たち、げんにうまく行っているじゃないか。

いいえ。いまは私たち、いっしょに腐りかけているだけ。私たちはくっついちゃっているの。まるでおたがいにおたがいを見ることができないシャム双生児みたいに。そして私たち、いっしょに、ただお爺さんとお婆さんになろうとしているだけ。ああ、ほんとにこれでいいの？

だって、ほかにどんな暮し方があるっていうんだ？　僕たちに、これ以外のどんな生き方ができるっていうんだ？

ああ。あなたは本気なのね。そうね、いつでもあなたは本気なのね。でも、本気だって、やっぱりひとつの嘘じゃないの。どうせ嘘をつくんだったら、もっと面白い嘘をついてよ。

川辺は煙草に火を点した。

「……一度、ここにくりゃよかったね、夏に」と、川辺はいった。

「そうだったかしら？　ほんとに、そう思うの？」

彼はだまっていた。敬子は、単調な声のままでいった。

「でも、私たちが、こうしてあの次の土曜日の夜、ここへ来て泊るなんて、あのときは考えてもみなかったわ」

遠い声音で、だが、敬子はまたベッドへともどっている。冷たい肩が触れる。敬子は、川辺に背を向けてしずかな呼吸をしていた。

「アパートにいたほうがよかった？」

「いいえ。そのことは、あなたの知っているとおりよ」

「どこか、ほかに行きたいところでもあったの？」

しばらく、敬子はだまっていた。「べつに、なかったわ」と彼女はいった。

風が出てきたらしい。窓枠がしきりに音を立てる。その音が長く、次第に大きくなってきている。

ラジオで、日本語の達者な外人がばからしいジョークをとばしている。また、音楽がはじまる。

「……一週間目なのね、今夜は。約束の」と敬子がいう。「やっぱり、私たち、別れることしかなかったのね」

「そうだったね」そう。やはり、それを防ぐことはできなかった。

「——そうだったのね？」念を押すように、敬子がいう。「ねえ、なにかいってよ。なんでもいい、なにかいって？　私、ねむれないのよ」

「……僕だってさ」

微笑をうかべようとし、川辺は、頬がかたくこわばりかけているのがわかった。「僕だって、ずっと、ねむれないんだ」あれから、ろくすっぽねてないんだ。……僕は、疲れている。なんにも、もう、僕には君に話すことがないんだ。僕は、たぶん、そのなんにもないということのなかで、疲れ果ててしまったんだ。……ほんとに、話すことも、考えることも、僕にはもう、なにもないんだ。

「……ああ」

嘆声のような、空虚なかるい呻き声が、やわらかく彼の耳にかかる。

「私、思い出そうとしてるの」と、敬子がいう。「でも、思い出せないのよ、どうしても、思い出せないのよ」

「あの晩、私はどんなだった？」敬子はいう。「どんな感じだった？　このホテルで、いったい、どうして私はあなたに抱かれたんだったの？　……あなたは、私にどんなことをいったの？」

あの晩、あの晩、と流れやすいフィルムを追うみたいに、川辺は思った。プール・サイドでキューバンのバンドが最後の曲を奏で、そのとき松のかげで、僕ははじめて君の唇を吸った。潮風で君の肌はしめり、べとつき、君の唇は、とても冷たかった。君はふるえていた。ふるえながら君は笑い、喘ぐような、わななくような呼吸のままで、強引ねえ、ずいぶん、といった。……なんだか、怒っているみたい、川辺さん。とも君はいった。

そうだ、あのときも僕はいったんだよ、本気だよ、と。……君はいった。私、絶対にいい奥さんになれるわ、そういう性質なの。君も怒ったような目をしていた。タオルの下で、君の髪はまだ濡れたままで、はじめ、君の肌はひどく冷えびえとしていた――

でも、過去はもういいのだ、と川辺は思う。なにひとつ、そこには信用でき、力にできるものはなくて、過去は、たしかめ、回復することができない。僕には、一人でほうり出されているこの今、この現在のほか、なにもないのだ。

「ねえ、いつまでここにいるの？」

「わからない。でも、月曜日にはやはり銀行に出なきゃまずいだろう」

「ここから、直接に行くの？」

「わからない」

「……明日、帰ったほうがいいわ」

「帰って、どこへ行くの？」

「どこでも。ここじゃないところ。ここにいても無駄だわ。それはもうわかったはずだったじゃない？　帰ったほうがいいわ、アパートへ」

「君がいない」

「ばかねえ。私をさがしにここへ来たの？」

「……僕がいない」

川辺は手をのばした。敬子が、その腕の内側を、すっと離れて行く。寝具から、そのまま脱け出て行く。かすかに汗ばんだ敬子の肌の香り、その温みが、霧のように逃れて行く。それを追って、川辺も跣で床に下りた。

「僕がいない」と、彼は叫んだ。

疲労が、ひとつの眩暈となり彼をよろめかせた。川辺はベッドへと倒れた。くらく、重い幕が崩れてきて、それが彼を包み、深淵のような闇にひきずりこむ。黒い錘りがどこまでも墜落して行く。

……眠るな、と彼は思った。

反射的に、加代は椅子から立ち上った。

叫びごえがきこえた、と思う。言葉はわからなかったが、たしかに男の声、男の、けだもののような短い絶叫がきこえたのだ。

唸りとも、呻きともつかぬその声、夜のなかに単独にひびいた一瞬のその叫びは、ふいに池に投げこまれた石のように、あたりの底ぶかく不気味に停止した静寂をおしえる。

……ふと、それが加代を現実の夜につれもどした。

声は、もう聞こえてはこない。隣室は、もはや物音ひとつしない。

だが、突然のその叫びは、虚をついたようになまなましく加代の胸をつかみ、ネグリジェのしたの筋肉を固くさせた。息を吐くと、小刻みに胸がふるえ、こめかみに動悸がひびいてきた。加代は、自分が真赤な顔をしているのがわかった。

たしか隣りの部屋にいるのは、夕方みたあのへんな男、一人でぶつぶつとなにかを呟いていた青白い顔の男だ。どうしたのだろう。なんの叫びだろう。考えている自分に気づいて、ばからしい、他人のことは他人のこと、と加代は心のなかでいった。とにかく、たとえあの男がどうなろうと、私の知ったことじゃないの。

なにかが過ぎて行った。

過ぎたのは、驚愕というより、恐怖だったかもしれない。が、それは、同時にそれまでの加代のある集中、ある興奮を運び去った。

加代のなかで、急に肩の力を抜き、もう一人の加代がへたへたと床にくずれた。

「……ああ、今夜はだめ」と、加代はいった。

海の音が部屋にひびいてくる。加代は椅子にすわった。

赤革のスーツ・ケースに、まだ封の切ってない薬箱をしまうと、彼女は最後の二枚のチョコレートを出し、銀紙をむいて食べはじめた。私は、まだ佐野を愛している。とちょっと腹を立てて加代は思う。でも、絶対にやめない。絶対に、私はやめたんじゃないのよ。いまさら、のめのめと私がどこへ帰れるっていうの？　あのアパートには、私の代りに早速きっとどこかの彼女でも入れるんでしょう。わかってるわ。女は、あのバカな、グラマラスな新入りの研究生だわ。もう入れているかもしれない。そうだわ、きっとそうにちがいないわ。でも、するとあなたがた二人は、いっしょに報せをうけとることになるわ。ふん、きっと女はそら涙をながすわ。

銀紙をかたくまるめ、力いっぱいに壁にぶつけた。「……サノ。サノ」と、声に出していった。涙が頬をつたった。ふしぎね、こうしてあなたの名前を呼んでいると、私、いつでも死ねる気がする、と加代は思った。

3

食堂は場所がかわっていた。その日はじめての食事をしに、案内され川辺が食堂に入ったとき、時計の針は十二時を大きくまわっていた。

われながら、よく眠ったものだと思う。ここ数日の不眠と疲れからか、夢もみないながく深い睡りだった。

それが、彼をシャワアを浴びたあとのような気分にしていた。川辺は爽快な空腹をかんじながらテーブルに向かった。

やはり季節はずれのせいか、食堂は人かげがまばらだった。それでも、アヴェックが一組と、四人づれの男ばかりのテーブル、それからこれは一人客の、昨日ロビイでみた赤茶けた煙のような髪の女が、やはり白のスェーターで食事をしている。

部屋は明るい昼の光に充ち、窓の外は上天気だったが、芝生に面したガラス板のたてる騒音がはげしい。風といっしょにあらあらしい海の鳴動が絶え間なく窓をゆすり、テーブルの一輪ざしの紅いカーネーションの花びらが慄えつづけている。ガラス板の向う、目の高さにひろがる青い屋根のような海は、一面に泡だつように白い波頭をみせ、あきらかに荒れ模様の貌をしていた。

川辺は、その風が南風で、まっすぐ海から吹きつけていることに気づいた。古い記憶では、この季節のみなみは、たしか性質のわるい時化《しけ》の別名だったはずだ。

「荒れてますね」

男ばかりのテーブルでの話し声が、耳にとどいてくる。昨日、カメラをもって歩いていた連中で、こちらに背を向けた銀髪の男のほかは若く、三人は同じような紺の背広を着ていた。

「残念だな、せっかくのお天気なのに」

「なあに、ちゃんと撮れるさ、かえって面白い絵ができるかも知れない」中年の男がいう。

「とうとう他のやつは来なかったね、これじゃ僕たち経理部だけじゃないか。先生にわるいね」

「いいさ、どうせこのところは暇なんだ、もしなんだったら経理部だけのコンクールにしたらいいだろう」

「でも三人じゃね」

四人は声を合わせて笑う。中年の男は、どうやら会社のカメラ部で招んだ「先生」のように思えた。

「いや、太陽の落ちるのって速いですねえ」いかにも感嘆したように、若い一人がいう。「昨日ね、屋上でちょっといい構図をみつけましてね、それが、ちょうど山のシルエットに太陽の下が着いたときなんです。すると、ちょっと露出をみているうちに……」

「そりゃ、光は停ってってはくれないよ、部屋の中じゃないかぎりね」

一人が、さも知ったような口調でいう。

「太陽の直径は〇・五度だからね」笑いもせず、中年の男がいう。「計算してみたまえ。とにかく、太陽は、二十四時間で三百六十度回転する」

一人が計算した。

「そうか、なるほど、すると〇・五度動くのに、ちょうど二分ですね」

「そうなるかね、そんなもんだね」

太陽が回転する。二分の七百二十倍、それが一日。……川辺は思った。僕は、愛もなく、自分の誠実への信頼もなく、夢想もなく、ただ一箇の石のように、これからはそうして刻まれて行くただの物理的な時間とだけ、一生つきあって行くのかもしれない。

ためすように、川辺は目をつぶった。

しかし、敬子はあらわれない。

声もきこえてはこない。敬子は、朝からの沈黙を、ずっと守りつづけている。

川辺は目をひらいた。安堵したような吐息が、思わず唇をもれる。もはや、敬子は一つのよろこびではない。それは、一つの空虚な負担でしかないのだ。いま、川辺は、敬子の目が閉じられているその感覚、敬子からの解放が、持続することだけをねがっていた。

それは、一つの圧迫を免除された身がるさに似ていた。その身がるさには、いささか冷ややかな悲しみの味もあったが、だが川辺は、敬子がもはや彼をじっとみつめようとしないことに、奇妙な安息をおぼえていた。

僕のなかの敬子を起してはならない、と彼は思う。まるで厚い雲霧に閉ざされてしまうように、すると僕はなんの手がかりもないその敬子との応接に、ふたたび疲れきらねばならないのだ。あの幻影との絡み合いの空しい重苦しさより、ただ回転する太陽の光を浴びてだけ時をすごす石の孤独のほうが、いまはどんなに好ましい、どんなに爽やかなものかもしれないのだ。

白いスェーターの女が、ボーイにコーヒーのお代りを註文した。寝不足のような瞼の腫れた顔で、女はぼんやりと床をみつめ、慣れた手つきで煙草をふかしていた。

ふと、その視線が、事務的に皿の食事を片づけているうつむいた一人の男客の上をすぎて、女は、頬にうすく苦笑に似たものをうかべた。昨夜のあれ、たぶん寝言だったんだわ。あのひと、今日はすっかり元気そうな頬っぺたをしている。でも、なんてガツガツした食べ方だろう。まるで、三日も食べなかった人みたい。……そうだわ、佐野も昔はよくあんな食べ方をしたっけ。私のおかずまで全部食べちゃったりして。そして、私はそれがうれしかった。そうなのね、彼が私のまえで、ガツガツとものを食べてくれていたあいだはよかったのね。

ボーイがコップに水を注いだ。

「ありがと」川辺は、顔を皿に向けたままでいった。

彼は思っていた。もう、「特別な他人」なんか要らないのだ。いつか、僕は敬子とも完全に別れられるだろう。石のように固く、つめたく自分を閉じ、傷つけあわずにはいないあらゆる人間関係、あらゆる愛を無視して、それらの煩雑と屈辱から、僕は自由になれるだろう。……とにかく、太陽は回転する。

「まるで春の日射しだなあ」

四人づれのテーブルで、また若い男がいう。

「風さえなきゃ、ちょっとひと泳ぎしてみたいくらいですね」

「ばかいえ、この部屋はスチームであったかいんだ。外に出てみろ、まだ二月ですよ」

「ぼくは昔、四月ごろ海水浴をしたことがあるがね、この近くで」楊枝を使いながら、のんびりと中年の男がいう。「凍えそうになったよ。かえって水の中のほうが暖いのは寒中水泳とおんなじだが、ちょいちょい出なきゃならん。そのたびに裸の上にスェーターをかぶって焚火にあたったりね。ばかな話だった」

「どうしてちょいちょい出てこなきゃなんないんです？　出たら寒くて、よけい風邪をひくチャンスをつくっちゃうじゃありませんか」

「ばかいっちゃいけない、君。すこし長く入ってみろ、心臓をやられちまう」

「あ、そうか」

「いくら長く泳げる自信があったってだめだよ。ま、冬の海は三十分も入ってたら危険だろうね、もう」

「お陀仏ですか？」

「そうねえ、たぶん、普通人ならねえ」

笑い声がおこり、そのとき一人客の女が立ち上って、足速に出口へと消えて行った。川辺は、女が二杯目のコーヒーに、まるで手をつけないままで去ったのを知らなかった。

満腹して、しばらくのあいだ川辺は、ガラス越しに荒れる海を眺めていた。高い空はみずみずしく晴れた色をしているのに、水平線のあたりは白く暈け、海と空の境目が見えなかった。川辺は、なかなか飽きなかった。

その日、午後の数時間を、川辺はひどく逸楽的な懶惰のなかにすごした。部屋に閉じこもり服のままベッドに寝て、荒れくるう海をみたり、くりかえし隅々まで新聞を読んだりして時を送った。なにもすることがなく、なにをしてもいい一人きりの時間、——そっくり彼だけの所有にゆだねられた、なんの仕事も習慣もない空白の時間を、彼は、ここ数年来もったことがないような気がしていた。

あいかわらず、敬子はあらわれない。

もしかすると、これはあの夜かわした一週間の約束の期限がすぎ、今日からは、はっきりと彼女と僕が「別れ」たということになったためだろうか。考え、川辺は笑った。僕たちは、おたがいに「約束」を守ることが好きだからな。

スーツ・ケースを閉じたとき、帰り支度は完了した。ボーイを呼び、彼は勘定をはらった。川辺は、まっすぐに帰ればよかったのだ。

川辺が、からっぽの大プールをもう一度見に行く気を起したのは、午後四時ちかくだった。ポーチに出ると、風が無数の針のように、砂粒を彼の全身にたたきつけた。彼は、昨日とおなじところまであるいた。

やはり黒い水を地図のように底に溜めて、水のないプールは、なんの変哲もなかった。天に向かってひらいた、灰白色の、ばかばかしくひろい長方形の空虚は、底の肌にひび割れの跡もみえる。川辺はふと、テニスでもできそうだな、と思った。

川辺はそのままプール・サイドの風のなかを歩いて行き、石段から、また勾配の急な砂丘に下りた。そして、石段と海とのちょうど中間の位置あたりまであるいたとき、彼はそれを見たのだった。

昨日より、ずっと陸のほうに引き上げられている漁船のかげに、白いものがうねるように動いている。ふわりとそれが飛んだ。

はじめて、川辺はそれが脱ぎ棄てられたスェーターだとわかった。はっとして、彼の目は海の上をすべった。

のびあがり、轟音とともに崩壊して立つ海の背丈は、彼の三倍以上もあった。次々と巨大な浪を押し寄せてくる荒れた海は、沸きかえるように白い浪を蹴立てて歓呼し、怒号している。ようやく、彼はみつけた。やや東のほう、岸のちかくの咆哮しひしめきあう激浪のさなかに、一つの黒い樽が見えたり隠れたりしている。

黒い樽は、人間の頭だった。

川辺は砂丘を走り下りた。このあたりの海のみなみのとき、潮はつよいうねりをもち、急速に東へとながれる。黒い樽は、スェーターの残されている位置から、まだそんなに流されてはいない。いまのうちなら人命がたすかるのだ。

恐怖にひきつった顔が海にうかんだ。すぐに消えた。髪がべったりと貼りつき、だが、それは間違いなくあの一人客の女、脱色した赤茶けた髪の、あのまだ若い女だった。

渚の近くまできて、川辺は立ち止った。躊躇がうまれていた。

氷のような繁吹が、暴風雨のように彼を濡らしていた。荒れ狂う冬の海の浜辺は、どこまでも無人の砂浜がつづいている。空は、いつのまにか白く濁っていた。

「どうして助けないの?」

ふいに、川辺は気づいた。身近な生温い感触が、斜めうしろから彼をみつめている。敬子が、そこに来ているのだ。

「……だって、自殺かもしれない」と、彼はいった。「そうでなきゃ、今ごろ服を脱いで、こんな海に入るはずがないよ。死ぬのはそいつの自由だ。死んだほうがいいと思ったんなら、死なせてやるほうが親切だよ」

「そう。あなたってそういう人だわ」

敬子がいう。

「でも、あの顔は、後悔してる顔じゃないの？」

川辺は海の面をみた。大きく波に翻弄され、藻のような髪をかぶった真青な一つの顔がこちらをみて、ぱくぱくと唇を開閉する。女は目を吊り上げて彼をみつめ、顔はあきらかに川辺にすがっていた。

「後悔してるね」と、彼はいった。

「早くしないと、時間がないわ。だれとかが三十分くらいしかもたないっていっていたわ、冬の海は」

「たすけて！」かすかに、でも明瞭に、細い女の声がきこえた。「たす……」両手をあげ、女は波に呑まれた。

「なぜ助けないの？　あの人は、助けてっていってる」敬子が、どこかからかうような口調でいう。

「こわいの？　この海が。この海はあなた、よく知っているはずじゃなくて？　それに、おかしいわね、石ころのように死んじゃうのを、むしろ望んでいるはずのあなたが、どうして死ぬことがこわいの？」

浮きつ沈みつする女の首、強いうねりに引きずられ急速に遠ざかろうとするその首をみつめたまま、彼は低くいった。

「たしかに、君のいうとおりかもしれない。でも……」

「でも……？　いったい、なにが惜しいの？」

なにも惜しくはない、もう、僕には惜しいものなんて、なにもないんだ。咄嗟に、彼はそう思った。もしかしたら、僕はそのことをはっきりとさせるために、いっさいの「特別な他人」を消し、自分を一つの「死」に化してしまうだけのために、ここに来たのだったかもしれない。

「さ、早く飛びこむのよ。……ほら、見てるわ」

「たす……」また、女が呼ぶ。

女は、だいぶ疲れてきたのらしい。もう、その目には焦点がないのだ。踊るような両手だけが、泡立つ海の面にのこる。

「さ、早く。大丈夫よ、あなたならば」うながすように、敬子がいう。

よし。と彼は思った。

靴をぬぎ、ズボンを脱ぎ、彼は波打際をはしった。倒れこむように海に泳ぎ入った。たちまち波に巻かれ、そのまま水の奥に引きこまれて行く。冬の海肌は、気が遠くなるほど冷たかった。海水の質が、硬く、重い。

敬子は消失していた。

だが、もう、川辺は夢中だった。彼はぐったりとした女にたどりつくと、二三度頬を打った。目をひらいて、どんよりとした目つきのまま、女は急に泣くような顔になって彼にかじりついた。ぜいぜいと喉を鳴らし、女は、目を据えて喘いでいる。まだ大丈夫だ。川辺は深くもぐり、むしゃぶりつく女を蹴りとばした。女は彼をはなれた。

「岸はもう近くだ、いいか、着いたら這って海から出るんだ」

彼はどなった。肩を押そうとして、彼の指がシュミーズにひっかかった。女がまた彼にしがみついた。しまった、思ったとたん川辺は水を呑んだ。鼻の奥が白く痺れ、もがきながら川辺は、女に絡みつかれたまま濁った灰白色の渦に巻きこまれた。彼は、湧きかえるような海底の石粒の動きをみた。幾度か上になり下になって、だが川辺は海底にうずくまると、死人の指をもぎはなすように一本ずつ女の指をはなした。女は、白っぽい幻影のように海面へとのぼった。

「持つな。持つな。いいな」

喘ぐだけで、女はほとんど抵抗力をなくしていた。その肩を押し、尻を蹴って、彼は岸に殺到する波に女をのせようとくりかえした。幅ひろい小山のような波は次々と間断なくつづいて、幾度か波に呑まれ、女はもう声が出せなかった。大きな波がきた。川辺ははげしく女を平手打ちし、渾身の力で岸に押した。轟音とともに波が崩れ、その瞬間、彼はさかさまに海底に引きこまれた。したたかに水をのんで、だが、いつになっても海面がどこにあるかわからず、やっと顔を出し呼吸をしかけたとき、波がその彼を包むようにまた砕けた。すこし、呼吸をととのえねばいけない。川辺は、水の中を、必死に沖に逃げようとしてもがいた。

岸がみえた。川辺は、女が海の白い掌の追及をのがれて、肱と膝でけんめいに黒い砂の傾斜を這いのぼろうとするのを見た。二三度横転し、潮に引きもどされながらも、女は、やっと乾いた砂のところに出た。そして倒れた。

助けた、と彼は思った。

耳をつんざくような轟音をひびかせ、激浪が、さらに大きく、強く、次々と重なりあうようにして襲いかかりはじめたのはその直後だった。川辺は、岸に着くことができなかった。

まるで袋叩きにするみたいに、海は次々と彼に襲いかかる。川辺は疲れてきた。波にもまれ、たたきつけられてはまた引き戻され、また押しつぶされ、呼吸つくひまもなく渦の底に巻きこまれる。いつまでたっても海はその勢いを弛めず、前後左右からの硬く分厚い海の壁が、しつっこく川辺を埋めるように倒れてくる。動作が、めだって鈍く、重くなったのがわかった。もう、目もみえない。脚が痺れてきた。喘ぎながら、川辺は、ことによると僕はこのまま死ぬのかもしれない、と思った。

風が痛い。冬の海に凍えはじめたのか、指がきかないのだ。腕も脚も棒のようで、殺到する波をうまく避けることができない。どこへも、逃げることができない。

長い時間がたち、白っぽい泡の靄がかかる茫漠とした視界に、突然、海岸に立ちじっとみつめている灰色のコートを着た敬子の姿がうつった。川辺は呼吸をのんだ。敬子の、思ってもみなかった顔がそこにあった。

それは、一人の他人の顔、他人の死を冷酷に見とどけようとしている、見も知らぬ一人の他人の顔でしかなかった。無表情に、冷たい眼眸で敬子は彼をみていた。

「……畜生」川辺は唸った。

石像のように、彼女はただ彼をみつめていた。

かたく冷たい敬子の自分への敵意、いや、かくされたその悪意を、川辺は全身に感じていた。一人の他人としての敬子、一箇の敵としての敬子を、敬子の正体を、はじめて彼は見たのだと思った。

「……畜生、畜生」と、何故かはげしい怒りに燃え、川辺はくりかえした。

そうか。君は僕を殺すつもりだったんだな。死んで行く僕を、そうして冷然と見とどけるのがのぞみだったんだな。敬子。その冷酷な目が、君の本心だったんだな。

死ぬもんか。そう都合よく、君の希望どおりになんかなってたまるもんか。負けるもんか。全身で挑む気持ちが湧きあがって、喉からあふれ出るほどの塩水を呑み喘ぎながら、彼は荒れ狂う波をくぐり岸にたどりつこうと必死だった。負けるもんか。負けてたまるもんか。

海は手ごわかった。長い、狂ったような時間で、でも川辺は、生きたいという気持ちではなかった。そんなことは忘れていた。ただ、敬子に勝つことだけがあった。尽きようとする力を幾度もふりしぼらせ、亀裂のような疼痛が鋭く胸にはしるのさえ黙殺させ、夢中で乱暴な波浪との闘いに川辺を駆りたてていた気魄は、ほとんど、敬子への怒りであり、敵意であり、全身での敬子への憎悪だった。川辺には、敵は海ではなく、敵は敬子だった。……

川辺は、自分がいま、どこか遠くへ運び去られようとしている、と思った。そのとき、急激な深い睡りに似た瞬間が彼をうずめ、きらめくような光が走りすぎて、彼は灼けた白い砂の上、あかるく照りつける太陽の真下に倒れていた。助かったのだ、と彼は思った。が、どうしても立ち上ることができない。どうしても、全身に力を入れることができない。

「……祐二さん」

耳のそばで、熱い息が呼んだ。敬子だった。敬子の呼吸ははずんでいた。「それでいいの。それでいいの」

そのコートが、裸の彼を包む。「それでいいの」くりかえす彼女の声、やわらかなその匂いが頰にかかる。

「いま、私がなにを見たと思って？　私は、あんなあなたを知らなかったわ、私はあなたに、はじめて、一人の完全な他人だけをみてたの。……素晴しかったわ」

敬子はしゃべっていた。

「いま、あなたははっきりと私の外にいたわ。私のほしかったのは、そういうあなただったの。だらしなく私に負けていたり、私のことを気にしてたり、私にすがりついてこない、私の外で一人っきりで生きている颯爽としたあなただったの」

「僕は、君に敵をみていたんだ」

「そうよ、私たちは一対一の敵どうしなのよ。人間には、それ以外にほんとの愛の関係なんかなかったんだわ。私たちは仲良しの敵なの。ああ、私たち、これでほんとに愛しあうことができるんだわ」

「……敬子」

と、彼はいった。

川辺は顔を上げた。倒れかかる敬子のからだをつよく抱くと、いきいきとした目をかがやかせて、敬子は彼の顔のすぐまえで笑っていた。鼻の奥に鋭く海の匂いが侵入して、だが、それは敬子の匂いなのかもしれなかった。

漁師の子供から報せをきき、ホテルの男たちが駈けつけてきたとき、加代は純白のスェーターで胸をかくし、漁船のかげにうずくまったまま慄えていた。

「大丈夫ですか？」先頭の、肩からカメラを下げた若い男がいう。

加代は泣きはじめた。

「あなたを助けたっていう、その男はどこにいるんですか？」

海は、あいかわらず天に向かい、絶え間ない白い咆哮をつづけている。あらあらしく崩れ散る海の面には、どこにもそれらしい人かげは見えなかった。

「さっき、沈んだまま、出てらっしゃらないんです」

歯と歯のあたる音をひびかせ、加代がいった。

一瞬、人びとはだまった。

「もう、どれくらいになります？」一人がいう。

「私が入ったのが、四時だったんです」

「じゃあ、もう一時間になる」

「沈んだのは？　その人が」

「よくわからないけど、十分くらいまえです」

「とにかくこの人をつれて行きたまえ、肺炎になっちまうぞ」

中年の男がいった。ボーイが、あわてて走り寄った。彼はタオルを持参していた。

一人が、カメラの音をさせた。

どんよりと濁る厚い雲をそこだけ輝かせて、太陽は、西の山のつらなりに触れようとしている。ボーイに支えられ、漁船の縁に手をかけて加代はやっと立ち上った。意味もなく、涙があふれてきてやまなかった。だが、加代は佐野のことを考えていたのではなかった。

そこは、ちょうど昨日、川辺が海を眺めながら立っていたあたりで、川辺がふとホテルへの道での経験を思いおこし、孤絶感にとらえられた時刻だった。

おなじ時間の消失した感覚、他人とのあらゆる連繋を断たれたような感覚が、加代にうまれていた。しかし、あのときの川辺とちがい、加代には、それは新しい一つの力でしかなかった。

加代は、まるで一枚の衣裳を脱いだように、自分から「サノ」が消失しているのをかんじていた。彼を愛していた自分は、脱ぎすてられ、地べたにだらしなく崩れた古い一枚の衣裳だった。佐野なんかもうどうでもいい、と加代は思った。もう、私はだれにもよりかかって生きようとは考えない。泣きじゃくり、だが眉の太いボーイに肩を抱えられて、それでも膝に力がなく幾度も倒れかかりながら、加代はホテルへの砂丘をのぼった。

煙　突

戦災で三田の木造校舎を全焼したぼくらの中学校は、終戦後、同じ私学の組織下の小学校に、一時同居することになった。昭和二十年の十月一日から、だからかつて五反田の家から通っていた天現寺の小学校に、ぼくは今度は中学三年生として、疎開先の二宮から片道二時間以上もかけて通学せねばならなかった。

だが、仮の寓居にせよ、中学は復活しても、「勉強」はまだそこにかえってきたわけではなかった。三年生以上の全員は、こぞって大井町の被災工場の後始末に動員され、焼けたセメントや機械の破片をモッコで担いであたりを片づけねばならない。病弱のぼくは学校に残され、たまに連絡を命じられて大井町まで通うほかは、四、五人の同僚とともに、毎日、玄関脇の小部屋でポツンと無為の時間を過すのである。……だいたい、ぼくの中耳炎は全治していたのだ。勝利のために、一億玉砕、という錦の御旗が、握りしめていた手からすっぽりと引っこ抜かれ、がっちり両手で握っていたものの正体がじつは透明な空白だったことに否応なく気づかされたぼくは、いまさら健康を害してもバカバカしいというしらけた気持ちから、「居残れ」という教師の言葉に無感動に従ったのだが、しかし、この薄暗い小部屋での残留組とのつきあいのほうが、はるかに不健康なものであったことは、その最初の日のうちにわかった。

正面玄関の脇の、便所の隣りのその小部屋には、朝も昼も夕方も、まるっきり日が当らなかった。北東に面したただ一つの窓の前は、卒業したぼくらの植えた桜やケヤキや椿などが、骨みたいな細い枝を縦横にはりめぐらせ、陰気なその部屋をいっそう薄暗くしている。そこに顔をそろえた総計五名のうち、ぼくのほかの男たちはいい合わせたようにかなり強度の胸部疾患者ばかしであり、陰気な咳ばかりつづけていた。それも、山口という同学年生をのぞいては、みなうっすらと髭が生えた顔にも見おぼえがない上級生であり、年長者である。たぶん、かれらはここ二、三年動員不参加のために落第をつづけて、いまさら中学生とは恥ずかしいが、ただ上級学校へ行く資格のために出席をカセごう、といった人びとだったのだろう。かれらは皆、おそるべく勤勉であり、おそるべく生真面目であった。かれらに、それは友だちのいないせいだったかもしれない。

ぼくは、とにかくそのしばらく学校を遠ざかっていた人たちが見せる、へんに腰が低く、そのくせへんに年長者を誇示する、エゴイスティックで点取虫じみた応対がきらいだった。豪放でユーモラスで融通のききすぎる与太公みたいなのにも感動しないが、落第組はみんな官吏みたいにインギン無礼だった。要するにかれらは年下であり、かつ初対面のぼくらにフランクにうちとけられず、といってここ二、三年の「お留守」のためキャリアの古い上級生として威張ることもできず、ぼくらに接する態度をきめかねていたので、その距離の不安定さでよけいぼくらを気づまりにし、おたがいに関係を妙なものにしていたのだ。かれらはぼくと山口とだけを「さん」づけで呼び、かれらどうしではいかにもよそよそしく、「……クン」と呼んだ。『新生』や『世界』やらを仰々しくカヴァをつけて回覧したり、将棋でそれぞれの頭脳の優秀さを必死に競いあったり、(まったくそれはゲームと呼べる種類のものではなかった) また、かれらは性のことについては、極端なカマトトや極端な好奇心や極端な無関心やを気取る。……そのころ、ぼくは「女」に、ことさらの少年らしい伝説的なヴェールや空想をかぶせることはなかった。動員や空襲や疎開などのめまぐるしい明け暮れを送迎して、自分がなにかを欲したとき、すぐそれを直視し突貫するという能力とあさましさに、ぼくは充分自信をもっていたし、自分がまだ女に特別な関心がないのを信じていたから、そのような「極端」のかたちであらわれる一種の羞恥には、ぼくはまるで縁がなかった。——他人のことは他人のこと、腹がへれば躊躇なく芋俵に突進する。他人の目や腹や正義や幸福にはおかまいなく、ただ自分の関心事だけに忠実に行動すること。そういうあくまでも「個」としての自分への率直さは、混乱した当時の社会の中で、十五歳のぼくがぼくなりに獲得したただ一つの倫理だった。

部屋には、きっとさまざまの病気の黴菌がみちていたことだろう。だが、色の青白い、まるでそれが仕事みたいにいつも咳こんでばかりいるそんな同僚たちの中で、老人のようにぼくも背をまるめて、一日じゅう手当りしだいに新聞や雑誌の活字をくりかえし舐めるように読んだり眺めたり、また日独米英の飛行機の絵をいたずら書きしたりして日を送った。そのほかに時間のつぶしようがなかったのだ。ただ一人の級は別だが同学年生の山口を、だからぼくは話相手にしようと思った。

山口は、色白で顔が小さく、背丈と四肢ばかりがチグハグにひょろひょろとのびかかって、少年期から青年期への、あの不安定でヒレのつかない成長の過程にいた。それはたぶんぼくも同じだった。が、彼はひどく神経質で、無口で、可愛い兎のような顔のくせに、おそろしく不愛想なのであった。……ある日、ぼくが便所で用を足していると、重い跫音が聞こえて、彼が冷たい風のように入ってきた。チャンスだ、とぼくは思った。

「この便器、児童用だな。……やはり、こんなものにでも小ささをかんじるほどでかくなったんだな、ぼくら」

下心のせいで、親しげにぼくはいうと、わざと破顔一笑という感じを誇張させて笑った。……が、彼は眉一つ動かさない。怒ったような目で白壁を睨んだまま、答えようともしない。

「みんな、どうも陰気な連中でね。……ときどき、ぼくは議論でもして、舌をペラペラと軽快に全廻転させてやりたくなるよ。はは」

下のほうから黄っぽい小水の湯気につつまれ、でも彼の表情は、微動だにしない。ぼくは呆れ、半ば感嘆して、でも、ボタンをはめながらウロウロとそこを離れたくなかった。

「君はでも、そうは思わないかい?」

そのとき、ガツンと顎を突き上げるみたいな、この上なくつっけんどんな彼の答えがきた。

「……思わないね」

彼はさも軽蔑したように横目でちらりとぼくをながめ、フン、と鼻を鳴らした。そして戦闘的に右肩をそびやかすと、そのままぼくには目もくれず、さっさとそこを出て行ってしまった。……ぼくの、甘い下心は死んだ。

ぼくはそのときのやりとりに、まるでぼく自身の愚かしく卑屈な不安定さを相手にしたみたいな、ある不快な憤慨をおぼえて、もう二度と彼と口をきく努力はすまいと決心した。――気の合う友だちを残留組に勧誘しなかったことをぼくは悔んだが、もはやすべては後の祭だった。休むことは落第することでしかなかったのだ。

かつて「白堊の殿堂」とさえ呼ばれた天現寺の鉄筋コンクリートの校舎は、完成してまだ十年にみたなかった。戦争まえまで、それは東洋一の設備と瀟洒な美観を誇るものだといわれていた。が、対空擬装とやらで、ところどころ――といってもその半分以上を、純白のコンクリートの上に容赦なく迷彩の黒いコールタールを塗られてしまったので、幾何学的な線で白黒に染め分けられたその姿は、いまははなはだ異様なものであった。奇怪ともみっともないともいいようのない、みじめで情ない姿なのだ。中央部から屹立する高さ二十メートルほどの煙突も、半分までを真黒に塗られていた。かつてそれはスチームの黒煙を濛々と吐きながら、白いキリンの首のように、優美に周囲を見下ろしつつ大空に鮮やかに直立していたというのに。……

茹でたジャガ芋二つの朝食を嚥みこんで海岸の家を出ると、ぼくは六時二十九分の汽車で上京して、品川から四谷塩町行の都電に乗る。そして、いつも古川橋から渋谷川に沿って光林寺ちかく、冬の白じらと色の褪《あ》せた寒空のなかに、いまは空のしみほどの煙も出さない薄汚ない煙突をながめ、何故かかならずくる急激な空腹感といっしょに、寒風に裸の皮膚をさらしているその煙突のような孤立した冷えびえとした気持ちが、さらに暗澹としたものに深まって行くのをかんじる。……毎日の、その白黒の四角い壁の中での生活は、まさにその校舎の外観にふさわしく、陰鬱で暗くてみみっちい、憂鬱でみすぼらしいそこの囚人じみたものであった。囚人、——そういえば、その汚ならしい四角い白黒の校舎は、なにか刑務所じみた不気味な陰惨さもたたえていた。

そして、そんな囚人のような寒ざむとした毎日をつみかさねているうち、いつのまにか、ぼくにもちょうど同僚と同じ病人としての感覚が生まれてきて、ひどく内省的で悲観的な、孤独な重症患者のような気分までが伝染してきた。……病人どもには（ぼくを含め）おしなべて活気がなく、たまに見たり聞いたりする土方仕事の同級生たちの、サボったり、喧嘩したり、映画を見たりダンスを習ったりするその余剰なエネルギーを、ぼくはふと、別世界のもののように遥かなものにおもう。さらに、それを想うたびに、まるでショウ・ウィンドウの向うの一皿料理を見るみたいな、それに手のとどかぬ焦躁と猛烈な嗜欲と絶望とをかんじるのだ。無気力で、つねにそれぞれのタコ壺のような沈黙のなかにとじこもった残留組の中で、同じような沈黙の日常をくりかえしながら、ぼくはいつもそういった抽象的な空腹感と、現実の腹を刺すそれとを、ほとんど絶え間なく交互に味わいつづけていた。

ぼくはそして、ときどきこんなことを思うようになった。何故、こんなにまでして通学せねばならないのか。このような毎日をつづける意味は、要するに「大学出」になることでしかない。でも、ぼくはこれからの生活は、いったいどうして行くつもりなのか？
腕に職のない「大学出」の悲劇を、疎開先での生活のうちに、数かぎりなく見聞したせいもあった。一年まえに父を亡くした個人的な家庭の事情もあった。早く「大学出」になり、一人前に金をカセがなければならない。しかし、そうしてただ卒業を焦り、落第をおそれた通学をつづけながら、ぼくはようやく経済的にも多大の出血を要求する通学、相模湾べりの海岸の中央部に位置する漁師町からの、毎日往復五時間弱を要する通学に——また、そんなぼくが、日々空っぽの貨物列車みたいな、単調で無意味なただ時間を消すだけの義務的な往復しかくりかえしてはいないことに、はじめてある不安と疑問とが萌してきたのだった。おそらく、それはぼくが、残留組の病人たちと同様、無内容なくりかえしにしか生きてはいず、そしてそのくりかえしが、すでにぼくに無内容としか思えなくなったことの証拠であり、自覚だった。

でも、だからといって学校に通わないわけには行かなかった。なんのよろこびも、生甲斐もないいま、ぼくには、すでにはっきりと無意味だとわかったその日常をくりかえすことのほかに、出来ることがなかった。休むにせよ、止めるにせよ、ぼくには天現寺への往復に替えうる生活の目安がなかったのだ。新しい生甲斐のある生活をつくることに、ぼくは懶惰であり、不信であり、自分の体力を考え、絶望してもいたのだ。だから、ぼくは依然として時計の振子のように正確な同じ毎週だけをくりかえした。他の生き方の手がかりを想像することもできぬ自分を、ぼくはその他に処理する方法を知らなかった。まさに他の同僚たちと選ぶところのない、陰湿なカビのようなその一員でしかない自分に気づいた。

　ぼくは、残留組の病人たちから、あらゆる意味で自分を隔離しようと思い立った。――これ以上、かれらに影響されたくなかったし、とにかくかれらとは違うぼくを守り、育てようと考えたのだ。できるだけ建設的ななにかに、自分を集中させよう。この空白の時間を、自分の預金にするか、またはいたずらに消費してしまうか、それはこのぼく次第なのだ。……そこでぼくは亡父の古本をもとでに、毎日曜日、二宮の貸本屋に行き七冊ずつ本を借りた。一日一冊がぼくの日課で、自分にぼくはそれを強制した。それは、ぼく自身でのぼくの生活の規定であり、目安であり、いわば、法則でさえもあった。……ともあれ、同僚の中で自慰的に消極的な孤独におちいるより、ぼくは生きている充実を自分なりにつくりだしたい願望から、あえて積極的にかれらから孤立することを選んだのだ。が、それは案外、生きることの充実感を喪失した影響でしかなかったのかもしれない。

　小学生や中学の低学年生たちの授業時間に、ぼくはだから玄関脇の小部屋から脱け出し、一人で屋上に出ると、その白い平面に特大のマッチのような形で突出した出入口の、それもやはり半分から上を黒く塗られている壁に、ボールをぶつけて遊んだ。授業中の校舎は森閑としていて、ときとして屋上にはりめぐらされた金網の向うに、校庭で体操をしている幾組かの騒音や、号令や小さな叫びや、霞町のほうからゴトゴトと走ってくる小型の都電の軋むような車輪の響きまでが、アブクのように空ろに浮かびあがってくる。人気のない、平坦な白い石の砂漠のようなしずかな屋上に、ボールはポクンと壁に当ってぼくの足もとに転げてかえってくる。

同じ音程でくりかえす、奇妙な呟きに似たボールのその手ごたえのある響きこそが、つまりはぼくの孤独を確証するこだまだった。そして、それは比較的、青空のような澄んだ一途な気分になれる、ぼくの好きな遊びだった。「汗をかきたい」という衝動が起こるたびに、だからぼくはボールを握り、こっそりと一人で屋上にかけ上った。

壁には、ちょうどストライクのあたりに、黒いしみがあった。ぼくはそこを目がけて、投げる。――えい、打たしちまえ、インサイドだ。レフト、バック、などと呟きつつ、一人でカウントをとり、ぼくはそうして六大学のリーグ戦を挙行したのだ。無意識のうちに手加減をしてしまうのか、どうしても母校のケイオーは敗けなかった。ぼくは熱心に敵方のときも大真面目で投げているので、それが不思議でならなかったが、それでも相手方をシャット・アウトに抑えたときの気分は、なんともいえず嬉しかった。

屋上には、たいてい初冬の荒い風がひとりで居丈高に駈けめぐっていたが、閑静でもあったし、晴れた日には日当りがよかった。だれ一人あらわれない授業時間に、ぼくがそこで過す時間は多くなった。秘密のそこはぼくのホーム・グラウンドであり、ぼくはその壁の直角になった隅に背をもたせて本を読んだり、弁当をたべたりもした。――同僚は、たいてい磨かれたように白く光っている白米のぎっちりつまった豪華な弁当をひろげていたが、ぼくのはたいていフスマのパンか、粟飯のパラパラなのを防ぐためにそれを小さなお握りにしたやつであった。ぼくは我慢をして、一人だけ、五時間目の終るころにたべた。さもないと、帰りの汽車の中で目が廻るほど空腹になるのだ。

しかし、ぼくは元気だった。その日の分にきめた一冊を読み終えたときなど、ぼくは激しい速度感をためしてみたいような健康へのうずうずした心の傾斜に敗け、人ひとりいないのを幸い、一人で気違いのように叫びながら、屋上を疾走してまわったりする。……なにか、それでも物足りはしない。

全身全霊をうちこんで、という表現がピッタリするような感覚に、たしかに、いつもぼくは渇いていた。

年が変っても、同級生らの動員はいっこうに解除されなかった。しぜん、ぼくは居残りの一員としての毎日をつづけねばならなかったが、かえってそれがぼくには好都合に思えた。リーグ戦が、あと三ゲームほど残っていたのだった。

一月の中旬が過ぎるころ、あと残された試合はワセダとの決勝戦だけになった。双方とも勝点四ずつをあげ、ことにケイオーは、この試合に連勝すればかがやかしい無敗の完全優勝の「壮挙」になる。よく晴れた午後であった。その日の慶早両軍のそれぞれの秘策を練るのに夢中なまま、ぼくが弁当の風呂敷包みとボールとを持ち階段を駈けあがると、屋上の金網に幽霊のような姿勢で両手の指を突っこみ、じっと広尾方面の焼跡を見下ろしている一人の先客の背が目にはいった。山口であった。ご機嫌で自分が「若き血」の口笛を吹いていたことに、ぼくは秘事をあばかれた羞恥を平手打ちのように頰にかんじて、口をとがらせて立ち止った。

不愉快ははなはだしかった。が、いまさら階下へ降り、同僚の不健康で有毒な口臭や、無気力でしみったれた笑い声や空咳、「年ごろ」の会話をぎこちなくこねまわしている暗い物置のような詰所で、同じようなくすんだ仏頂面をならべて黙りこくる気分には、とうていもどりたくなかった。ボールをポケットにねじこみ、ぼくは中断した応援歌の口笛をふたたびわざと高らかに吹き鳴らして、屋上の中央へと歩きだした。

ぼくと同様、山口も一瞥しただけでぼくを黙殺した。黒い手編みの丸首のセーターが、薄っぺらな学生服の襟からはみ出し、むこうを向いた色白な秀才タイプの彼の首を、よけい繊弱に、かぼそく見させていた。ゲートルをつけていない彼の宮廷用ふうの細長い二本のズボンの下には、不釣り合いなほど巨大な、足枷《あしかせ》をおもわせる赤い豚革の編上靴が、まるで彼を風に吹き飛ばされないための錘《おもり》のようにならんでいた。

ぼくは、頑《かたくな》に背を向けたままのその山口に、ある敵愾心《てきがいしん》をかんじた。彼に目もくれず、だからぼくも一人で壁に向かい、自分だけの慶早戦をはじめた。真向から吹きつけてくる青い透きとおった風を感じながら、耳のなかに、かつて通った神宮球場の歓声や選手たちの掛声をよみがえらせ、怒ったように力いっぱいぼくは投げつづけた。

彼を無視する強さを、ぼくは獲得しようとしていたのだ。山口は、だが、なにもいわず、そうかといってそのぼくを眺めるでもなく、散歩するでもなく降りて行くでもなく、ただじっと金網越しの下界を眺めつづけている。そしてぼくは、しだいにその彼の存在を忘れ、空想の慶早戦に熱中しだしていた。

四対零。ケイオーのリードで三回は終った。さあ、飯をたべよう。

振りかえって、ぼくは自分の強さの確認と、専心していたスポーツに一段落のついた爽快で無心な気分から、ほがらかに山口を見て笑った。すると、彼は意外にも、偶然ぼくと目を合わせたのを恥じるように、山肌に淡く雲影が動くような、無気力な微笑をうかべた。……彼の、そんな微笑なんて、ぼくには初めての経験であった。その笑顔には、いわば秘密の頒ちあいめいた暗黙の連帯と、それを恥じながら認める感情の手ごたえとが、たとえ力無くではあろうと含まれていたのだ。

——友人になれる。そんな無邪気な直観が、ぼくを陽気にした。ぼくはボールをポケットに押しこみ、拾った弁当箱を片手に、まっすぐに山口のほうに歩み寄ろうとした。

そのとき、弱よわしく視線を落した山口の目が、ぼくの弁当にふれると、急にそれを滑りぬけて流れた。はっと、はじめてぼくはあることに気づいた。そうだ、彼はいつも昼食をたべてないのだ。——昼休みのはじまるころになると、彼はいつでもスーッと部屋を出て行ってしまう。なんの気なしにその姿勢を憶えていながら、その理由にいままで気づかなかったぼくは、なんてバカだ。……だが、はたしていま、彼に弁当を半分すすめたものだろうか？

じつをいえば、そのときぼくを躊躇させたものは、ほかならぬ自分自身の昼食が半分に減ること、そんな自分の空腹の想像などではなかった。そんなことは、まったくぼくの頭にはなかった。——それは、恥ずかしいことだが、「善いこと」をするときの、あの照れくささであり、奇妙な後ろめたさだった。

つづいて、ぼくに弁当をつくるために昼食を抜いている、母への罪悪がはじまる予感がきた。気の弱いぼくのことだ、一度それをしたら、おそらく習慣にせざるをえなくなってしまうだろう。すると、帰途の汽車の中での、あの疼痛に似たせつない空腹感、やがて空ききってそれが痛みかどうかさえわからなくなり、ただ、どこにも力の入れようのない苛立たしさがからだ全体に漂いだし、遠くのものがかすみ、近いものが揺れて見えはじめる、あのその次の状態が、なまなましくぼくによみがえった。……だが、結局ぼくが弁当を分けることを中止しようと思ったのは、神経質で孤高で傲慢なほどプライドのつよい山口が、そのぼくの押売りじみた親切に、虚心にこたえてくれっこないという判断であり、おそれだった。ぼくは、自分の弱さをそのまま投げかえされ、嘲笑されるのは、もうたくさんだと考えたのだ。

ぼくは思った。ぼくは、一人でほがらかに弁当を食おう。それはぼくの権利のフランクな主張であり、彼のプライドへのフランクな尊敬である。あたりまえのことをするのに、あたりまえの態度でしよう。人間どうしのつきあいでは、けっして触れてはいけない場所に触れるのは、いくらそれが好意・善意・親切からであっても、あきらかに非礼なのだ。……しかし、ぼくの足はもう、金網から手を放した彼のすぐ横にまで、自分を運んできてしまっていた。

「あすこ、日当りがいいな。……行こう」

独り言のようにいうと、ぼくは晴れた冬の日がしずかにきらきらと溜っている、屋上の片隅にあるいた。返事はなかったが、山口はなにを考えてか、おとなしくぼくにつづいてきた。へんに反抗して、見透かされたくないのだろうか？　ぼくは、彼の不思議な素直さに、そう思った。

その片隅に腰を下ろしても、ぼくは黙っていた。同様に坐りながら、山口も無言だった。黙ったまま、ぼくが弁当の風呂敷包みを解き終ったとき、異様なほどの大きさでぼくの腹が、ク、ルル、ル、と鳴った。はりつめた気がふいに弛《ゆる》み、ぼくは大声をあげて笑った。……それがいけなかった。アルマイトの蓋をめくり、いつものとおり細いイカの丸煮が二つと、粟の片手にぎりほどの塊りが六つ、コソコソと片寄っている中身を見たとき、ぼくの舌は、ごく自然にぼくを裏切ってしまっていた。

「よかったら、たべろよ。半分」

山口は奇妙な微笑をこわばらせて、首を横に振った。それは、意志的な拒否というより、まだ首の坐らない赤ん坊が見せるような、あの意味もなにもないたよりない反射的な重心の移動のように、ぼくの目には映った。

「たべなよ。いいんだ」

山口は振幅をこころもち大きくして、もう一回首を振った。膠着した微笑が消え、なにか、うつけたような茫漠とした表情になって、目を遠くの空へ放した。……激昂が、ぼくをおそった。せっかくの先刻の思慮分別や後悔の予感も忘れはてて、恥をかかされたみたいに、ぼくの頭と頬に血がのぼった。

ぼくは、くりかえし低く、強くいった。

「ぼくは素直な気持ちでいってるんだ。お節介なことくらい、わかってる。でも、腹がへってるんだったら、だめだ、食べなきゃ。食べなきゃ……、食べたらいいだろう？　食べたかったら」

絶句して、やっとぼくは昂奮から身を離すべきだと気づいた。ぼくは握り飯の一つを取り、頬張って横を向いた。もうどうにでもなれ、と思った。こん畜生。もう、こんなバカとは、ツキアイきんない。……そのとき、山口の手が、ごく素直な態度で、弁当箱にのびた。

「――ありがとう」

と、彼はぼくの目を見ずにいった。そして、握り飯をまっすぐ口にほうりこんだ。まるで、ありえないことが起こったように、ぼくは目の隅で山口が食べるのを見ていた。一口で口に入れて、彼は、わざとゆっくりと嚙んでいるようであった。

ある照れくささから、相手の目を見たくない気持ちはぼくにもあった。無言のまま、ぼくらは正確に交互に弁当箱に手をのばした。当然の権利のように、彼はぼくがイカの丸煮をつまむと、ちゃんと残った一つをつまんだ。……だんだん、ぼくはかれが傷つけられてはいないこと、あるいはそう振舞ってくれていることに、ある安堵と信頼を抱きはじめた。それは、最後に残った山口の分の一つに、彼の瘠せた青白い手が躊躇なくのびたのを見とどけたとき、ほとんど、感謝にまで成長した。――ぼくは、彼が狷介《けんかい》なひねくれた態度を固執せずに、気持ちよくぼくにこたえてくれたことがむしょうに嬉しかった。

ぼくと山口とは、それからは毎日屋上を密会の場所と定めて、いつもぼくの弁当を半分こ、、するようになった。

――ぼくらはどうしてわざわざ空っ風のさむい屋上などを密会所に定めたのだろう？　その小学校には、かなりひろい赤土の運動場も、動員で空っぽのままの教室もあったし、また、運動場のうしろのくすんだ濃緑の林におおわれた小丘には、秘密の面会所には好適の場所がいくらでもあり、さらにその向うには、ほとんど常時人気のない草茫々のこの私学の創立者のＦ氏邸の敷地が、なだらかにつづいていたのだ。

しかし、ぼくと山口とは、それから毎日、午後の授業がはじまるときまって玄関脇の小部屋から脱けだし、別々の階段から屋上でおちあい、そこで最初にぼくが自分の気の弱さから予測したとおり、母の苦心の弁当を半分ずつたべるのを習慣にするようになった。屋上。――ぼくらが最初のその出逢いの場所をはなれなかったのは、しかし、たんなる習慣というより、その下界を見下ろし、自分と同じ高さにはただ空漠たる冬空しか見えない位置の感覚に、地上の現実をきらうぼくと彼との趣味が一致したことのせいではないだろうか？　……じじつ、ぼくらはときどき地上を見て、焼け爛れた一面の廃墟の中をうごめく人間たちを虫けらのようだといい、戦争や原爆まですべてをアリの世界の出来ごとに見立てて笑い声を重ねた。すくなくともぼくにとって人間たちの世界は、そんないじましい、見えない巨人の足が一踏みすればたちまちあらゆる秩序も正義も美しさも跡形もなくなり、ただの瓦礫に化してしまう、インチキなその場その場のウソのお城だとしか考えられなかった。ぼくらは、いわばこれから自分たちがその中で生きるために、ある残酷な決意に似たものが必要なことを、暗黙のうちに確かめあっていたのだ、という気もする。——

雨の日など、ぼくらは屋上への階段の、てっぺんの一段に足をのせて、階下に向かってならんで腰を下ろした。そして二人の中央のコンクリートにじかに置いた風呂敷包みの弁当から、無言でそれぞれの分だけをたべる。ぼくは、そんな二人の少年乞食のような姿でわずかな食事をわけあうぼくと山口とに、まるで人目をしのぶ泥棒ネズミのような、ある隠微な、みすぼらしい友情がつながっているのをかんじる。おそらく山口にしても、同じか、またはもっと惨めな気持ちだったろう。すべての人間たちを、自分らの足の下にうごめくものとして感じること、それはそんなぼくらの感情の、せめてもの代償だったのかもしれなかった。

しかしぼくは、自分と山口との関係を、より親しいものにしようとはつとめなかった。意識的にそれを避けた。どちらかといえばぼくはすぐ夢中になりやすい人なつっこい甘えん坊で、ちょっとタガを弛めるとすぐに流れ出し、全身で相手にもたれかかってしまう。ざっくばらんな話のできるそんな相手がひどく欲しかったのだが、山口が、食餌を提供される引きかえのように、そのぼくの態度をいい気な「強制」と取るのがいやであった。だからぼくらは、弁当を二等分するときだけ、別人のような親密な会談を交わしながら、それ以外はまったくそれまでと変らない無関心で冷淡な表情で押しとおした。……どうやら、それは山口のほうでも望んでいた。他の年長の同僚たちと、ときどきぼくは活気のないピンポンなどをつきあったが、彼は絶対にそれにも加わろうとはせず、そんな場所に近づくこともしない。詰所の陰気な空気の中で、彼はいつも一人だけ離れた場所に坐り、ぼくとも目を合わさず、もちろん毎日一つの弁当を食うことなど、忘れ果てたような顔をしている。そのくせ子供っぽい敏捷な目を鋭くすばしこく光らせ、いつもほの白く冴えた顔で黙りこくっている彼を見ると、ぼくはときどき、彼はぼくとの間に無言で協定した約束を、内心どう感じているのかと思った。一種の、絶対にひとまえにあらわせない屈辱として、こんな顔のまま、やつは一生ぼくを恨み、憎み、ぼくを仇敵視するのではないだろうか？　それとも、彼もここでの無為で陰鬱な日常に退屈して、あんなお芝居じみた暗黙の協定、おたがいだけの秘密を、内心、ひまつぶしの遊びみたいに愉しんでいるのか？

いずれにせよ、山口の表情からは、そのどちらの答えも読めなかった。青カビの色をした表紙の微積分の本に目を落していたり、またさも他人たちがうるさそうに、新聞紙で顔をかくして睡ったふりをしている山口を眺めるたび、ぼくはよく子供ぎらいの老人を連想した。彼の動作にはいつもそんな片意地な、エネルギーのない匂いがした。一度、彼が机に置いたまま（そんな不用意は、めったに見せなかったのだが）の文庫本の表紙を見て、あんまりその題名が彼にピッタリしているので、一人で失笑した記憶がある。それはたしか、『隠者の夕暮』というのだった。

彼は青山の昔の邸のあとに建てたバラックから、かなりの道のりを歩いて通学していた。が、それもべつに口に出さず、彼は自分の生活や家族たちについては一言もいわなかった。ただ、屋上での食後に、彼は黙っているのも退屈だからという調子で、おもに工場に動員されていたあいだの同級生たちの話を、ポツリポツリと語った。中耳炎でその終戦直前の動員をサボっていたぼくに、そのころの話はほとんど未知の領域のことであった。ぼくは、男色についての一応の知識を、同じ十五歳のその彼からはじめて得たりもした。

「……しかしね」と山口はいった。「ぼくはあの戦争中のほうが、なんとなく毎日にハリがあったね。――からだも、丈夫だったし」

「そりゃそうさ」と、ぼくも心から同意して答えた。「なんといってもあのころは、ぼくらはもうすぐ死ぬんだときめていたんだしね。その、目の前の『死』に行き着くにきまっている残り少ない日を、一日ずつ生きていたさ。……毎日、糸がピンと張ったような気分だったね」

「もう間もなく自分が死ぬんだっていう確信、それがぼくたちに充実をあたえてたんだろうな。そんな気がする」

「そうさ。もうゴール・インだって気持ちでぼくたちは張り切って生きてたんだ。ところが、そのかんじんのゴールが終戦でどこかに消えちゃってさ。迷惑な話さ。生きるために生きるなんて、こりゃ撞着だよ」

「いま思うと、あのころは気がらくだったな。もうすぐ死ぬんだと思うと、なにか、いっさいがやけにカンタンで、気が軽くなってね」

「ほんと。気がらくだったね」

山口は煙草が好きだったが、ぼくはきらいだった。当時のぼくら――動員中に工員なみにその配給を受けたりしたぼくたちには、大人たちに憧れ、その真似をして無理に煙草を吸わねば、と考えたかっての子供たちとは違って、その煙草を拒否する大人なみの権利さえも、同時に配給されていたのだ。ぼくらは、代用品にはちがいなかったがちゃんと一人の「大人」として待遇され、だから「大人」を軽蔑する資格があると信じてもいたのだった。家からそっと盗んできたという手巻き煙草をうまそうにふかしながらの山口と、ぼくは毎日のようにそんな結論を交換しあって日を送っていた。いまから見ればいささか滑稽とも思われようが、しかし、ぼくらは大真面目だった。——ぼくらは、たぶん大人でも子供でもなかったのだし、おたがいにそれを自覚していた。

彼は、髪をぼくに一ヵ月ほど先んじてのばしはじめていた。その粗悪な黒いスフの制服の胸は薄っぺらで、色の生白い小さな顔は、まだどう見ても、「思い出の若き日の写真」ふうの少年のそれであった。髭になる生毛《うぶげ》の最初の兆しもなく、蠟のように青白くなめらかな削げた頰に、唇だけが染めたように赤く分厚いのだ。そして、そんな子供っぽい全体のなかで、睫毛の深い目だけが、まるで人生の裏ばかりをながめ暮してきた大人のそれみたいに、ときとしてこの上なくいやらしくかがやく。……ぼくは、へんにこの眸がきらいだった。陰険で、狡猾で、皮肉で、気のゆるせない人間、だれにも愛されず、だれも愛さないその不幸を、まるで武器だとしか考えていないようなその目が。……山口も、あるいはその目のいやらしさを意識していたのか、話をしていてもけっして相手とまともに目を合わそうとはしないようであった。

ところで、空腹はたえがたいほどになった。——いくら説得しようと努力しても、餓えきった胃はいっかな満足せず、薄氷《うすらい》のような疼痛だけをみなぎらせて、全身に力を供給しようとはしない。ちょうど四日にいっぺんの割で、ぼくは目がくらみ、どうにも動く気力さえ出せなくなる。朝、駅の階段がのぼれないのだ。途中でへたれこむ自分が可笑しくなり、笑うと、その笑いすら半分ほどで消えて、いつのまにかぼくは目を据えたまま短い吐息をくりかえしているのだ。……

やむをえず、ぼくは毎週水曜日か木曜日かの一日は通学を休んで、家で寝てすごした。（山口さえいなければ、ぼくはもっとたくさん休んだだろう。あの昼食の半分を供給する習慣の消失が、山口にはどんなに苦痛だろう、しかもこの習慣は、ぼくのほうからつくったのだ、——そんな責任の意識が、あとの日々をぼくに休ませなかったのだ）でも、ぼくは一日一冊の読書をする日課は、欠かしたわけではなかった。岩波文庫のうしろの目録の、あのぎっしりとならんだ古今の名著の題の上を、読了したしるしのマルで埋めて行くことに、ほとんどぼくは憑かれていたといえる。読書した冊数は、もう、七十冊に間近かった。

校庭の裏手へ行くと、そこだけは厳冬の寒風もいじめにやってこない日当りのいい窪地が、林の終るあたりから緩やかなスロープをつくっていた。そのうちにときどきぼくはそこに行って、枯れた芝の斜面を、一人で横になり、ゴロゴロところげ落ちてたのしむのをおぼえた。

てっぺんで、ぼくはまず横ざまに倒れて、「気をつけ」の姿勢で硬直する。それからからだにはずみをつけ、思い切って斜面をころげだすと、空がまわる。世界がまわる。そして日向くさい枯草の匂いが、粗い土の匂いが、ぼくの鼻の穴いっぱいにつまってくる。——それは、力を極度に倹約して、しかも快適な速度感を味わうことができる、不思議なほど面白いあそびだった。……ぼくの回転は徐々に急速となり、めまぐるしく、意識が遠心分離機にかかって遠くへ振り飛ばされるみたいに、二、三回、胆の冷えるような夢幻的な思いがはしって、やがて力無く、ぼくのからだは一箇の死体のように停《とま》る。そのまま、たいていはぼくは鼻を斜めに枯芝か地面に押しつけ、しばらくは呼吸を殺している。——とくに、ぼくは最後の、「死体のように」停止し、静止する寸前の感覚を好んだ。そのとき、ぼくは人間のかたちをした、一箇の完全な「物」になりきっているのだ。「物」のみがもつ無心の静謐、確乎たる不動の感覚、言葉のない、しかし有限な一つの暗い充溢、無責任な物質の充溢だけに任しているのだ。

だから、ぼくはまた斜面を這いあがると、横ざまに倒れ青空の奥をみつめたまま、ちょうど山から伐り出されてきた材木のような姿勢をとり、またしてもころげ落ちる。——「野球」をするほどのエネルギーもすでに持ち合わせてはいないぼくは、飽きるまでそれをつづけたあと、よく膝小僧をかかえて、生暖い日射しを正面から浴びながら、放心したような時間にはいった。

ぼくが山口に、二人でいるときよりもさらに深い、あたたかい友情をかんじるのは、そんなときであった。彼はぼくの邪魔をしない。ぼくも彼の邪魔はしない。二人の倫理感、他人についての理解は一致しているのだ。ぼくは彼が好きだ。彼もきっと、ぼくを好きだ。……突拍子もなく、鋭くそうぼくは思ったりした。自分の空腹をしのんで、毎日ぼくが彼と弁当を半分わけにし、そのときしか話しあわないぼくら二人の連帯を、ぼくは、だからこそ気らくで貴重なのだ、と思った。いくら腹がへっても、ぼくはだからその習慣を変えたくはなかった。縁まで水のはいったコップを捧げもつみたいに、ぼくはただそれだけの友情、ただそれだけの山口との関係を大切に守りつづけた。休んだ日には、山口へというより、その友情への危惧と申しわけなさとで胸がいっぱいになった。

二月の初めころだろうか。ぼくら残留組にあてられた小部屋で、ときどき教師からたのまれるガリ版刷りの試験用紙の作製に、ぼくが蠟紙に鉄筆で字を書いているときであった。同僚たちはそれぞれ手分けをして、のろのろと全員でその仕事を手つだっているのに、山口の姿だけが見えなかった。

「あいつ、どこ行っちゃったのかな」

疲れたので交替してもらうつもりでそうぼくがいうと、ローラーを押していた最年長の一人が、皮肉な顔でいった。

「山口さん？　あの人は、こういうときはいつでもどこかで昼寝ですよ」

「あの人は、ナマケモノっててんじゃなくて、ケチなんだね」と、するともう一人が陰気な顔のままでいった。「舌を出すのも惜しい、ちょっとのエネルギーを使うのも惜しい……」

そして人びとは、あわれな咳の音をまじえながら笑った。

「でも、ムリはないよ。カレの家は、はやくバラックじゃない家を建てるために、家族全員でお金を貯めているところなんだってさ。だからカレ、電車にも乗らずにここにくるし、昼飯だって抜いてるんだ」

「どうして知ってんですか？　そんなこと」

とぼくはいった。山口について、ぼくは家を建てる資金を貯める目的で彼が家族に協力して昼食を抜いてるなどとは、考えてみたこともなかった。

「ぼく?」と、するとその一人が答えた。「ぼくはカレの兄貴と同級生だったんですよ。こないだ道で会ってね、聞いたの。この夏にはもう、なかなかリッパな家が建つらしいよ」

一人がいった。

「あの人の家は、どこか下町のほうの大きな地主でしょ? もう相当に貯めこんでるんじゃないかな。だいいち、土地をちょっと手離せばいいのにね。べつに全員で食事まで倹約しなくても……」

「でも、土地は持ってれば持ってるほど値段が上りますよ。そこが、いかにも山口さんのお家らしいところじゃない?」

ローラーを持った同僚がいった。人びとはまた無気力な笑い声を合わせた。

ぼくは黙っていた。——やはり、それはショックだった。父が死に、家には金がなく、おまけに未帰還の夫を待つ母の妹である叔母が、五つと三つの男の子をつれて同居している。ぼくの弁当のみすぼらしさは、だから、やむをえないことだ。が、山口の家は、その気になれば、らくに闇米でも買えるだけのお金があるのらしい。では、ぼくのしていることはいったいなんだろうか? ぼくは、彼がぼくの勝手に信じこんでいたような「仲間」ではないのだと思った。金のないぼくがただでさえ貧しい弁当をわけてやって、金のある彼は、そのぼくの好意を利用しながらすっぽりと「リッパな家」におさまろうとしている。ぼくのお節介はなるほどコッケイだが、彼のやり口もずいぶん不正直でアクドイのではないだろうか?

そのショックが激怒に変化しなかったのは、案外、ぼく自身にもはやそれほどのエネルギーがなかったせいかもしれない。ぼくはバカバカしく、自分の人の善さと愚かしさに呆れながら、結局、ぼくは山口の家族たちが建てる新居の、一畳分か二畳分くらいの協力をした計算になるかな、と思った。さすがに、すぐ鉄筆を握り、気を取り直して仕事にかかる気分にはなれなかった。

ようやくぼくに反省が来たのは、その日、やはり午後の授業がはじまり、習慣どおり弁当をもって屋上への階段を上りかけた途中だった。もちろん、ぼくは山口に詰問をし、噂が事実ならば習慣は中止にするつもりでいた。が、その詰問の予習をしているうち、ぼくは山口には、ほとんどなんのいい分もない自分に気づいたのだ。

まず、ぼくは山口のほうの事情とは関係なく、ほとんど強制のように強引にぼくの弁当の半分こをすすめたのだ。山口はたんにそれに応じてくれたにすぎない。彼を不正直だとなじるのもいいが、だいいち、ぼくは彼が正直に彼の家の事情を語るのを条件に、食事の二等分を申し出たわけではない。だから、彼には落度はない。落度、非、手ぬかり、それらはすべてぼくの側にあって、彼がぼくをダマしたのではなく、ぼくが勝手に彼にダマされていたのでしかない。……

ぼくの怒りは、しだいにぼく自身への嫌悪にかわってきた。そうなのだ。すべてはぼくの一人相撲なのだ。不意に半分たべろといい、今度は急に何故黙って半分たべたのだといって怒って絶交する。こんな理不尽こそ、山口にぼくの得手勝手だ、有害なわがままだと糺弾されてもしかたがない。

――そして、ぼくは気づいた。だいたい、ぼくは一度だって彼を自分の本当の「仲間」だと信じたことがあったろうか？　ぼくはぼく、彼は彼で、ぼくはその離ればなれの場所でべつべつに生きている二つの「個」が、わずかに触れあったり、ひとときの連帯を感じられたりするからこそ、あの屋上での食事の習慣を、積極的に習慣としようとしたのではないのか？　……山口という一人の他人、一つの「個」を、ぼくにはわけのわからない「個」だと思っているからこそ、あの食事どきだけのおたがいのつながりを「貴重」視し、それに甘えてもとも子もなくさないようなつきあいを屋上での時間だけに限定して、水のいっぱいはいったコップみたいに、大切にそれを守りつづけようとしたのではなかったのか？　……たとえ、あの連帯感、あの友情が、ぼくの一人よがりな錯覚にすぎず、その錯覚から織りなした幻影であるとしても、すべての連帯感、すべての友情が、じつはそれぞれの同じような錯覚によってのみ成立すること、しかしこの事実は、その連帯感や友情をウソだとする根拠にはならないこと。それらについては、すでにぼくはいやというほど、戦争中の経験で思い知ってきたはずではないのか？

考え、わからなくなり、思い迷いながらぼくはいつもの屋上の隅にきていた。と、そこにどこからともなく山口が姿を見せ、いつものように弁当の風呂敷包みをはさんで、ぼくの隣りに坐った。――そうだ、たしかに彼はこの場所に坐り、ぼくの弁当の半分を要求する権利がある、とぼくは思った。何故なら、ぼくがその権利を彼に押しつけたのだから。

つまり、現実のこのおたがいの関係には、なんの変化もないのだ。さっきの噂はたとえ事実であれ、それはぼくの「知っちゃいない」ことの一つにすぎない。いま、彼にその真偽をたしかめるのは、女々しいイヤミの意味しかもちはしない。……すると、ぼくにはなにもいうことがなかった。

寒い日だった。黙ったままいつものとおり山口はぼくの弁当の半分を正確にたべた。それから、その日の天候の話をし、突然、ぼくは毎日ハエを二十匹ずつ殺すことにしている、といった。彼の顔は赤く、目がうるんで、どうやら彼は発熱している様子だった。

「……いままで、医務室で寝ていたんだ」と、彼はいった。「そして、思いついたんだけどね、ぼく、生物ってやつは、毎日なにかを殺さずには生きて行けない、っていう気がするんだ。……人間だって生物だろ。日本人なんて、人口が三分の一ぐらいになるまで、みんな殺しちまえばいいのさ。ことに病人たちなんてね。とにかく強いものが勝つのさ」

彼が、なにを考えていたかは知らない。が、へんにこの言葉があざやかに印象に残っている。そして、そのときぼくが、赤い頬で屋上の石をみつめながらこの言葉をしゃべった山口に、強い感動をうけた記憶も。——

ぼくがなんと答え、正確になんとしゃべったかは忘れた。が、いつのまにかぼくは興奮し、例によって夢中でたしかに生物は生物を食ってしか生きては行けないこと、強いものが勝つということ以外に、絶対的ななんの法則も生物界にはないと思う、という彼のその言葉への同感を、熱心にしゃべっていた。——ぼくは、その日聞いた彼の家のことについては、結局なにもいわなかった。いう必要がなかった。あらためて、ぼくはいままでと同じ連帯・友情を錯覚させるこの習慣がつづくのを、心からのぞんでいたのだった。

山口は、ぼくがそんな噂を聞いていたのを知っていただろうか？　たぶん、知らなかった、とぼくは思う。ついに、ぼくらはそのことについては一言も触れないままで終った。

でも、たとえまず家を建てようという一家の方針とはいえ、胸を病んでいる十五歳の少年にまで昼食を抜かせるとは、ぼくの「常識」にはなかった。そこにはなにか特別の事情があるのかもしれないし、山口は山口で、またべつの考えからそうしていたのかもしれない。

ぼくがあえてそのことに触れずにすませたのは、はっきりいって、そういう山口の一家、あるいは山口個人の特別な不幸につき、知りたくも感じたくもなかったせいだ。他人のどうしょうもない不幸は、そのぼくにはどうしようもないということじたいで、ぼくを重苦しくいやな気分に沈める。ぼくは他人には、ぼくをはじきだす幸福な壁のほかは、なにひとつ見たくはなかったのだ。

だから、ぼくは、とにかく山口の家のその家風は、ぼくなどには遠く思い及ばぬおそろしい個性をかくしているのだ、とだけ思って、それから先のことは考えないことに決心した。ぼくはそれを実行した。

こうして、山口との秘密の習慣には、なんの変化も起きなかった。が、往復五時間弱——いや、ときにはもっと長くなってしまう——もかかる寒中の汽車通学は、けっして安楽なものではなかった。往きはまだよかった。うまく行くと二宮からでも坐ることができたし、また列車の前部に乗り目を光らせてさえいれば、平塚でどっと降りる労務者のあとに席をみつけ、そのまま品川まで読書にふけるのも可能だった。が、帰途はすさまじかった。学生定期は品川からだったが、まず、乗れないことがあるのを覚悟せねばならない。だからといって東京駅にまで行って席を取れば、どうしても三列車か四列車は遅れて、泣きたいようなひもじさがつのってくる。文字通り殺人的な混みよう（デッキにぶら下がった一人が、線路わきの電柱で頭を打って顚落し、即死したのを目撃したこともあった）の上に、横浜あたりからさらにラッシュ・アワーにぶつかり、同じハンガー・コンプレックスに目を血走らせた進駐軍労務者たちが、まるで戦争のような勢いで窓やら連結器やら、あらゆる車内への侵入場所をめがけてなだれこんでくるのだ。ぼくの帰る汽車は、だから二宮着がたいてい五時半から七時までのどれかとなり、毎日三時すぎに学校を出るのに、どうしても一定しないのだった。

冬の日は暮れるのがはやかった。山口と学校の前で別れ、一人で品川行の都電を待っていると、もうぼくの想うのは夕食のことぐらいしかなかった。空腹感をそそるかにあたりは黄昏れはじめ、気ばやな家々に灯がともりはじめて行く。そんなときの読書はただの気休めにすぎない。なかなかやってこない都電も、くれば満員にきまっている。そんな中で肩をせまく、捧げるようにしてその日の分の本を無理に読みつづけるうち、ほんとに、何故こんなにまでして授業のない学校に通わねばならないのか。いや、生きて行くことにつとめねばならないのか。生きるということは、こんなにも面倒でつまらないものだろうか。ときどき、ぼくはそう心の底から冷えびえと思った。すると、氷のような風に裸身をさらしているみたいな、そしてその寒さが、空洞でしかないぼくを内側からむしばんで行くみたいな、するどい刺すような痛みが——いや、そんな痛みに似た無意味で無資格なあてもない悲しみのようなものが、全身に煙のように漂いだす。ひととき、ぼくは生きるということの意味を考えるのを忘れる。ただたのしげに明朗に、充実した生活を送っている人びとの才能を、まったくぼくの理解を越えたものだと思う。そんな人びとの健康さを、エネルギーを、ヴァイタリティを、別世界のもののように思う。……そして、気がつくとぼくの意識はあわてて「日課」の本にかえる。

要するにぼくの欲したのは、若い弾力のある頬がまるまると張ったような、明朗な健康であり、その充実感だったのだと思う。つねにそれはぼくには異国の彼方にしかなく、せめて自家製の「充実」をかんじたいがために、ぼくはつねになにかに熱中していたいと思った。それは、しじゅうつきまとって離れない飢餓感から、気をまぎらわせるという副次的な効果もそなえているのだった。

ぼくは、そういう明るくかがやかしい健康な幸福以外のもの——たとえば弱よわしく衰弱した悲哀感とか、星やスミレを追う少女的な感傷とか、悲嘆とか苦悩だとか、そういう結局は暗い内視にしかおちいらない傾斜を、極端に危険視し、きらっていた。たとえ現在が暗く、みじめで、苦しくてつらいものだったら、どうしてそんなものにさらに深入りしたり、たしかめたりする必要があろう。無意識のうちに、おそらくぼくはそんな自分の現在から気をそらせる種類の熱中をもとめていた。しぜん内容や種類を問わなかった。そのころのぼくにとって、読書は、ただ読むだけのことに意味のある、熱病じみた充実感への偏執なのであった。

だが、帰途はその本も読めなかった。人間たちのラッシュと、疲労と、適度の震動と、車内の薄暗さから、毎日のようにぼくは居睡りをするのだった。……客車には、品川ではほとんど乗りこむ余地がなかった。で、ぼくの乗るのは、たいてい、当時一列車に三台ぐらいはかならずはさみこまれていた、有蓋貨車の代用客車だった。――それは、床に桟があって、脚の安定が危かったが、割れたままのガラス窓から吹きこむ縮みあがるような隙間風もなく、暗くても戸を閉ざしたら人いきれで暖かかったし、座席の設備がないかわりに、立ったままどこまでも鮨詰めになるため人がたくさんつまり、ウンウン前のやつの背を押しているうちにかならずいつのまにか自分も乗りこめているので、もっぱらぼくが愛用した客車だった。ただ、まだ背の伸びきっていないぼくは、人びとの肩までの高さしかないのでそのままでは呼吸がつまる。だから車内にはいり列車が動きだすと、ぼくは尺取虫のように必死に背のびをくりかえして、顔を人びとの肩の上に出す。もちろん靴の底は宙に浮いているが、もうしめたものだ。居睡りをしコックリしても、全身の力を抜いても、周囲にびっしりつまった人びとがいやでもぼくを支える。ムッとする人いきれにはせめて鼻の穴を天井に向けるのが関の山で、密集した人間たちの不断の圧迫で顔の向きを変えることはおろか、ろくに身動きさえできなかったが、同じ理由から、寒気もしのびこめない。……一口でいえば、それはぼくにとって、もっとも安楽な客車だった。

――一度など、ぼくの着ていた父のお古の外套に、婦人用の赤革のガマグチがはいっていた。もちろん内身はからっぽだったが、二宮の駅を出て何気なくポケットに手を入れ、それを発見したときの不思議なお伽噺じみた快感と驚愕とを、ぼくはいまだに忘れることができない。スリの御用ずみのその贓品をひそかに所持していることに、ぼくは共犯者のそれのような、ある疚《やま》しげなスリルと、秘密の悪事に荷担する奇怪な歓びをおぼえたのだ。……だから、ぼくはだれにもそれを知られないよう、そっと一週間ほどそれをポケットの中であたためつづけてから、その感動がからっぽになったあくる日、一人でコッソリとそれを海へ棄てた。

いくら居睡りをしていても、不思議に、ぼくは二宮を乗り越したことはいっぺんもなかった。ぼくの毎日はそのようにしてつづいた。

それは、三月になろうとするある朝のことだ。玄関をまわってぼくがいつもの小部屋のドアをひらくと、年長の同僚の一人が、

「やあ、……知ってる？　動員が終るんだってさ」

とほがらかに声をかけた。ぼくはびっくりした。

「ほんとですか？　じゃ、みんな、帰ってくるんですか？　ここに」

最年長の同僚が、いつもながらのいささかシニックな微笑とともに答えた。

「本当ですよ、来月の一日から、だからみんなもこっちへやってきますよ。先生もね」

ぼくは、同僚たちがにわかに日が射してきたみたいに、そろって明るくはしゃいでいるのが、まるで理解できなかった。……いま思えば、かれらはたぶん、動員されていた中学生らといっしょに、勉強が——つまり、具体的には「試験制度」が学校にかえってくるのを歓迎していたのだ。かれらの欠

陥は学問ではなく肉体にあったのだし、それは、ほんらい学生としてのそれより工員としてのそれだとして、むしろかれらは自負をさえ抱いていたのだから。

だが、ぼくはあたえられていたこの孤独で気ままな休暇と、そこにあるていど構築し、安定しかけていた自分なりの秩序の消滅とに、ひとつも愉快な気分にはなれなかった。……ぼくには、いままでの数ヵ月は、友だちのハチの巣をつついたような復校により開始される、あるガサツで非精神的なそうぞうしさと、ぼくにとりはなはだ非衛生的な、健康なかれらの生命力の氾濫という繁忙で多事な季節に処するための、ぼくの孤独のいかにも不充分なトレーニングの期間、きっといささか長すぎ、そのせいでいまは短かすぎるとしか感じられない、ひどく中途半端な準備期間だったような気がしてきた。でも、もう安閑とのん気に一人だけの時間にひたってはいられない。これからは土方人足としてのキャリアをへた同級生たちの、めまぐるしい無数の「健康」という名の暴力の渦のなかで、まるで混雑した都会の十字路で立ち往生したボロ・リアカーみたいに、ぼくは自分の非力さと非適合を、かれらの活躍に小突きまわされながら嘆かねばならなくなる。……ぼくはまるで詰所での最初の一日のような暗澹とした気分のまま、それからだれとも口をきかず沈鬱に二時間ほどを過すと、思いついて、久しぶりに硬いゴムの冷たいボールを手にして、ゆっくりと屋上へとのぼった。

もう一度、リーグ戦でもはじめてやろうか。……ぼく一人だけの東京六大学の野球リーグを、おっぱじめてやろうか。

——むろん、ぼくはそれが自分の不安をごまかす果敢《はか》ない強がりであるくらいは、充分に承知していた。「率直」という、戦時中に得ていたはずのただ一つのぼくの倫理は、いまはぼくのなかで、鞘を失くした鋭利な短剣でしかなかった。すでにそれはぼくを支える力ではなく、ぼくの生身を、その自己欺瞞を、裏側からするどい尖端で突つきつづけて止めない。……「率直」な実行力とは、健康の同義語なのだ、とふいにぼくは思った。いま、自分はそれを失くしている。いつのまにか、ぼくはホンモノの病人になってしまったのだ。

そうなのだ。もはやそういった「健康」を喪ってしまったぼくは、復校してくる連中のひきおこす活動的な混乱、喧騒にいやでも巻きこまれて、きっとやつらのその健康に、つねに引目をかんじていなくてはならない。……ぼくはそんな毎日が確実に襲来する予感に、窒息死するみたいな、せっぱつまった圧倒的な恐怖をかんじて、よし、ではぼくは連中に、ぼくの読んだ本の名前と量をひけらかして、それでぼくを尊敬させ、別物視させてやろうか、と苦しまぎれに考えたりした。みずから「日課」としたあの読書にでも救ってもらわなければ、いったいなにがぼくを救い、やつらに対抗できる力になるというのだ。そうだ、じゃ、これからはひとつ、日に二冊を「日課」にしてやろうか?

……だが、そんな独自の無内容も、ぼくにはわかっていた。それは、いわばぼくの恐怖が吐き散らした無意味な悲鳴でしかないのだ。無数の健康という暴力の接近から目をそらすためだけの、そう、たとえば海底で吹くカニの泡のように、口を出たとたんにふらふらと頭上にのぼって行き、やがてポツンと水面に消えてしまうような、空ろで架空なただの不機嫌やおびえやの排泄にすぎない。

——思いながら、ぼくは壁にボールをぶつけつづけていた。と、突然ぼくはいま、ただの惰性で腕を振り動かし、壁とボールの受け取りっこをくりかえしている自分が、まるで屋上の強い風にいいようにおもちゃにされているたよりない風船のような気がしてきた。……そのとき、たしかにぼくは紙風船のように軽やかで、索漠としたやけに風とおしのいい自分のなかの空洞、ぼくのなかの空白な充実だけを抱きつづけて風のままに漂う、一個のただの無内容な袋でしかなかった。

バカバカしく、ぼくはもはやボールを投げつづけるだけのハリも持てなかった。ころげてきたボールを拾おうともしないで、ぼくはしょんぼりといつも食事をする隅にあるいた。すこし休むつもりだった。だらしなく気力を喪失したみじめな自分を軽蔑して、ぼくにはでも反抗するだけの力もなかった。

「山川」

じっと屋上の白い石の平面をみつめて膝をかかえていたぼくに、どれくらいの時間がたったころだろうか、不意に、屋上への出口からのそんな山口の甲高い声が曲がってきた。無気力に目をあげたぼくのほうへ、彼は例の黒い丸首のセーターに、冷たく白い表情をのっけたまま、まっすぐに重たい靴の音をひびかせて歩いてきた。

その目を見たとたんに、ぼくは、自分と共通の感情が、彼にものしかかっているのがわかった。やつも今日知らされた未来に、つまり来月一日から開始される新しい毎日に、きっとぼくと同じ嫌悪と恐怖をかんじているのだ。思いつめたように彼の目は真向からぼくをみつめ、貼りついたような頰の青白い翳りが、唇の赤さを際立たせてふだんよりも濃かった。

彼は膝をかかえたぼくの前で立ち止った。なにもいわず、ぼくには彼の指をかたく握りしめた右の手首だけが見えた。

「……みんなが、かえってくるんだってな」と、ぼくはいった。

「フン。同じことだよ」

「いや。同じことじゃないよ、きっと」

「いや。同じことだよ」

ぼくを見下ろすような姿勢のまま、山口はなぜか不遜な、傲岸な、まるで狂信者みたいな態度で、肩口ではねかえすようにそうくりかえした。

同感を予定していたぼくの言葉は、しぜん乱れ、ぼくはどぎまぎした。

「そうかな。ずいぶん違ってきちゃう、根本的に、なにかこう、ぼくらの毎日が混乱しちゃう気がするんだがな、ぼく。……」

「フン、ぼくは思わないね。結局、ぼくらはいままでどおりの病人さ。なにひとつ、変える必要はないんだ」

ぼくは、ぽかんと彼を見上げた。視線をぼくの右後方の空に固定させて、まるで屈辱にでも耐えているみたいに、唇を固く結び、彼の表情は化石していた。——ぼくには、何故彼がそんなにムキになっているのか、よくわからなかった。だいいち、「なにも変わらない」というのだったら、彼はまず、なんの用でいまごろわざわざ屋上までやってきたのだ？　いつもの食事までにはまだ二時間もある。やつは食事どき以外はぼくに会いに来たことのない男じゃないか。……色褪せた曇り日の光を背負い、頑固に肩をいからせ目を虚空に向けて突っ立っている彼の貧弱なからだを見上げ、急にぼくは少年航空兵募集の、あの戦時中のポスターを思い出した。ハチマキでもしめていたら、それは、まったくポスターと同じ健気《けなげ》な少年の「勇姿」なのだ。

ぼくは遠慮なく笑った。……笑うと、ぼく自身余裕が生まれたのか、それとも、それまでなんとなく気圧されていた彼に、やっと同等の生真面目な「少年」を発見したことのせいか、ぼくに元気が恢復してきた。すっかり気がらくになってぼくはいった。「いまごろ、じゃあ君、どうして屋上になんかきたの？」

「……」

「もしほんとにそう思ってるのなら、なぜ、なにも変わらない、変える必要はないなんて、わざわざここまでいいにきたんだ？」

「……」

山口は無言だった。が、ふっとその蒼白な冴えた顔に、動揺とまで行かないにせよ、ある気弱なものが滑ったのをぼくは見逃さなかった。山口は、腹がへってここへ来たのだろうか、とぼくは反射的に考え、ふとあることに思い当った。

山口は、これから弁当を二分するぼくらの習慣がなくなるのを心配して、それを確かめるためにぼくに会いに来たのか？　なにひとつ、変える必要はない。それは彼の、あの習慣を変えてくれるな、という意味を裏にかくした言葉なのか？

山口をみつめながら、ぼくはそれをはっきりとたしかめよう、と思った。腰をのばし、ゆっくりと立ち上った。

「そうだね、なにも変りゃしない。……君のいうとおりだ。ぼくは、いままでどおりの君とぼくの関係を、変えるつもりはないんだ。……心配することはないよ」

「……………」

答えは聞けなかった。ぼくは山口を見た。……呼吸を止めたように、みるみる山口の頰は紅く染まり、はげしいものが顔に、目に充満した。しかし、怒りというよりそれが羞恥であり、ある屈辱の我慢であり、外側にむかって爆発し挑みかかるなにかではなく、内側へのそれであることは明瞭だった。

中空をつよく睨みつけて、顔じゅうを真赤にしたまま彼はじっと動かなかった。

なんだ、やっぱりそうか。——ぼくに、しらけた納得が来ていた。気がつかないふりをし、ぼくはそのまま屋上への出入口のほうへ歩きかけた。なんとなく、これ以上彼と話したくなかった。

「……山川」

五、六歩ぼくが彼を離れたときであった。思いがけないほど晴れやかな山口の声が、ぼくを呼んだ。

「山川。……二人でこの煙突にのぼってみないか？」

ぼくが立ち止ったのは、だが、彼のその言葉の内容に気をとられたせいではなかったのだ。じっさいは、はじめて急激にうちとけてきた山口がめずらしかったから、びっくりして態度を変更したのにすぎなかった。

振りかえると、彼はニコニコしながら、半身をねじって右手で煙突を指していた。

「のぼってみようよ。この煙突に。ね？」

「エントツ？」

だが、山口は本気だった。突飛なその思いつきが、唐突に彼を占拠してしまったみたいに、彼は別人のような子供っぽい一途な顔になって、無邪気に指で合図するると、なんの躊躇もなくするすると巧みに金網を乗り越え、煙突の細い鉄梯子を器用にのぼりはじめた。

「……わあっつめたい！」彼は梯子にかけた手に片方ずつ白く息を吐きかけると、首をねじまげてぼくに笑いかけた。「うへえ、高いぞ……」風で彼の黒い上着は巨大なコブのようにふくらみ、つづいて彼はさも痛快そうに叫んだ。……

そのときぼくのかんじたはげしい願望の正体がなにか、それは知らない。

とにかく、マストの上の水夫みたいに、颯爽と愉快そうに煙突にとりついている彼を見たとき、ぼくには凍るような寒さの高空に、冬のきびしく酷烈な風をうけてさらされてみたい激しい衝動が、ふいに胸をタワシでこすられたように湧いてきたのだ。

「よーし。行くぞ」

なにを考える余裕もなかった。ぼくは吸い寄せられるように金網に駆けより、身がるにそれを越えた。そして、スリルとも歓喜ともつかぬ奇妙な感動の綱渡りをかんじながら、軽業師の足つきで煙突に移ると、五メートルばかり上をのぼる山口と声を合わせて笑い、そのまま快適なリズムにのり鉄梯子をのぼりはじめた。——煙突は、屋上への出入口の四角いコンクリートの箱にくっつき、まっすぐに天にそびえている。

ぼくはすぐにその黒く染められた部分を越え、風雨にさらされてヒビのきれたあざとい素肌をむきだしにした白い上半部へとかかった。そのとき、すでに山口は頂上に達していた。

頂上は、直径一メートル強の広さしかなかった。不気味に地上から突出した暗黒の洞穴をめぐり、円周は幅二十センチほどであった。いちめんの埃と煤煙とで、ぼくらの掌は、まるで黒人兵のように指の間だけをのこして真黒に染まった。……が、しばらく焚かないためか、煤煙はそれほどでもない。山口とぼくとは並んで縁に腰を下ろすと、ぶらぶらさせた靴のかかとで、煙突の外側を二、三度蹴ってみたりもした。

「ちえっ。海が見えるかと思ったのに」

「見えないかな」

「ちえっ。汚ねえ街だな。戦争にゃ、敗けるもんじゃありませんね」

「うん」

平衡を失うおそろしさで、ぼくは首をめぐらせては、はるかな品川や芝浦の方角に顔を向けることすら、できなかった。真正面の広尾方面しか、だからぼくの目にはいらなかった。調子よくとたんに返事をかえしながら、ぼくの頭の中には、リンリンと銀鈴の鳴りつづけているような興奮しかなかった。

「……面白くない風景だね。まったく」

しばらくの沈黙のあと、山口がいった。すでに彼は、ふだんの陰気な声音に戻っていた。ふと、ぼくも後頭部に冷たさをおぼえた。——案外、その陶酔のさめた速度の差は、彼とぼくの五メートルの差であったのかもしれない。ちょうどそれくらいの違いで、ぼくは頂上に到達し、そして、同じほがらかで律動的な快い煙突のてっぺん。——さっきのわけのわからない願望の頂点であったそこは、めざしていた幸福の存在した位置から、いまは味気ない充足の終点に変わっていた。寒風が、音をたてて耳たぶをかすめていた。

両手で左右の縁をおさえたまま、白っぽい冬の靄につつまれた視界いっぱいのバラックや安建築や未整理の焼跡の、なにか寒ざむとした荒涼たる景色を眺めわたし、ぼくは、なぜ自分が、こんな危険な高みにまで這いあがったのか、いまさらのようにわからない、見当もつかない、と思った。……ただ、まるで自分がどんよりと曇った不透明な冬空の一部に化したような、見下ろしている下界とは距離のある不思議なほど爽快な気分が、いまにも落ちるのではないかという本能的な恐怖心といっしょに、ぼくにつづいていたし——いや、ことによると、ぼくのなかで確実に生きていたのは、その二つだけだったかもしれない。ぼくは、地上とは別世界にいるその一種凜烈な感覚を、忘れていた宝石に見入るように、鋭く眩しい光の矢のように胸にかんじていた。

そしていま、ぼくは天に居を移しているのだ。地上から去ることを『死』と呼ぶのだとしたなら、間違いなく、いま、ぼくは『死』の世界にいるのだ。『死』の世界から、『生』の世界をながめている。

……でも、ぼくはふと、それは戦時中、米軍の艦載機の銃撃などを受けながら実感した、あのなつかしい「生きている」感覚と同じものであるのを直感した。つまり、これはあのころの経験と同じ、死と隣りあわせになったときの緊張感、快いその戦慄ではないだろうか。死を目の前にしたときの、あの生の充実感ではないのだろうか。……そしてぼくは、あのころ、自分が一つの『死』のなかからすべてを見ていたこと、依然としてその自分が『死』のなかに位置せずには『生』を充分に感じとれなくなったままでいるのをおもった。

でも、いずれにせよ、とにかく煙突の上でのその感覚は、自分が生きていることの実感には違いなかった。

「寒いな。風がすごくつめたい」

「うん、寒いな」

答えて、やっとぼくは山口に目だけを向けた。山口の鼻は、寒さのためすこし赤く染まっていた。

——と、彼がいった。

「……こうしてみると、地上って、ほんとに魅力ねえなあ」

なるほど、たしかにぼくらの見ているのは「地上」なのだ——抽象的なそんな言葉での会話が、ごく自然な位置だという発見にぼくは有頂天になった。

「地上」は、苔むしたようなすすけた緑の斑点を、校舎の裏の赤土の上にひろげ、ところどころ地面に凸凹の影をつくりながら、眼下から渋谷川のほうにかけて裸の空地をつづけている。さらにそのむこうには瓦礫の焼跡が焦土のあとを見せて、遠くからカブト虫のような車や都電が近づき、まばらに疲れた足どりで指人形ほどの人間が、のろのろと歩いていた。

「まったくだな。魅力ねえなあ」

「人間って、どうしてこんな地上の生活を愛せるんだろう。……愛せるやつなんて、よっぽど幸福なバカだと思うね」

「まったくだ。ぼくはあんな地上を軽蔑する」

「フン。……とび下りてやろうか」

「とび下りて大地に抱きつこうってのか。ぼくは、それほどの執着なんて、まったくこの下界にはかんじないね」

「生きていたいか？　やっぱり」

「さあ……、べつにそうも思わないがな」

いって、はじめてぼくは、何気ないこの一見冷静なような彼との会話が、重大な意味を含んでいることに気づいた。

「とび下りたら、ペシャンコだね。いずれにせよ、ひと思いだ」

と、重ねて山口はいった。ぼくは質問した。

「……君、とび下りるの？」

「とび下りるんだったら、どうする？」

からかうような声音で、しかし山口のその語尾の余韻は、彼が本気なのを語っていた。彼はぼくをみつめた。

とび下りるつもりなんだ、山口は、とぼくは思った。

ぼくは困惑した。

「……しかたないだろう。ぼくは、どうもしないよ」

やがて、ぼくは真面目にそう答えた。そのとき山口はぼくにとって、牛肉屋の店先に吊された赤い肉塊のような物質、ぼくにどうすることもできない、「他人」の一人でしかなかった。いくらとめようとしたって、とめることはできない。下手をすればぼくまでいっしょに墜落する。……ぼくは思った。死んだり生きたりは彼の自由なので、お節介にぼくが容喙する余地はないのだ。ぼくがすべての能力をあげても、結局は山口という他人は、それが他人である以上、どうすることもできない。

ぼくが彼を、彼と二人きりでの隠密な関係を、そのときの連帯をかりに愛しているとしても、要するにそれはぼくの勝手だろう。山口の生きたり死んだりは、つまりは彼の自由でしかないのだ。

「ねえ。とび下りるのなら、とび下りたって、いいんだよ」

くそ真面目に、ぼくはもう一度、そう彼にいった。山口は、頬にこわばった微笑をつくりつけて、その微笑は、すでにぼくに手のとどくものではなかった。ぼくは、ぼくの理解を絶する彼の家の「方針」を思い出した。きっとそれはそれなりの理由があるのと同じように、いくらぼくにわけがわからなくても、彼には彼の理由があるだろう。だから、もし彼がどうしてもとび下りたいのだったら、ぼくにはそれをとめる能力も資格もない。彼が突き落してくれといっても、ぼくにはそれを扶けて突きとばしてやるだけの理由も必要もないのと同じように。……ぼくにできることは、山口の邪魔をしてやらないこと、それ一つだ。生きるなり、死ぬなり、彼の勝手を、そうして尊重してやることだけだ。

べつに、彼の自殺が恐かったのではない。くどくどと思いつづけながら、突然、それとは無関係な、全身のひきしまるようなある理解がきた。そうだ。孤独とは、だれも手を下して自分を殺してはくれないということとの認識ではないのか。……そして、ぼくはぼくの孤独だけを感じた。

そのとき、やっとぼくに恐怖がきた。それは山口という一人の他人には無縁な、ぼくだけの恐怖だった。いわばぼくが、ぼく自身の生命を、最後までぼく一人の手で始末せねばならないという、冷厳で絶対的な人間のさだめへの恐怖だった。

——十分とも、三十分とも思える時間が過ぎ、その間、ぼくらは無言で化石したみたいに煙突の上を動かなかった。やがて、ぼくがそろそろと腰をずらせ、山口がそれにつづいた。

指が凍え、硬直して、しかもその指で鉄梯子をつかむと、まるで氷の棒をじかにつかむように、鉄棒はさらにつめたく冷えきっているのだった。……

屋上に着いたぼくらは、おたがいに笑いの消えた顔で、いいあわせたように首を上げ、いま下りてきたばかりの煙突を仰いだ。

煙突は、白黒に塗り分けられた姿のまま、不透明に白濁した冬の寒空のなかに、いつものとおりただ茫洋と無感動にそびえていた。

背景の白い雲がゆっくりと泳いでいて、一瞬、その煙突の姿は軍艦の司令塔みたいに、ぼくらとともにどこかへ進んでいるような気がした。——だが、そのとき、たぶんぼくと山口には、自殺未遂者の敗北感も、また、下界とはなれ鮮烈な生命を実感したという、感動の記憶もなかった。ぼくらには、ただ、それぞれ勝手なスポーツを真面目にやり終えたあとの、あの疲労だけがあった。

しばらくのあいだ、ぼくは同じ姿勢のまま、いちめんに死んだ魚の目玉の白さをむきだしにしている、どんよりと曇った冬の日のその天の魚を見ていた。低く垂れた雲のむこうに、かすかにB29らしい爆音が一つ、いつまでも聴こえていた。やがて、気がついたとき、山口の姿はすでに屋上にはなかった。ぼくは一人だった。風が急につめたく、おそろしいような、しびれるような、ヒリヒリする痛みとも哀しみともつかぬ感傷的な寒さを、ぼくはその風にもてあそばれている頬のあたりにかんじた。いったい、ぼくはなにをしているのだろう。なにをしようとしているのか、とぼくは思った。そうだ。とにかくなにかをはじめなければならない。——

ぼくはふらふらと落ちていたボールを拾うと、そのままいつもの壁に向かい、突然、わざと晴れやかな大声で、「プレイ・ボール」と叫んだ。

最初の秋

一

秋の朝だ。私はいま二宮の町を歩いている。私は、まず郵便物を局に持って行き、それから妻の好きな無花果《いちじく》をいくつか八百屋で買い、ついでに薬屋で、ほとんど中毒しかけているアンプル入りの風邪薬を買い、その帰りに、じつはこれはまだ妻の許可を得てはいないが、本屋で『鉄腕アトム』の最新号を買ってくるつもりでいる。

これが今朝の仕事だ。もちろん、これが日課だとはいえないにしても、だいたいこんなことが私のこの町での「散歩」になる。昨夜は徹夜をした。妻はまだ睡っている。彼女が起き出し、彼女の一日の仕事にとりかかるのは、たぶん、帰宅した私が雨戸を全部明け放ってからあとのことだ。

なんというくだらない一日の始まり、と君はいうだろうか？　なんと平凡な無気力で支えられ、閉じられている生活。たとえそこに苦痛があり恐怖があり幸福があるにせよ、すべては豚のそれだ、と君はいうだろうか?

反論をするつもりはない。その平俗さ、くだらなさ、蓋を閉じた貝の中の安定、それが自分には大切で、つまり君のいう豚の毎日だからこそ私には意味があるのだ、などと屁理窟をつけてもはじまるまい。昔から、私は頭の中がひどくせまい。そこに他人や、他人たちの正義を、そのますますっぽりと容れることができない。しかし、私は一本の道を歩いてきた。そして、いまはここにいるのだ。

小型トラックから、プロパンのガス屋が挨拶する。私が疎開した当時はまだ幼女だった煙草屋の長女が、いまは結婚し母になって、大きな腹を突き出したまま笑って目礼する。私は、この町ではかなり古い顔だ。

二

私たちの一家は、昭和十九年にこの町にやってきた。私たちはそれまで夏ごとに大磯に来ていた。二宮は、東京から行けば大磯の次の駅だ。だからそれまで「二宮」は、私たちの世界の外にしかなかった。……毎年、夏の暮れに、私たちは大磯駅のプラット・ホームに立ち、自分たちを東京に送りかえす列車が、ゆっくりとカーヴして姿をあらわしてくる闇の奥に、いささか神秘的な未知の世界、禁じられている未知の領域が、ぽっかりと黒い口をあけて不気味にひろがっているのを感じた。「二宮」は、われわれにはそういう別な他の世界への入口、その関所の名前だった。

父につれられて、はじめてその「二宮」に行ったのは、昭和十八年のはじめだったと思う。疎開のため、すでに父はその海沿いの土地を買い、そこに家を建てることも決心していて、すべての手つづきは終っていた。やはり、気になったり嬉しかったりしたせいだろうか、父はぶらりとそこへ行く気をおこして、日曜日でちょうど家にいた私を誘った。母は行かなかった。

たとえ二時間たらずとはいえ、汽車に乗るのは小旅行だった。そして、私には父と二人きりでどこか遠くへ出かけるのは、はじめての経験だった。私は嬉しかった。私は中学の制帽に制服を着ていた。冬だったが、当時は中学生は外套の着用は禁じられていたから。

父と私は冬枯れた萱を分けて松林の中に入った。競争して海のほうに歩いた。やがて、私はびっくりして立ち止った。そこはかなり急な崖の上で、松の枝の間から、ひろびろとした白い砂浜と穏やかな冬の波打際が、はるかな目の下に見下ろされた。……大磯の平坦な海岸に慣れた私には、それは、思いもよらぬ位置からの眺望だった。

松の枝ごしに見える眼下の白い砂浜には網が干されていて、白いシャツを着た赤銅色の皮膚の老人がただ一人、皺ばんだ脚であぐらをかき、うつむいてその網を直していた。目を上げると、水平線がちょうど額の高さに横にのびて、そこに、庬大な海が動いていた。

何故か、私は急にこわくなった。が、海から目をはなすことができなかった。

「どうせ海岸の町に住むのなら、海のいちばんよく見えるところにしようと思ったのさ。どうだ、気に入ったか？」

と、父はいった。わけもなくうなずきながら、その掌が制服の肩に置かれたのを、私は電撃のようにかんじた。

――どういうわけか、近ごろ、しきりにその記憶が私をつつんでくる。はじめて見る角度からの海。白く輝く砂浜。ただ一人網をいじっていた老爺。そして父の言葉と、私の肩に置いたその掌。……おそらく、そのようなかたちでの父の私への愛情の表現は、それが最初であり、最後だった。きっと、そのときの私もまた父のその動作に、ある稀有の瞬間を感じたのだ、と思う。このときの記憶のすべては、つまり私にとり、父との稀有な時間の記憶なのだ。

不思議なことに、結婚をしてふたたびこの町にもどってきてから、私はことごとに父を感じることが多くなった。ひょっとした動作や不機嫌な沈黙、妻を見る目つきや自分の笑い声に、ああ、これは父だな、と思う。自分が父の目や耳で部屋を見たり、海の音を聞いている自覚がふいにやってくるのだ。もしかしたら、いま、私は急速に父に近づいているのかもしれない。――でも、その父、母、祖父、そして二人の妹と私（二人の姉は、栄養士としてそれぞれ徴用で当時は家をはなれていた）というここに越してきた家族のうち、いまは、私一人しかこの町にはいない。

踏切りで、私はすこし下りの湘南電車の通過を待ってたたずむ。まだ、九時ちょっと前だ。私は、そしてまけてもらった風邪薬の三本入りのアンプルの紙箱、今朝はもう七箇しか残っていなかった無花果の袋と『鉄腕アトム』の10とを手に、よく晴れた初秋の朝の町を家に足を向ける。……さあ、散歩は終りだ。

桐の葉が、ひどくあざやかな緑に透け、重なりあって揺れる。明るい空が眩しい。——一瞬、私に、この秋の光の中で、自分が透明な空白に化したような奇妙な恍惚に似た不安がくる。しかし、私の脚は歩いている。家への細い道に折れた。潮風の香が匂ってくる。ああ、自分は妻のところに帰ろうとしているのだ、と私は思う。

目ざめたとき、部屋は明るかった。知らぬ間に雨戸は明け放たれ、母はすでに予定通り金策のために上京していた。襖をへだてた茶の間で、二人の妹のいい争う声が聞えた。障子に、松の影が動いていた。

私の隣では、父が蒲団から首だけ出し、むこうを向いて寝ていた。私はまた睡った。そのころ、病弱で中学の勤労動員からも外されていた私は、好きなだけ睡るように、と母からいわれていたのだった。

私が次に目ざめたのは、そろそろ十時に近い時刻だった。私は隣の父を眺め、その父が、さっきからすこしも姿勢を変えていないのに気づいた。そういえば昨夜中、父はものすごい鼾をかいていたが、その鼾も聞えなかった。私は半身を起して、父とその蒲団とをみつめた。

そのとき、私は自分の頰がこわばり、それからいきむように顔じゅうが熱くなったのをおぼえている。自分の目に、父が、その蒲団が、完全に静止しているとしか見えないのは、錯覚に違いないのだと思った。が、同時に私は飛び起きると、父の上半身を抱えあげた。二度、大声で父を呼んだ。

その声に、隣の茶の間から、祖父が襖を引き明けて走り寄った。

「……お父様、死んでる」

と、私は、父をみつめたままでいった。

「そ、そんなアホなことが、……嘉雄！　これ、嘉雄！」と、祖父はどなった。ぺたりと、まるで腰が抜けたように、父の枕もとに坐った。「……おい、なんとか返事せんかい、おい、……」

でも、すでに父の死は明瞭だった。その頰の冷たさは石のそれだったし、その背に手をまわしたとき、もはや父の身体は硬直をはじめているのがわかった。……蒲団にくるまれた部分はまだ温かかったが、右頰を枕に押しつけた父の土気色の顔はひしゃげ、かすかに明けた唇をゆがめたまま停っていた。頭は、仰向けに枕に置いても、またごく自然にごろりと右に倒れた。それは、寝床から私の眺めたときと同じ姿だった。

おそらく、睡っている間に脳溢血になったのだ、と私は思った。異常なあの大鼾が、その証拠なのだ——だが、私にはそう考えるのがやっとだった。父が死ぬなんて、思ってみたこともなかった。まだ中学生なのに父を失うなど、私には、完全に他人ごと、他人には起っても、自分にはけっして起らない種類のなにかにすぎなかった。

私は、いつのまにか枕もとにきていた妹たちの泣声で、やっと現実にかえった。祖父も鼻をこすりあげ、涙をながしていた。

「……可哀そうに、誰も知らんうちに死んでしもて。……夜中のうちに、あの世に行ってしもうたんじゃ、この年寄りを残して。……ふん、みんな、同じ部屋で寝ながら、誰も気がつかんなんて法があるかい」

「だって、大きな鼾かいて、よく睡ってらっしゃると思って。……昨夜だって、お父様、たくさん食べたし、あんなに元気だったんですもん、……」

上の妹が、泣きじゃくりながらいった。やはり涙をぽろぽろとこぼしながら下の妹は放心したように口を明けて、ただ、片手でしっかりと上の妹の手を握っていた。

私は黙ったまま立ち上ると、ネルのパジャマを脱ぎ、教練服のズボンをはいた。学生服の上着を着て、さらにその上に教練服の上着をつけ、脚にはゲートルを巻くのが、当時の私たち中学生のただ一つの外出用の服装だった。「お母様に知らせに行く。こんどの上《のぼ》り、何時？」と、その支度をつづけながら、誰にともなくいった。

祖父はくどくどと口の中でなにかをいい、私を振り向かなかった。死んだ一人息子のその枕もとに坐って、ときどき、思い出したように指で両方の眼がしらをつまむと、嗚咽する音が聞えた。突然、祖父は立ち上って、足早やに自分の部屋にあてられた四畳半に入ると、襖を、はげしい音を立てて締めた。

私は祖父は一人になりたいのだと思った。きっと、一人で泣きたいのだ。——しかし、支度を終えた私が、「行ってまいります」のついでに医者を呼ぶことや何やかやを頼もうと思って襖を明けると、祖父は眼鏡をかけ、机に向って熱心に毛筆を走らせているのだった。

「あの、お医者さんのことだけれど……」

私がいいかけると、祖父は私を見ずにどなった。

「うるさい！　医者がなんじゃ。あいつはもう、完全に死んでしもとるんだ。……あっちへ行きなさい。わしはいま、嘉雄の死亡通知状を書くのにいそがしいんじゃ」

見ると、もう五、六通、机の上に得意の達筆で祖父の知人の名の書かれた封筒が並んでいた。

私は呆れ、「お祖父ちゃんて、ほんまにものの役に立たんお人や。いざとなると、きまって腰が抜けてはるか、あとで考えればなんの役にも立たんようなことに、夢中になってはるだけやの」という母の言葉を思い出した。それは、いくつかの火事や地震や親戚の間での突発事のたびに例証されていたらしかったが、はじめて私はそれを現実に見たのだと思った。……たしかに、祖父は「ものの役に立た」なかった。

私は妹二人に、まず近くのかかりつけの医師を呼ぶこと、それから、やはり同じ二宮にいる父の弟子のＩに連絡して、部屋をきちんと整えておくことなどをいいのこすと、顔も洗わずに一目散に駅に駆けた。

不思議に、私には涙は湧かなかった。緊張しきっていたのだと思う。汽車の中で、怒ったような眼眸で窓の外をみつめながら、私はなにひとつ考えていたのではなかった。自分に涙がないことにすら、気がつかなかった。私はただ、車内の人びとに目をうつすたび、いま、ぼくの父は死んだところなんだ、ぼくは、それを母に知らせに行こうとしているんだ、と意味もなく大声で喚きたい衝動にとらえられた。怒りに似たその衝動ははげしく、それをこらえることで、やっと私は目が熱くなり、視界がぼやけだすのがわかった。が、私は涙はこぼさなかった。大声もあげなかった。ただ、車内で笑い声が起きるたびに、決死の形相でそれを睨みつけた。私は、ひどく張りつめた気持で、すこしでもそれを揺り動かされたくなかったのだ。——一人、窓際の席ではしゃいでいる五、六歳の赤い防空頭巾をもった女の子がいた。そのはしゃぎぶりと奇声がたまらなく不快で、私は、目をそらせてはまた睨みつけるように彼女を見て、我慢に我慢を重ねている気持のまま、その日、品川まで立ちつづけたのを憶えている。

品川駅で山手線に乗換える地下道を歩いているとき、不意に喉がからからに渇ききっているのに気づいた。私はホームで水を飲んだ。そして、突然、そうだ、二宮から電話で知らせてもよかったのだ、と思った。もちろん二宮の家には電話はない。しかし、土地の前の持主が父母に紹介した町の有力な魚屋には、電話はあっただろう。いくらぼくがその魚屋の人を知らなくても、事情をいえば電話ぐらい借りられたはずだ。いや、あの医者の家にだって電話はあったわけだ。……私は、けんめいに落着こう、冷静になろうとつとめながら、じつは自分がまったくその逆だったのだと思った。失敗の意識で顔が赤くなった。……が、私が思わず低く叫んだのは、そのことではなかった。やっと、私は思いついた。そうだ、誰かがこのことに気がつくかもしれない。だとすると、もう五反田の母に電話で知らせてはいないだろうか?

私は、いても立ってもいられない気持になりはじめた。ぼくは、ぼくの口から直接に母に告げたいのだ。直接に、まずぼくが母に知らせたいのだ。ぼくは、母が父の死を知る瞬間にいあわせたい。そうして、母といっしょにすべてを考えたい。それだけのために出てきたのだ。

山手線が五反田駅に着くと、私はころがり落ちるように階段を駆け下り、そのまま家に向って走りだした。浸潤をおこしかけているという肺になんか、かまっている余裕はなかった。二宮からの電話はなかなかかからない。が、意外に早く通じてしまうこともあるのだ。私は、目に見えないその敵と競走するみたいに、息をきらせながら走りつづけた。二、三度、大きく喘いで足を止めたが、でも私はとうとう家までを、ほとんど夢中で、全力疾走に近い速度で駆けとおした。

当時、五反田の家は、遠縁にあたる陸軍少佐が入っていた。父も母も、誰もはっきりとはいわなかったが、彼がつれてきて同居している小柄で目が細く、しかし腰まわりだけは異常なほど豊かな女がじつは彼の妾だとは、私たちはとうに承知していた。私が息せききって玄関の戸を明け、大声で母を呼ぶと、出てきたのはその女だった。

「……ど、どぎゃんしたと？」

と彼女は、おどろいたり慌てたりするとき出る九州訛りで、目をまるくして訊ねた。

「……お母様を、呼んで下さい」

と、私は喘ぎながらいった。私はきっと血相を変えていたのだし、声も叫ぶような大声だったのに違いない。小柄な女はへたへたと式台に坐りこんで、「……ど、どぎゃんしたっと？」とくりかえした。

そのとき廊下から母が顔を出した。

「……どないしたん？」

と、母はいった。異常な私の顔、来訪に、母はふとそれを予期したのだったかもしれない。光の届かない玄関の奥で、その顔はおびえ、蒼ざめたように白く見えた。

「お父様が死んだ」

と、私はいった。

私は、そのとき母が壁に手を当てて身体を支えたのを、いまもありありと目に浮かべることができる。顔色が、みるみる紙のように白くなる、という言葉はただの比喩ではない。いくら陳腐な形容とはいえ、それは事実なのだ。

母は私を見ていた。なにも見ず、なにも考えてはいない目だ、と私は思った。

「……まあ、お上りやす」

と、母はかすれた声でいった。私がゲートルを解き、編上げの靴を脱いで式台に上ったとき、母はまだ同じ姿勢でじっと私をみつめていた。気の抜けたような声がいった。

「……いつ、お死にやしたん？」

「昨夜のうちか、今朝はやくらしい。とにかく、ぼくが起きてみたら……」

「もう死んではったん？」

母は私を見据えたままでいった。目を落すと、廊下を、先に座敷のほうに歩いた。

ちょうど、次姉が休日で来ていた。その次姉が座敷から走ってきて、私の前に立った。

「ほんと？　ほんとなの？　お父様が……」

「今朝死なはったんや。あてが出てくるとき、気ィになっておでこさわってみたんやけど、きっとその前、あの鼾がせんようになったときに死んではったんやわ。……おでこはまだあったこうかったさかい、……けど、それで安心したあてがアホやったな」

八畳の座敷に坐りながら、母が私の代りに答え、私は無言のまま坐った。

「だって、昨夜はとても元気だったって……」と、立ったまま次姉はいったが、もう、その目が赤く、目蓋がふくらんできていた。

「……ぼくだって意外さ。なにか手が震える、って、まるで神経質になってただろ？　でも昨夜は、もう大丈夫だ、明日、二階から画帖と筆を出してこい、ためしになにか描いてみる、っていっていたんだもの」

いいながら、私は言葉を切った。こんなくだくだしい言葉なんか、いくらいってもはじまらない、こんなことをしゃべりにきたんじゃないのだ。

「じゃ、ほんとなのね？」

いうと、次姉は両手で顔を覆い、泣きはじめた。私は、母は一度も「ほんとか？」と聞き返さなかったな、と気づいた。聞いた。

「電話、あった？　二宮から」

「へえ？――いいええな」母は驚いた顔になって、それで思いついた声で次姉にいった。「そや。お姉さんに知らさな。……あんた、お姉さんの行ってる病院の電話、知ってたやろ？　かけて」

次姉は、はげしく首を振った。逃げるように立ち上り、歩こうとしてまた坐った。

「……おかけやす。な、頼みや」と、母はくりかえした。

顔を覆い、むせび泣きながら次姉は立った。やがて、押し殺した悲鳴に似た泣声が、電話のある方角から切れぎれに聞えてきた。

「……あて、涙もよう出えへん」

しばらく無言で火鉢の灰をかきならしていた母がいった。和服の袂から煙草を出し、炭火をつまんでそれに火を点けた。淡い色の煙が、その頬の苦笑といっしょになり、顔の上にまつわるように動き、流れた。

母は蒼ざめ、首がとても細く見えた。が、薄く化粧をした外出着の母、そのときの母が、私にはひどく美しい女に思えた。何故か、私にはそれが誇らしい気がした。――

「えらいことになったな、え？」

それまで遠慮していたのか、どてら姿の少佐が入ってきて、母と私とを交互に見ながら声をかけた。妾が、打ってかわったおとなしげな態度で、私に本物の羊羹をすすめた。私はうつむき、急に頬が硬くなって、汽車の中での緊張が、ふたたび戻ってきたのを感じた。

私は硝子戸越しに真冬の庭を眺めた。植込みの形も石の配慮も、それらへの光の当り具合も、どこといってなにひとつかわらないのに、でもその庭はすでに私の家の庭ではなかった。あるいは、それはつくばいに溜っている水の量の変化であり、だらしなく庭に脱ぎ捨てられた太い鼻緒の下駄や銀色のチャチなサンダルのせいだったかもしれない。が、引っ越してたった半年のうちに、その「わが家」は、もはやどこか微妙にあらあらしい、崩れた、しどけない、他の秩序の支配する他人の家にかわっていた。私はもう、十年来住み慣れたその家を、透明な一枚の膜をへだてたものとしか眺められなかった。——私は、そして、くどくどと言葉に詰りながら悔みを述べ、しまいには一人だけ声を放って泣きはじめた妾の、その善良と直情をかんじながら、しかし黒子《ほくろ》のある首すじから急に分厚く肉のつきはじめるその背、異常な尻の大きさや、黙って腕組みをしている精力的な丸坊主の男を見て、もはやここではかれらが「主人」であり、われわれが「客」にすぎないのを思った。私たちの家、それは、もう「二宮」にしかないのだ。

でも、当座の金を都合してくれたのはその遠縁の少佐だった。その点、私たちは彼に感謝しなければならない。……おそらく第一回目の脳溢血の発作だったと思えるのがその夏にあって、以来、画家の父は手が震えるので筆が持てず、今でいうノイローゼ症状を起していた。当然金の入る理由もなく、新築や治療費や疎開さわぎでふえるのは借金と画債（これは画を描く約束で前に金を貰うことだ）ばかりだった。五人の子供たちの、それぞれの名義の僅かな貯金さえ、すべて引き出されているのを、私は知ってもいた。

たしかに、私にも家計の窮乏はわかっていた。が、私にはなんの力もなかった。——突然に父に死なれ、私は長男としての当然の責任の意識としかも無力でしかない自覚とで混乱して、せめて母の影のように、母といっしょにいることだけで支えられたかったのかもしれない。相談にのる分別さえないといわれるなら、せめて母の愚痴を聞く役なりを果たして、できるかぎりのことで役に立ちたい、と私は願ってもいた。それが、長男でありただ一人の男の子である自分の責務だと、十四歳の私は思いこんでいたのだった。私は、完全に無力でしかない一人きりになることをおそれていた。……

だが、次姉と三人で二宮に向う途中、母はほとんど口をきかなかった。ただ、乾いた目で、白じらとした冬の午後の窓景を瞳に映していた。ただ一言、「……寒いえ、風邪を引いたらあかんえ」といって、自分の淡い水色のショールを私の首に巻いた。私はその必要を感じてはいず、普通ならいやがって返すところだったが、おとなしく巻かれたまま黙っていた。これが、せめてもの自分の母への協力なのだ、と思った。

その日は、昭和十九年の十二月二十九日、曇り空からの風が、ひどく冷たかった。次姉の鼻が赤くなっていたのは、だが、寒さのせいだけではなかった。

遺骸を国府津の火葬場で焼いたのは、大晦日だった。やはり空が一面に白濁した、冷えた風のつよい日だった。祖父だけが、それが逆さまごとのしきたりだといい、二宮の家に残った。私は、母に「……さ、お兄ちゃん、あんたからえ」といわれるまで、まだ燠《おき》のように赤く燃えている父の骨を、拾うのを忘れていた。

妻は、まだ睡っている。昨夜は私につきあってくれたおかげで、寝床に入ったのはたぶん暁方の四時近かっただろう。まだ起すのには気の毒な時刻だ。

私は牛乳を一本飲み、庭に面した茶の間の雨戸だけを明ける。すると茶色い毛の、小柄な牝犬が、待ちかまえていたように庭の草を分けて駆け寄り、はげしくその私に尾を振る。ワイヤア・ヘアード・フォックステリヤかなんかの血が混っているらしい、だが、すこし滑稽なほど脚が短く耳のだらりと長い駄犬だ。この犬は、しばらくこの家を貸していた先住者の若夫婦が、引っ越すとき鎖から放したまま置いて行ってしまったのだ。だから名前もわからないし、まだ新しい名前もつけていない。いわば、私たちが無理矢理おしつけられてしまったかたちの犬だ。

ずいぶん、ひどいことをすると思う。でも、犬のほうは家の住人がイコール主人だと心得ているのか、最初から私たちには慣れ、なついてきた。あんまり可哀そうだという気持もあり、妻と二人で餌をやった。こうなったら、もう犬が離れないのも仕方がない。

私に、相手になってもらいたいらしい。犬は前後左右に跳びはね背を低くして襲いかかる唸りをあげてみたり、誘うように海のほうに全速力で駆けたりする。私がゴム草履をつっかけて庭に下りると、大喜びで脚にまつわりつく。仰向けになって腹をみせる。私の掌を、脚を舐める。

しばらく犬と遊んでから、全身に降り注ぐ日光があんまり快いので、私は海のほうに歩いて行く。……犬はついてこない。半年ほど浮浪犬としてそこいらを歩きまわったに違いないのに、この犬はどうやら海がこわい。ある地点までくると、急に具合わるそうに横を向いて、草の匂いを嗅いだり、小便をしたりしながら、ちらちらと私を見て私が帰ってくるのを待つのだ。いまも、さも用事ありげに熱心に萩や芒の根を嗅いでまわっている。

　私は、庭の海寄りの端に立って、ひろい砂浜を見下ろす。ここは、いつか父が私の肩に掌を置いてくれた場所だ。――が、かつては防風林だった密生した松林は、いまはほんの数本が横にならんでいるだけだ。それもすべて戦争中、松根油を採るのだという理由で強引に入ってきた兵士たちに、矢印を下に向けて重ねたような疵をつけられてしまっている。いまだに、その疵がなまなましい。

　松の減ったのは、家の西側の地所を買占めた地主が、虫がついたという理由で、片端から伐って儲けてしまったからだ。おかげで家の松林は風当りがきびしくなり、毎年の颱風のたびに一本か二本かは折れたり倒れたりするようになった。そうなると、どう倒れても家や近くの住居に被害をあたえぬよう、こんどはこちらでも伐らざるを得ない。現在のすがたは、その結果だ。

　海は美しい藍色に輝いている。が、白波が立ってすこし荒れ模様だ。空は申し分なく高く晴れて、青い。私は、一人でここから海をみつめていた自分を思いおこす。少年のころ、私は、よくここに「一人きりの自分」になりにやってきたのだ。

　私は父を追憶していたのか？　そうではない。私は、曇った国府津の冬空の中に横にながれ、這うような、刷かれたような濃淡の煙になって溶けて行った父みたいに、そこから見る空や海の中に、自分を消滅させたくて来たのだった。いわば、私はそのたびにそこに死ににきたのだ。そして、私は、そのことをたぶん、自覚してもいたのだった。

私は、身にしみて知っていたのだ、と思う。その自分が、どうあがき、どうもがいても、結局は生きている他人たちとの繋がりあいの中にしかいないことを。——「一人きりの自分」は、その中での息抜きに似た夢想であり感傷であり、そういう幻影に憩っている自分は、いわばすでに空か海に投身し、停止してしまった一個の屍体にすぎない、という事実を。

だが、私はたびたびここに来た。「一人きり」の、つまり屍体の安息と清潔とを求めて。いまも目の前に聳えている海、この巨大な藍色の、一刻も動くことをやめない水の堆積の中には、おそらく、無数の私のそんな屍体がゴロゴロところげている。——

いまも、目にうかぶようだ、と私は思った。最初は、父の葬式の直後だった。あのときも、やはり晴れた青空が頭の上にあった。

私は、形見分けと称して父の衣類や持物を奪いあい、すぐそれを身につけたりした親戚たちにおどろき、怒った。また、おためごかしに金を貸して、その「ほんの形式的な担保」だといって持ち去った品物を、証文がないからとうそぶき贋の安物に替えて返してよこした連中を憎んだ。世間知らずで他人と争う技術も言葉も知らない私たち家族をだますのは、赤児の手を捩るより容易だっただろう。私はいまだにかれらを忘れないし、許さないのだ。……だが、かれら他人たちへの態度は、ある意味では簡単すぎるほど簡単に決定できることだ。手を切り、絶縁して、ただ「許さない」でいればいいのだから。つまり「絶縁」できるかれらへの怒り、憎悪は、じつはあまりに単純すぎる「怒り」であり、「憎悪」なのだ。

あのとき、私がそれほど距離をもってかれらへの怒りを自分から分離しようとしていたとは思われない。が、あのとき私の胸の暗部に重くのしかかっていたのは、むしろそれらとは別の、どうしても自分から分離することのできない種類の怒りであり、苦痛だった。姉や妹は泣き、私は泣く代りにここに来たのだ。とにかく、私は一人になりたかった。だが、現実にいくら冬の海をみつめ、潮風にさらされていたところで、それは解消できる事柄ではなかった。一月に入ってからの父の告別式の夜、われわれ家族にかくしこっそりと新橋の芸妓だった父の妾を呼んだ祖父と、その場では表情ひとつ変えず、夜になって祖父とはじめての大喧嘩をした母。……

「なにも、かまわんじゃないかい、あれだって、大切な旦那に不意に死なれてしもた可哀そうな女だ。だいいち、あいつが好きで妾にした女じゃないか。焼香ぐらいさせてやったかて、なんじゃい、ホトケもよろこぶ、女も得心《とくしん》が行く。そうじゃないか。なにが悪い」

昂奮したときの癖で祖父は拳がぶるぶると震え、せっかく昨晩卵を買ってこさせ、その白身で洗い上げた顎鬚も頬にくっついて震えていた。喪服の黒でいっそう蒼白に見える頰を引きつらせて、母も声をわななかせた。

「いいえ、あれはうちの人が、Iさんやほかの遊び仲間の方たちと張りおうて、見栄からまず妾にしやはった人どす。あないな恥をかいてまで、焼香してもらいとうはおへんはずの人どす。それを、どうどす? K先生やY先生にまで、あんなとこでわざわざしゃしゃり出て挨拶して、私はこの人の二号さんどす、そやから今後ともどうかよろしく……そんな、アホなことがありまっしゃろか。K先生の奥さまは横を向かはるし、Iさんはあんなバカな女とは思わなかった、て冷汗かいてはりましたわ。まるで、お座敷に呼ばれたみたいにしてからして……」

「さあ、それにはわしもびっくりした、とさっきからいうているじゃないか。わしはただ、あれに知らさんのも可哀そうに思たからこそ、ちょっと呼んでやっただけじゃ」

「へーえ、そうですのん。そなら、あては可哀そうやおへんの?」

「それとこれとは違う話じゃないか。そんな顔して、いったい、あれを呼んでわしにどんなトクが行く? みんな、嘉雄のためを思えばこそじゃないかい」

「嘉雄のため、嘉雄のためて、いったいなんですのん? ご親切に、いくら頼まれたからかて、なんであの人のお骨まで分けてやる必要がありますかいな。世の中には、常識ていうもんがあるんどっせ。……お祖父ちゃん、なんぞお金か、お礼かもろてはるのと違いますか?」

「な、なにをいいくさる、わしは嘉雄の父じゃ。たとえもろたかて、そんなことでお前さんからとやかくいわれるスジはありません。わしは嘉雄の父じゃ。わしは、あの親孝行の嘉雄がよろこぶと思たからこそ……」

「親孝行? へーえ、はじめて聞きましたわ。うちの人の生きてはるあいだ、一度かてお祖父ちゃん、お前は親孝行やというてやらはったことあったかしらん。それに父や、父やて、父らしいどんなことをしてくれはりましたん? いまごろになって、親じゃ、嘉雄は親孝行やったなんて、聞いて呆れますわ。……おお、いやらし」

私たち子供たちは、無言のままこの祖父と母の、しだいに言葉も語調も激越になり果てもなくつづくやりとりを聞いていたのだった。——祖父は一人息子を失った不安から、逆に高圧的におどかそうという態度に出、母は頼るものがなく自分がしっかりしなくてはという気負いで、もう祖父のわがままは許せないと決意していたのかもしれなかった。二人はおたがいに父で結ばれた他人だった。が、私たちには双方とも「肉親」であり、それぞれの言葉は私たちの内部に谺して、すくなくとも私は、その双方とものいい分がわかる気がしていた。そして、それはつまり、私が結局はどちらとも一体にはなれないのだ、という事実の確認でしかなかったのだ。

私は、このときはじめて祖父と母に他人を見たのだった。それぞれの表情で黙っている四人の姉妹にも、他人を見た。しかし、その他人たちは私に血で繋がり、私はかれらを私の外に見るのと同時に、内部にその存在の手ごたえを感じていた。……私は、こうして自分から分離できない他人たちを、重くるしい目に見えぬとりもちの中のようなその血肉の繫がりの中にしか存在していない自分を、そして自分が終生この自分からは逃れられない事実を、なにかを必死に耐えつづけているような感覚の中で、はじめて意識したのだった。

——軽快なエンジンの音を立てて、小さな釣舟が一艘かえってくる。私は立ち上る。家のほうに歩きだした。犬が嬉しげにどこからか走り寄って、脚にじゃれる。いつのまにか苦笑をうかべたまま私は犬の背中を撫で、甘えてときどき盗み見るように白眼を出しちらちらと私を見上げながら、腹を仰向ける犬の相手をする。背に浴びた眩しい秋の日光の中で、ふと、私は、自分があのころとは別な日常に、心をひらいていることを感じる。

これは、私がいま、やっと肉親をはなれたことのせいだろうか？　私は、三年前、祖父が強引に移住した彼の妾の家、その横浜の高台に向う道にある中華料理店の、「随時小酌　家族宴会」という二列の文字を思い出した。あのころ、祖父を訪ねるたびなぜかその文字が目に飛びこみ、私をかなしく不愉快な気持にした。「家族宴会」は、おそらくはけっして果されないだろう夢想の文字としか考えられなかったからだ。が、いまは私はどういう目でその文字を見るだろうか？　おそらく、家族というイメージの中では、亡父やすでに結婚した姉妹たちはもちろん、現在九十三歳の祖父、五反田の昔の地所の中に建てた小さな家でまだ独身の長姉とともに暮している旅行好きの母より、去年まではまったくの他人だった妻のほうが、いまははるかに私に近い位置にいるのではないだろうか？

私は可笑しくなる。たぶん、私は妻を愛している。ほぼ三年前、私は彼女に出逢った。いっしょに能に行った。そのときから、おたがいのごく日常的な毎日の中で、なにかが始まったように思えた。私はその手ごたえを信じ、やがて、それに自分を賭けることにきめた。相手の同意を得た。……じつは、言葉に直せるのは、それで全部なのだ。

妻も、妻なりに「賭けた」のだと思う。私はいま、その手ごたえと暮している。それぞれの共有しあうものをひろげる生活をしている。あとは、べつになにも無理に言葉に直すものも、直す必要もないのだ。

三

あれから、私たちの家族は東京と二宮で、B29の爆撃と艦載機の執拗な銃撃とを経験した。さいわい家は焼けず一人の負傷者もなかった。戦争が終ったのは、父の死んだ翌年の夏のことだ。焼けなかった東京のアトリエをもと赤坂の料亭の女主人に貸し、その家賃といわゆるタケノコで家計はかろうじて賄われていた。新円の切り替えも家には関係がなかった。生活は苦しかったが、なんとなくつづいていた。金があっても物資のない時代で、私たちの貧乏もあまり目立たない様子だった。屋敷を売った金で、私は中学を卒業し、大学に入って、その大学はすぐ新制に切り替わった。そのころまで、ときどき見る私の夢の中では、父は生きつづけていた。

だいたい、父のあらわれる夢のパターンはきまっていた。ふいに、満洲か、それとも日本のどこかの遠い山奥から、元気な父が報道班員のような服装でリュックをかついで家に帰ってくるのだ。私は、なんだ、やっぱりどこかで生きてたのか、と思ってすっかり嬉しくなる。それは責任者の帰還なのだ。私は父の不在中の不自由を、なにから口に出せばいいかと思い惑いながらしゃべりつづける。母は泣いている。すると祖父が、じつはわしはちゃんと知っとったんじゃ、といって顔を出すのだ。私たちは口々に祖父を非難するが、父は頼もしげに皆を制し、リュックの中からさまざまなものを取り出す。それは伯父たちが形見分けのとき持って行った時計だったり服地だったり、デッサンのいっぱい描かれた画帖だったり、お餅だったりする。そして父は、もう大丈夫だ、と力づよくいう。お父さんは、秘密の金鉱をみつけたんだ。（一度はダイヤモンドの鉱山で、私はダイヤの原石を父から二箇もらった。）これからはゆっくり落着いて絵を描くから。……私は、このパターンの夢をほとんど数え切れないほど見た。しかし、いくら見ても、途中で、ああこれは夢だ、と思うことはなかった。私はその夢の中でひどく幸福な子供になり、かならずその幸福な気分のまま夢から出た。夢の中で帰ってきたはずの父が消えたり、私のその安堵が引っくりかえったりしたことは一度だってなかったのだ。いまも私は、「潜伏中」だったというその父の不在中の行動につき、夢の中で父に説明されたいくつかを、明瞭におぼえている。

私が大学の二年のとき、夢の中でも父は死んだ。すでに死者として白い骨箱が部屋の隅の仏壇に置かれてあり、それを背にして母が関係のない映画の話をしていた。……そして、それ以後、父が生きている父として私の夢にあらわれることは失われた。いまだに、それがつづいている。きっと、私が生きている父の感覚から、遠く離れすぎてしまったせいだと思う。

私は無力なくせに、早く金を稼ぎ、母を手伝わねば、とばかり思いつづけていた。その焦りは私の小心さと、徹底好きからきていたのだったかもしれない。

いったん快癒していたはずの胸が、ふたたび悪くなったのは大学二年の冬、ちょうど朝鮮での戦争が始まった年の暮れ近くだった。私は三箇月の休学を医者からいいわたされたが、無理して翌年の試験には出た。落第して学費を一年間無駄払いするのは、なんとしても避けねばならない、と思ったのだ。

私は、すでに夢の中でさえ父をあてにする自分からは離れていた。朝鮮での戦争は、私のアルバイトの洋モクの供給源だった茅ヶ崎の米軍戦車隊を全滅させ、私はこの戦争はかならず日本にも波及すると信じた。そのころ、私は自分の健康への絶望、自分の無力さへの絶望に疲れはてていて、もっとも「死」に近い場所にいたのだったかもしれない。私は、むしろヒステリックに、いらだたしげに戦争の到着を待ちうけ、それを祈るような気持でいた。もしそうなったら、私は「戦争」によって死ぬことができるだろう。無責任で卑怯な自殺などではなく、他人によって心ならずも殺され、永遠の暗黒と沈黙の中に消えて、誰の重みも浸入してこない、なんの責任もない安らぎの底で平和な睡りにつくことができるだろう……

エネルギッシュで健康な友人たち、金持の友人たち、共産党員の友人たち。私はあらゆる友人たちに距離をかんじ、その距離を失いたくもなかった。羨望も嫉妬も尊敬も、もちろん軽蔑も湧かなかった。女性たちを含めたすべての友人に、私は、恐怖に似た感覚しかもてなかった。他の人びとには、まったくの無関心しか。……そして私には、私以外の人びとの、他人にたいするじつに巧妙かつ適切な、自恃にみちたその処理のしかた、肉親さえもうまく自分から切り離してしまうことのできる不可解なその能力には、ただ驚嘆と劣等感だけが意識された。まったく、どうしてみんなは、あんなに手際よく肉親の血の拘束から自由になれたり、それを「暖かさ」だといってともによろこべたり、また、そんな自分になんの疑問も不安もなく「孤独」になれたりするんだろう、と私は思った。いったい、どのようにしてそういう厄介な「自分」の始末をつけ、他人の幸福とか、いっぺん波がくれば崩れ去ってしまう砂の城のような、「社会」という目に見えない顔たちがつくりあげた約束ごとの意識を土台にして、政治的正義とかいうものの議論に口から泡をとばして熱中できる勇気をもてるのだろう？

私の目は、私なりの歪みをもっていたと思う。その上、私には、私が自分にしか関心がもてないこと、そんな自己中心的な考えにしか固執できないことの、それゆえのひどく恥ずかしい、心ぼそいような私なりの不安があったのもたしかだった。が、私はすこしの皮肉もなく、本気でそう思いつづけていたのだ。そのため、いささかノイローゼ気味にさえなってしまうほどに……。

私が、自分が家族たちとともに一家心中をした夢を見たのは、大学の三年生になろうとする春休みだった。目ざめたあと、私はなまなましく、細部までありありとその夢を憶えていた。いまも憶えている。

要するに理由は「生活苦」だったのだろう。そのほかにはなにもなかった。母が提案し、家族の全員が、まるで大石から「討入り」を告げられた赤穂の浪士たちのように、こぞってよろこんで賛成した。もちろん私も賛成した。私は、私の家族たちのすべてが、今夜から明日にかけてこの二宮の一部屋で死ぬことを、芝居の総見のような、家庭的なはなやいだ歓楽の最後なのを信じた。それが、ひどく嬉しかった。

が、そうと決ったのと同時に、気の早い長姉は一足先に死んでしまっていた。横になった彼女の顔が、みるみる死の色に覆われて行くのを、私は見た。

母がちらとその長姉を見て、頬で笑った。

「……ああいう人や。いったん決まったとなると、もう待ったなしや。オッチョコチョイいうのか早のみこみの早ばしりいうのか、――」

私たちは笑ってその言葉を認めた。

私たちは、毒を嚥んで死ぬことに決めたのだが、祖父だけが毒をきらった。「方法はわしの勝手じゃ」といい、ぴしゃりと自分の四畳半の襖を締め、それを明けようとすると、内側から和紙でぴったりと目張りをされ、襖は動く気配もなかった。……そして、祖父はそのまま私の夢から消滅した。

のこる姉妹のうち、上の妹だけは服毒後すぐ一人で海岸に走って行き、まっすぐに海に歩み入ったという。「……死顔を見られたくないんだって」と、仲良しの下の妹がそれを見てきて、低声でそう私に告げた。

いかにもそれは上の妹らしいと私は思った。女四人のうち、下から二番目の彼女は、もっとも可愛がられかたも乏しかったのかもしれない。彼女はいつも家族の中で孤立し、一人だけの判断で行動して、その性格は姉妹のうちいちばん個性的なものに思えていた。

そろそろ死ぬときがきていた。私が二階の自分の勉強机から立ち上って、階下のその部屋へ下りて行くと、甘えっ子の下の妹が母にくっつくようにして寝て、その母の向う側に次姉が目を関じて横に倒れていた。私は三人の死を確認した。私は、ためらわずに自分の紙包みの毒を口にあけた。刺すような鋭い苦痛と熱さとが口腔にひろがり、でも水で無理にそれを嚥み下すと、逆流する重い苦味のある液の膜が喉につまった。吐いてはいけない、吐いてはいけない、と私は口をおさえた。これでいいのだ、と私はひどく幸福な気分で思った。そのとき、たしかに、私は自分を捨ててまで家族との同調を欲していた。

私は知った。自分が、自分以上に家族を愛し、なにものにもましてその中への完全な消滅をねがっていたのを。家族がその自分のすべてであり、家族なしに私が生きることもないのを。……つまり、私の本当の生活環境は、私の家族につきていたのだった。

私は、ただ家族へのおつきあいで生きていたのにすぎなかった。

——が、私は気づいた。私はただ一人、母をはじめ家族たちの屍体がころげている部屋をはなれ、仰向けに廊下に倒れていた。まるで、かつてこの家で米軍機の機銃掃射を受けたとき、母の制止の声も聞かず一塊りになった家族たちから一人だけはなれ、ふらふらと違う部屋の真中に歩きそこで大の字になって弾丸の到着を待ったのと同じように。……どうしてかは知らない。なぜか自分はこんなにも「家族」を愛しながら、しかしその家族たちの間で、家族たちに混って、死んでしまいたくはないのだった。

そして、さらに気づいた。私は死んでいない。いくら待っても意識は消失せず、逆に、もうどこにも苦しささえないのだ。あの毒は、私には効かないのか？

私は立ち上った。死の部屋の襖を聞いた。

たしかに、海に歩み入った上の妹を除いて、母や姉妹の全部はそこに倒れていた。彼女たちは死んでいた。思い思いに手脚を屈伸させ、首を曲げて。一匹の大きな蝿が、うるさく音を立てて彼女らの唇から唇にとまっていた。蝿は、私には近づかなかった。

でも、なぜこのぼくは死なないのか？　いや、死ねないのか？

私は当惑し、混乱して、それから無性に腹が立った。跣のまま庭に駆け下りると、どこか、わけのわからない道を駆けた。

寒い日だった。冷えびえとした空気が青白く澱んでいて、あたりには水底のように透明な、がらんとした静寂があった。昼か夜かも判然とわからなかった。私はそこの一本の銀杏にもたれ、肩で大きく呼吸をしていた。突然、友人のKがあらわれ、私にどうしたのだ、とたずねた。

「ぼく、自殺してきたんだ」

「いつ？」

「昨日」

そうだ、昨日のことなんだ、と思いながら私は答えた。すると、Kは笑いだした。

「バカだなあ、死にたがるなんて。死ぬなんて、贋物になっちゃうだけのことじゃないか。だいいち、どうしてわざわざ死んだんだい？」

この奇妙な会話を、そのときのKの平然とした、さも呆れたような愉快げな表情や声音といっしょに、まだ私ははっきりと憶えている。それと、その質問に、どうしてもうまく答えられなかった自分の狼狽と羞恥も。……私は、そして、突然水面に浮かび出るように目ざめ、この夢を鏡として、一挙にさまざまなことを理解したのだった。自分が、ただたんに家族へのおつきあいだけで生きているつもりでいること。家族がいなくなれば、自分には生きる理由も、死ぬ理由もなくなること。だが、そんな説明は、他人にはたんに異常な、ばかばかしい、滑稽な、理解不可能な屁理窟としか思われず、どうしてもわかってもらえない恥ずかしいこと、いわば自分が一人前の人間ではないのを証すだけの繰り言としかとられっこないこと。——

だが、目ざめた私にとり新鮮な衝撃だったのは、いわばその種のことではなかった。それは、たしかに自分が家族を愛しており、家族以外には本当の生活環境ももたないというのに、しかも死ぬときぐらいは家族から離れていたいという、かくされた自分、かくされた家族への嫌悪が明瞭になったことだ。そして、おたがいに「死」を決意すると同時に、私たち家族が、それぞれの方法にしか従えないべつべつな点の集りになってしまう事実なのだ。——どこにも自分と同じ人間はいないし、それを非難することもできない。家族は一つのグループとして統括されてはいるだろうが、しかし、おたがいにけっしてわかりあえたり「一体化」できる存在どうしではないのだ。その意味で、やはり他人でしかないのだ。

私は、そのとき二十一歳になろうとしていた。なんという幼さ、知能の低さ、成長の遅さ、と嗤われても弁解はできない。これが事実だから。なおその上、この夢にどんなに拘泥してしまったかの例証の一つとして、私はもっと愚かしい思いつきさえ抱いたのだ。それは「自殺」だった。

戦後の適当な場所が不足なとき、五反田の父のアトリエを料亭として使ってくれ、私たちに月々の家賃という収入をあたえてくれたもと赤坂のおかみは、いつのまにか金を溜め顔をきかして、ふたたび赤坂に料亭を新築して、突然にそこへ移ってしまったのだ。私たちは事前にはなにも知らなかった。母は途方にくれ、結局、素人ながら似たような商売をするほかはないと決心したのだった。だいいち、アトリエはすでにそのように部分的にせよ無断で改造されてしまってもいたのだ。

父の旧友のある電気会社の社長が、すると好意でその会社の寮ということにしてくれた。前のおかみのやり方の穢さ、吝嗇さに憤慨したコックが、こちらはなにもいわないのに、ある夜ふいにやってきて、使ってくれ、といった。彼は赤坂の新築の料亭から、こっそり家出してきてしまったのだ。彼と、やはりもと同じ料亭の女中だったその妻との二人の玄人が、やはり役に立った。母は肩書が「寮母」となり、コック夫婦や姉たちはその寮の「使用人」として月給をもらえるようになった。社長は他の会社の人びとを招待しては使ってくれるよう頼み、それと亡父の先輩や友人の画家たちの支援もあり、ようやく家は息がつけるようになった。

が、そのために母は五反田に常住しなければならない。二宮の家は、祖父と私と、それから交替で家事をしにくる二人の姉のどちらかの三人の世帯になった。私の病気もどうやら回復した。

だから、一応は私たちの家はいっさいがよくなりかけていたのだ。しかし、逆に、あらゆる意味で自信を無くしていた私には、それがかえって負担と意識されたのかもしれない。私は、母が酒席の相手をして、客の帰ったあと嘔吐をくりかえすような生活を早くやめさせたかったのだ。酔っぱらい、泣き、きりもなく愚痴をこぼしては怒る母が不快だった。もしそれが私たちのためなのなら、ことに私は一日も早くやめさせるだけの力をもたねばならない。そうして、母が犠牲である時間をなるべく短くせねばならない。——でも、サラリーマンの月給では……私は思い、きっと絶望的になってしまったのだと思う。

同じ年の、秋のある日だった。私は大学三年の中期の試験勉強に疲れていた。そのとき、不意にその思いつきが私をとらえた。それはひどく魅惑的で、ただ顔をちょっとそっちに向けて静止させれば、あとはごくオートマティックに私を平和の中に運び、暗闇の奥に吸いこんでくれるしごく簡単な作業だと思えた。恐怖など、まるでなかった。

私は、そのとき自分がどこまでなにを論理的に、真剣に考えていたか疑わしい。といって自分が本気でなかった、という気持もない。昔、終戦の前後にかけ、長姉は栄養士として相模原の陸軍病院につとめていた。敗戦のとき、彼女は青酸加里の小さな三角の紙包みを二つ、自決用にあたえられた。進駐してくる米軍が、あらゆる日本人の男性をタマヌキにし、女性にはほしいままな狼藉をはたらく、という流言が信じられていた時代だった。私は、長姉がそれを父の文箱に入れたのを見ていた。

文箱は二階の隅の、総桐の父の和風の本箱の上に置かれていた。ふと、それに目を向け立ち上った私は、もう、ごく自然に自分が魅惑的な「死」へと歩み入るのを決定していて、あとはすぐにもそこに行き着く一本の道を、前へと歩くことしかないのを全身でかんじていた。自分はもう、「ちょっと顔を向け」てしまったのだ。——もはや、なにも躊躇したり、考えたりすることも要らない。

私は、べつに手も震わせずに神代杉の文箱の両開きの扉をひらいた。毒薬は、その中の空の硯箱の中にあるはずだった。事実、あった。私はその二つを机に置き、なにくわぬ顔で階下に水を入れたコップを取りに下りた。

茶の間では、長姉が編物をしていた。祖父が彼女のなま返事を無視して、若いころの道楽や、いたずらの話をして一人で笑っていた。みんな、耳にたこのできた話ばかりだった。

「さあ、そこでじゃ、オナラで蠟燭の火を吹き消せたら、金を一円——当時の一円ちゅうたら、お前、大金だぜ？　五銭で女が買えた時代なんじゃ。……まあ、その一円を賭ける、という女子《おなご》が出てきよった。わしはオナラの音と勢には自信があったんだよ、そこで、よっしゃ、その一円もろた、と答えてお前、百匁蠟燭をとぼした……」

あとは聞かなくてもわかっていた。そこで祖父が勢よく尻をまくり一発「ぶっぱなし」たら、なんと、途端に引火したのかボッという音が聞えて尻の毛に火がつき、おかげで陰毛が前のほうも全部チリチリに焼けてしまい、しばらくはかんじんのものも火傷で役に立たなかった、というのだ。この話は、かならず「だからお前、あそこの毛ってやつは燃えやすいもんなんだぜ、いっぺんに火がはしるんだぜ」という蛇足がついて終りになる。

気のない返事をくりかえして自分の冬のセーターを編むのに余念のない長姉を相手に、祖父は上機嫌で、夢中でしゃべっていた。障子を明けた私にも、目を向けなかった。

長姉も私に顔を上げなかった。私はなにもいわず、そのまま薄暗い裸電球が一つぶら下がっているだけの、二階の私の勉強机へともどった。

なにか、口笛を吹きたいような快適なテンポにのった時間が流れていた。私はコップを机に置き、三角に折り畳まれた紙包みの一つを明け、びっくりして目をこらした。その四角い白い紙の上には、なにもなかった。ただ、折り畳まれたかたちの、黄色い汚染《しみ》だけがあった。

あわてて拡げたもう一つも、やはり同じだった。青酸加里は汚染に溶けて包み紙に吸収され、あとには一粒の粉末さえ残ってはいないのだった。

私は気が抜け、ぼんやりとその黄色い汚染だけをのこした紙を見ていた。思いついて、その汚染を舐めた。なんの味もなかった。ざらざらした包み紙の感触だけが舌の先にのこった。が、私にはなんの異常もなかった。

一時間ほど、私は正面の窓ごしの秋の闇に、水平線を示して横にならんでいる小さい赤い漁火の、その明滅を眺めつづけていた。そして、その無意味な二枚の紙を、ゆっくりと時間をかけもと通りの三角形に折ると、文箱の硯箱の中にもどした。そのときは、「死」はすっかり色褪せてしまっていた。私はキッカケを逃したのだ。私には、もう、まったく死ぬ気などなくなっていたのだった。

私は、あらためて自分が家族の中での役目を抛擲し、母からの信頼を裏切ろうとした無責任、その卑怯を恥じた。私は、私なりにせいいっぱいの努力で、それを引き受けようと思った。——以来、二度と私は自殺を真面目に考えたことはない。たとえ他人たちから見て、私が私の家族たちの中で死んでいるとしか考えられなくても、それにはそれなりの意味と効果がある……。しかし、私は、結果としてそれが不発だったにせよ、意外にも自分に家族を裏切ろうとする部分、その能力があったという事実に、なんとなく一つの解放をかんじてもいたのだった。

あの長姉が病院からもらってきたという毒薬が、本当に青酸加里だったかどうか、あやしいものだったといま私は思う。――が、長姉がそう信じていたことは疑えない。翌年の二月、長姉は、東京のアトリエをその会社の寮にしてくれた社長からの縁談を、結納まで取りかわしながら結局は拒んだ。そのことで一家中がもめ、母は当然のこと、祖父までが彼女を叱りつけて、「年齢を考えなさい。お前なんかもう、オオルド・ミスちゅうんじゃ、数えで二十六いうたらお前、昔ならウバザクラか大年増もいいところじゃ」と、どなった。私も、母がやっと一つ荷を下ろすといい、喜んでいただけに、長姉のわがままと不決断より、母の気苦労のほうに同感した。

それも試験勉強で徹夜をしかけていた夜だった。私が小用を足しに下りると、入れちがいに、やはり「当番」で二宮に来ていた長姉が、跫音を忍ばせてそっと二階へ上るのを見た。長姉は春の結婚のためにつくった新調のスーツをきちんと着て、それが私の不審を誘い、想像を刺戟していた。私は、すぐ便所を出た。

私が二階の部屋に入ると、長姉と胸をぶつけそうになった。はっと身を引く長姉は片手を後ろにかくしていて、目から鼻にかけてが醜く赤く染まり、泣いていたあとが明瞭だった。

「なにを取りにきたの」

と、私はいった。長姉は答えず、そこに立ちつくしていた。私は机に向い、彼女の顔を見ずにいった。

「もし、文箱の中のものだったら、無駄だよ」

やはり想像は当っていた。

長姉は低い声で、「……どうして？」といった。

「お姉様（私は長姉をそう呼んでいた）が病院でもらってきた薬なら、蒸発しちゃっている。紙に黄色い汚染だけをのこしてね。それを舐めてもダメなんだよ」

長姉は、しばらくは息をとめたように無言だった。やがて、乾いた声でいった。

「やってみたのね？」

「うん」私は辞引を引きながら答えた。「あとで考えたら、ばからしいことだったなと思った。……ちょっと身をずらして考えると、もうそんな気はなくなっちゃうもんらしいね、もっとも、これはぼくの場合だけど」

「……そう」

小さな紙をひろげる音が聞えた。やや間があり、長姉が近づくのを感じると、それはまるめた二枚の紙を、私の屑籠に捨てにきたのだった。私はなにもいわなかった。

そのまま長姉は階下に下りて行った。私は勉強をつづけながら、やはり階下の気配にひどく敏感になっている自分に気づいた。もし首を吊ったら。もし海に投身しようとしてそっと抜け出そうとしたなら。……しかし、もしどこまでもその意志を貫こうとするなら、洗面器の水いっぱいでも、舌を嚙みきっても人間は死ねてしまう。長姉の気持がそれほどのものだったら、これは仕方がないのだ、と思った。——

翌朝、長姉はいつもとなんの変化もなく食事の支度をし、祖父と冗談をいいあって笑っていた。私は大学に行く汽車に乗った。そのころは、まだ湘南電車はなかった。

芝生に出しっぱなしのデッキ・チェアに横になって、しばらくぼんやりと日光浴をしてから、私は、妻の寝ている部屋に歩く。そこはかつての祖父の部屋で、彼が狂歌や雑俳をひねくっていた四畳半だ。私は、その部屋の雨戸をかるく叩く。

「おい、起きなよ、もう十二時だよ」と、どなる。「無花果、買ってきといたぜ」

「……うーん」と、部屋の中で、妻のさも睡たそうな、不満げな声が答える。あれはまだもうすこし睡るつもりでいるときの声だ。妻はひどく寝起きが悪い。血圧が低いからだというが、私は最初はそんなことは知らなかった。

「そろそろ起きてくれよ、腹がへってるんだ」

「……うるさいなあ、もうすこし待ってよ。……なんなら、自分でつくって食べてよ、冷蔵庫の中に……」

いいかけて、どうやら妻はまた睡ってしまっている。まったく、この寝起きの悪さには往生する。はじめての喧嘩も、こんなことからだったな、と私は思う。

当世ふうの考えでは、私は「古い男」の一人だ。妻にいわれるまでもなく、これは明瞭だ。「古い男」の欠点は、自分のいうことはべつに間違っていないと確信していることで、私は、仕事をしている亭主が食事をつくるなんて、結婚生活の大切な意味の一つが欠けることだ、と信じている。それは、妻である自覚の欠如か、妻の怠慢の一つにすぎない。

ある朝、私が起き出しても、妻はまだ起きてこない。そのときはまだ私は妻の低血圧を知らなかったし、空腹時には怒りっぽくなるのが健康な人間だから、はじめはなるべくやさしく、しかし起きないので次第に乱暴に、「早く起きろよ」とくりかえした。それが妻にはカチンときたのらしい。ものもいわずに起き出し、ものもいわずに食事の皿をならべ、ものもいわずにまた蒲団にもどった。

当然、私も面白くなかった。仕方なく一人で食事をすますと、妻の寝ている蒲団のそばに横になって、「どこか悪いのかよ」と、たずねた。

「ほっといてよ」と、妻は答えた。

「……なんだよ。ほっといてとは」私は向っ腹を立てていった。「そんなに睡いのはどこかが悪い証拠じゃないか。はやくどっかで診てもらってきたらいいじゃねえか」

妻は黙っていた。ふてくされてむこうを向く。私はその蒲団をめくり、平手で妻の尻をたたいた。軽くたたいたつもりだったが、派手な音が聞えた。すると、妻は真赤な顔になって怒りだした。

「なによ、腕力じゃ負けないわよ！」

あまりの勢に私はびっくりして立ち上ると、むしゃぶりつくのを躱した。はずみで妻は仰向けに倒れ、くるりと顔を伏せて泣きはじめた。なんともばかばかしく、詫びる気にもならなかった。もっとも、すこしばかり謝ったところで、口惜しがりで負けずぎらいの妻がおいそれと許すはずもないのだ。やがて妻は無言で立ち上ると、三面鏡のある四畳半に入って、外出の支度をはじめた。私はすこし慌てた。

「おい、どこへ行くんだ」

妻は返事もせず、私は、こん畜生、と思った。

「よう。どこへ行くのかと聞いてるんだ」

「よけいなお切匙《せっかい》よ」

「なにがよけいだ」私は、廊下に立ったままどなった。「そんなこといわれりゃ、こっちだっていい加減アタマにくらあ。あんまりバカな真似すんない」

「……ふん、なにさ、声を震わしてさ」

妻の冷笑するような語調に、じっさい声が震えたのを恥じていた私は、完全に怒った。

「いいじゃねえか。興奮しちゃうと声が震えるのはお祖父さんからの遺伝なんだ。顔だって、お祖父さんによく似ていると君もいったろ？　……このバカ野郎、ひとを怒らせるな」

「うるさいってば」

「なに？　どこかへ行くんならさっさと行ってこいよ、なんだい、一人でプンスカしてやがって。態度悪いぞ。早く、どっかで笑われてくりゃいいだろ？」

「どっちがプンスカしてんの？　すこし黙っててよ」

「うるさい、早く行けよ」

「ええ行くわよ」

私を突きとばすようにして部屋を出ると、さっさと靴をはいて、妻は玄関の戸を開いた。振り向きもせずにどなった。

「誰が、こんな家に二度と帰るもんですか！」

そして、力いっぱい玄関の戸を締めるひどい音が聞えた。……私は、それから猛烈に腹が立ちはじめた。後悔なんかするか、と思い、妻がいちばん大切にしているその弟から贈られた縫いぐるみの熊の人形が、ちゃんとテレビの上に置かれたままなのを眺めて、なんてバカだ、あんな立派なセリフをいったくせに、これじゃ帰ってくるにきまっている、と思った。テレビは、昼の映画の途中だった。

事実、妻はしばらくして帰ってきて、口惜しそうに、「お金持ってくの忘れちゃった」といった。私は失笑し、妻もまだプリプリしながら笑いだした。それで終りだった。

――たしかに、私は「古い男」だと思う。突然、陽光の中で、私は笑いだした。自分がもう若くも、新しくもないということ、それを素直に承認できる自分が、ひどく嬉しかった。私は年寄りではないが、けっしてもはや若くはない。新しい人間たちの仲間なんかではない。私は、青春なんていう不潔でただ夢想的にさえ見えるほど計算高く臆病な季節なんかにはいない。

私は、昔から若い人間、新しい人間たちが大嫌いだった。自分がそう見られることに生理的な反撥と嫌悪とを感じていた。若者は甘やかされ、同情されることしか望んではいない。無考えで、軽薄で、いい気で、そのくせ臆病で、センチメンタルで、おまけに自分しか愛してはいない。そんな自分への自己憐憫が大好きときている。そんな人間を、誰が好きになれるか。ゆるしてやれるものか。大人がまともに相手にしてやれるか。——かれらの生きているのは、じつは権力へのあこがれであり、しかもかれらは自分をなんの責任もない存在、誰かに責任を肩代りしてもらった存在のままにしておきたい。かれらの孤独、かれらの逃亡癖（それは冒険心と呼ばれたりもするが）、かれらの感傷やヒステリックな無力感は、なんの力もない自分と、権力への恣慾との間で、両方を捨てきれないジレンマのあらわれなのにすぎない。青春。私には、その内部は醜い。

　もちろん、私の嫌うのは、私自身の若さでしかなかろう。私は、たしかにすこし異常なほど、家族たちからのヘソの緒を切断できなかった。うまく処理できなかった、といってもいい。いまだに、いや、これからも私はそのことにきっと拙劣だろう。肉親はいやでも私の内部に侵入し、谺し、場所を占めてしまう。私にはそれが苦しく負担でしかなく、だからこそ私は、ほんの少しの自分も誰にもあたえず、誰からも侵入されないで生きるのを空想していたのだ。きっと私は、頭の先から爪先まで、ぜんぶ私だけで引き受け、私だけで塡めてしまうことを、まるで人間たちの間での理想のルールのように夢想し、それに固執したりしたのだ。

四

そうなのだ、と縁側に腰を下ろし、また脚にじゃれかかる犬の頭を撫でて私は思う。だからこそ、私にとり、自分がつねに孤独であることが正義だった。いや、自分が「自分」であることを守りながら生きるための、ただ一つの方法だった。私には「愛」は負担か拘束である以外のなにものでもなかったのだ。だから私は「愛」をおそれ、平然と私に癒着してくる他人たち、ことに女たちをおそれた。私は何人かの女たちから、ただそこに「愛」の気配が生まれただけのために逃れた。私は臆病な、内弁慶の子供だった。近づいてこない他人たちにはやさしく、近づいてくる他人たちには、ただかれらが近づいてくるからというその理由だけで、どんな残酷な方法をとっても逃れた。……

なにもかも、私が先天的に、生まれたときからあたえられていた巣に固執し、そこにしか生きる場所はないと思うほど固執し、自分で新しく巣をつくる努力を忘れていたことのせいだ。――そうだ、これが私の若さだった、と思う。私が嫌い、憎み、屈辱を感じつづけ、どうしても信頼したり誇りにもできなかった、これが私の若さなのだ。そこに、どんな立派な新しさなんか、予想できるものか。あったのは、要するにごく個人的な幼さにすぎなかった。私が、若い人間、新しい人間と見られることを生理的に恥じ、嫌悪し、あらゆる「若い人間」とか「新しい人間」とかいう言葉に不信しかもてなかったわけは、おそらくそんなところだろう。

でも、いま、私はその大嫌いだった若さから、ようやく足を抜きはじめているのを感じる。それが嬉しい。そうなのだ、誰が三十四歳の既婚の男を、若いとか、新しい人間だとか呼べるだろう！

私は、もう一度声をあげて笑う、大きく全身を屈伸させ、家の中に入る。本当に、たまらなく腹がへってきているのだ。

だが、妻はやっと起きたようだ。しばらく眩しい日光の中にいたせいか、目に紫いろの暈がかかっている。その中で、台所で動いている妻の姿が見える。彼女は、ガウンの上にエプロンを結んでいる。

茶簞笥から皿を取りにきた妻が、新聞に目を落している私に声をかける。

「どう？　幸福な日？」

「うん、幸福な日だ」

と、同じ上機嫌なときの合言葉で、私も答える。……とにかく、私は一本の道を歩いてきた。そして、いま、やっとここにいるのだ。

「あら。なによ、畳が砂だらけよ。ちゃんと足は拭いたの？　犬と遊んでたんじゃなかった？　手は洗った？」

仕方なく、私は洗面所に歩く。ついでに顔も洗う。

巣というやつは、はじめからあたえられた安息の場所であるわけはないのだ、と私は思う。いわばそこは、見えない行司のいる土俵だ。私たちはそこで勝ったり負けたり、両方とも負けたり、両方とも勝ったりする。甘えたり甘えられたり、怒っては怒られたりダマされたり、おたがいにうまくダマせないのに腹を立てたりする。でも、これは大仕事だ。だから私たちは、たいてい疲れはてて睡る。そして、しだいにその手ごたえが、自分自身の一部に

なり相手の一部になることを願っている。——

「……ねえ、十月七日の午前九時四十六分よ、おぼえといて」

無花果を食べながら、妻がいう。

「なんだいそれ」

「聖火がこの町を通るんだって。ね、見に行かない？　国道まで」

「……行くとするか。せめて、そのくらいはオリンピックにつきあってやるべえ」

二宮の言葉で、私はいう。私は、オムライスを口に運んでいる。

ふと、視線が感じられる。妻が私をみつめている。『鉄腕アトム』に気がついたか、と私はおびえ

てその表情をうかがったが、どうやら、そうでもない。

「……ねえ」

と、妻がいう。

「なんだか、へんな気がしない？　しばらく前まで知らなかった私たちが……」

「うん……」

と、私はいう。この質問は、ここしばらくなかった。そして、私はこの手の質問には、なんと答え

たらいいのか、いつもわからなくなる。

「はじめてこの家で二人きりになった晩、……」と妻はいった。「私、あなた誰？　っていっちゃったわね」

「そう、あのときはびっくりしちゃった。こわくなっちゃったよ、おれ」と、私は口をもぐもぐさせながら答える。「とたんに、ぼくにも君が、見も知らぬ女の人に見えてね、いったいおれ、おれはなんなんだろう、って思った」

「君は誰？　あなたもそういったわ。私、急にこわくなって泣いちゃったわ」

「いくらながくつきあっていたって、そういうことはあるだろうな。……たとえば、一人娘を嫁にやってしまった老夫婦が、その晩、ふっと顔を見合わせて、いっしょに、いったい、この人って、私にとってなんなのだろう、あなたは誰？　って思うとかな」

「へんな想像。……でも、案外ありそうだって思うわ」

「あるだろうね、おれたちにも」

答えながら、私は食事を終える。ぼんやりと陽光に眩しく照る庭の緑を見る。海の音が不意に大きく耳に聞え、さわやかに初秋の潮風が頰にあたる。

「いいお天気。今日は私、お庭にお蒲団を干すわ」

と、妻が張りきった声音でいう。

ふとそれを聞きながして、私は、――あなたは誰？　と、そっと自分に聞く。

展望台のある島

水族館から出てきたとき、海の上の空は輝きを失くしていた。水平線から伸びあがったような白い鰯雲が、それでもまだ青さを残しているひろい空をゆっくりと動いていて、その下に、緑色の島があった。

海岸の鋪装道路から、やはり鋪装された新しいコンクリートの道がわかれ、それが浅い海を越えて、島につづいていた。

「へえ。ずいぶん綺麗になったな」と、私はいった。

「昔は、桟橋だった、なんていいたいんでしょう?」

私の左腕にぶら下がるようにして、女はいった。水族館の中での、ガラス越しの魚たちに共通の知人たちの顔を発見しての笑いが、まだ完全には消えていない目つきだった。

秋の午後で、海岸の道路は自動車の往来がはげしかった。

「そうでもないよ。二、三年前、よくこの水族館までは来たんだ。自分の家にパチンコの機械を据えつけて遊んでいる作曲家の友人がこの近くにいてね、そいつとよく、この裏の射的場やなんかで遊んだのさ」

「……もうすぐ、自動車ででも行けるようになるらしいのよ。工事してるわ」

女は、振り向いてしゃべる私を見ず、私を押すように歩きだしながらいった。

私も見た。なるほど、遠くに大型の黄色いクレーン車や、砂利を落しているトラックが思い思いの方向を向き、黄色いヘルメットの男たちが動いている。へんにそこだけに油を炒るみたいな、さわがしい音がつづいていた。

「……島に行ってみようか?」

と、私はいった。ふいに、橋の正面に小さな赤い鳥居が見えるその島を、私は思い出しかかっていた。急な傾斜の石の坂道の両側につづく土産物店。ここからは見えないが、たしか島の向う側には弁財天を祀った洞窟があって、岩が浪に洗われているのだ。

「でも、シャクだわ。この橋、渡るのにお金がいるのよ」

女は声をひそめた。だが、私たちの脚がそのほうに近づくのに、べつに逆う気配もなかった。

私はポロシャツの上に背広を着て、女は白い丸首の半袖のセーターに、薄地のカーディガンを羽織っていた。私の左腕を、女は抱きかかえるようにしていた。汗ばんだ首すじを風が過ぎて、風は、濃い磯の香を運んでいた。

「ねえ。うんとゆっくりと歩かない?」

「ああ」

腕を絡ませたまま、私たちは歩度をおとし、橋のほうに歩いて行った。

右側の海に細い突堤が突き出て、その尖端に立った若い都会ふうの数名の男女と、橋の袂にかたまった、どこかの観光団らしい関西訛りの中年の男たちが、沖からその突堤と橋との間の船着場に帰ってくる、一艘の舟を見ていた。その舟にはエンジンも帆もなく、網を揚げてきたらしい漁師たちが、両側の舟べりに立ち、揃って櫓を押しているのだった。

意外な速さで、舟が藍色の水面を切るように、船着場に近づく。突堤の男女たちがはしゃいだ声をあげたが、漁師たちは知らん顔をしていた。そのまま、舟を岸に着けた。

「もう、すっかり夏も終りなのね」

女がいった。女は、遠くの海面にぼんやりと目を放していて、だが、その口調はただ平たく、透明で、なんの重みもなかった。

――たしかに、その夏は終っていた。まだ浜辺に葦簀張りの軒を並べている店も、死んだように静かだった。つい一月ほど前まで、このへんの海岸は、海水浴に押しかけた客のはなやかな色彩と喚声、それとかけっぱなしのレコード音楽とが、一日中、かなりの沖までを埋めつくしていた。

私たちが泳いだのも、もう一月以上も前のことだ。私は、その日、はじめて女の裸の白い太腿を見、乳房のふくらみの一部を見た。……私は、女に顔を向けたまま泳いだ。

あの日、白波の立つ沖こそ海は群青の色だったが、水平線は白い鋼のような一本の光の帯になって、それが瘤のある巨大な雲の裾につづいていた、と私は思った。背が立たなくなると、女は唇を尖らせ、頬を膨ませて、おびえた河豚《ふぐ》のような顔になった。私は笑ってその片腕をつかみ、いっしょに泳いだ。女はでも、その接触に、特別ななんの反応も見せなかった。あたりまえの顔のままで、背の立つところに来るとやっと顔の緊張をほぐし、私に笑いかけた。私が放すまで、私の手を逃げなかった。

晴れた日だった。私は熱く灼けた砂に寝ころがって、自分が人命救助をしたときのこと、溺れかけた経験を、夢中になって話した。これは、母を含め、他人にははじめてしゃべることだと私が気づいたとき、「……こわい」と、同時に女がいった。私はびっくりして起き上った。女の目が、涙で光っていた。「もしそのとき死んじゃってたら、いまの私たちはいないじゃない」と、女は涙のこぼれる目で私をみつめながらいった。私は苦笑し、その言葉に咄嗟に返答ができない自分に、女より十歳近くも多い自分の年齢を感じた。……私は、ひどく不器用な声をあげて笑い、怒ったような顔で泣いている女と、そうして二人きりになることしかできなかった。

もしあれが、どこかの離れ小島のような海岸だったらどうだっただろう、と、私はふと、芋を洗うような混雑だったその白昼の海岸での二人きりと、周囲に人かげのない場所での二人きりとを、心の中で較べた。私は、ためらわずに手をのばして、女を抱いたろうか？　好きなだけその肌を愛撫し、腿に、乳房に接吻して、思うさまじゃれつづけていただろうか？

私は、自分の苦笑に気づいた。自分が、絶対にそんなことをしないのはわかっている、そうではないのだ、自分がふとその二つを比較してしまった意味は、そんなことではないのだ、と思った。

むしろ、私はそういう人気ない場所や、密室での二人きりには慣れていたのだった。いや、そういう第三者の目が消失した状態になって、私は、はじめてやっと相手と二人きりになれていたのだ。本当に二人だけの空間、二人だけの密室の中でだけで。……町の中、群衆の中では、結局のところ、私は誰といても、いつも一人きりでしかなかった気がする。

私は、自分をおどろかせているのが、この女といっしょにいるとき、私が群衆の中ですら二人きりになれた、というその発見だったのだ、という気がした。——もちろん、私には誰かといっしょにいて、他の人間たち、町や社会が消失してしまうのはよくある経験だった。私は、プラット・ホームで強引に接吻をしたこともあるし、群衆の中である女子学生の乳房をつかみ、笑い声をあげた記憶もある。が、そのとき私は、じつは一人きりにしかなってはいなかったのではないか、と思う。自分の欲望、自分の希求にのみ専心して、そこには、私一人しかいない。

でも、この女といるとき、私はいつもそこに相手がいて、相手だけではなく自分だけでもなく、そこに相手と自分だけがいっしょにいて、そういう二人きりになっているのを感じる。この女とは、どこでも二人きりだ。

「あ、いい匂い。サザエよ」

突然、女がいった。

「……食べるか」

と、私は橋の両側に並んだ屋台に、目をすべらせながらいった。壺焼の匂いは、その店の全部から流れ出しているみたいだった。コンロをじかに路上に置き、そこで焼きながら声をかけている老婆もいた。

「どっちでもいい」と、女は答えた。

「ぼくも、どっちでもいい」

「じゃ、あとで」

「うん。あとで気が向いたら、食べよう」

「うん、あとで決めよう」

いきいきした声音で女はいい、腕に力をこめ、さもたのしげに私の顔を見上げた。

買った渡橋券を、改札口ふうの柵のある入口で渡して、半券をもらった。その間も、女は同じ姿勢だった。

そこから見ると、橋はまっすぐに島の中央に向っていて、赤い鳥居はかなり高い場所にあった。

コンクリートの橋の幅が狭くなって、もう屋台はなかった。左側に、新しい自動車道路ができかかっていた。

「みち潮ね」

と女は、橋の下を覗きこみながらいった。

「私、小さいころここに遠足で来たとき、この橋の下を砂浜づたいに島に行った記憶があるの。……でも、なんだかもう、そんなことできないみたいね」

「そうだね。ここ、かなり深いぜ」

私も橋の下を覗いた。浅ければ潮の巻き上げる砂の霧が見えるはずなのだが、そこは暗い緑色の海で、波だけが左右に動いていた。

顔を上げて、私は自分たちが、すでに橋の半ばを通り越しているのに気づいた。海岸の道路を遠ざかるバスが小さく、水族館のある景色がふいに大きく広がって眺められて、意外なほど、陸は遠のいてしまっていた。

ふたたび橋を歩きかけて、突然、私はあるキッカケのようなものを感じた。……貴重な、二度とない稀有な瞬間に似たものの中に自分がいて、私は、たぶんここでこの女に、なにかをいわなければならない、なにか、決定的な言葉をいわなければならない、という気がしたのだった。

「ええと、……」と、私はいった。

「なに?」

見上げた女の顔は、だが、私を襲ったその一瞬の衝迫、不意の感情の切迫には、まるで気がついていないみたいだった。うきうきした遠足の子供のような、私を信頼しきった黒い二つの瞳が、私をみつめていた。

……私は笑いだした。いくら焦っても、私にはなんの言葉もないのだった。

「なに? なによ」

「いいんだ。なんでもない」

「いや。へんな人」

女は怒った顔で横を向いた。私は、まだ笑っていた。そして、不思議なことに、そのとき私はすでにいいなにかいうべきことを女にいい、完全にそれをすませたあとのような満足を感じていた。急に、私はくつろいだ気分になった。

私たちは島に着いた。すぐ前に古ぼけた青銅の鳥居があり、そこから参道のような、両側に記憶どおり土産物店が軒をつらねている急な石の坂道が、島の中央の神社につづいていた。

赤い鳥居は、坂道を登りきったところにあった。

あのとき、私が女になにをいおうとしたのだったか、いまだに私にはわからない。どうしてあのような切迫を感じたのか、それもわからないのだ。もしかしたら私はただ、二人きりですでに陸をはなれ、海の上に出てしまっている、そのことを女に告げたかったのかもしれない。……その心細さと、その連帯とが、急に私の胸にせまった、ということなのかもしれない。

いずれにせよ、私は女に、あらためていうべきことなど、なにもなかったのだ。私たちは、すでにそのほぼ一年半も前に、結婚をする約束をしていた。

もしかしたら、あれをいいたかったのかもしれない、といま私は思う。Aのことだ。でも、それはもう、とうにすんだことだ。私が、それをいい出そうとしたはずもないのだ。

——Aという女性がいた。大学生のころ、私がある演劇グループに属していたときの知人だった。大学四年のとき、私の書いた芝居が上演され、その夜、いつも誰ともつきあわない堅物で有名なAが、最後まで私のいる場所にいて、しまいには、酔った私を送るといってきかなかった。

タクシイの中で、私はふと隣にいるAに気がつき、まじまじとその顔を眺めた。

「どうしたの?」と、Aがいった。

「……ぼくは、君が好きなのかね」

と、混乱して私はいった。自分でもそれがわからず、正直にそれを口に出してみたのだった。すると、Aは急に真面目な顔になって、「違うわ」と、ひどく落着いた、断言の口調でいった。「……私があなたを好きなの。あなたは、それに戸惑っているだけ」

「……なるほど」

と、私はAの冷静さ、頭のよさにすっかり感心して、たぶんその通りだと思い、睡った。揺り起されると、どうして知っていたのかそこは私の家の前で、私は、結局お前は私を好きじゃないのだ、といわれたのだからと考え、そのまま、握手をして別れた。

私は、それからはしばらく、あのような場所でも正確な判断力を失わないAに、心からの尊敬を感じ、手も足も出ないような気持でいた。たしかに、あのときの自分は、思いがけぬAの好意、その態度に、ただうろたえていたのにすぎなかった、と思った。

……たぶん、Aは私を愛してくれていたのだろう。あれほど、あなたが私を好きなのではない、ときめつけたくせに、何故かAはそれから私に接近をはじめた。私も、だいたい自分を好きになってくれる人間の出現なんて、奇蹟だとしか考えられなかったし、それに感動し、加えて彼女の冷静な正確さへの信頼感もあって、ふわふわとＡを好きになりはじめてもいた、といってもいい。だが、彼女がしだいに私におんぶする姿勢をとりはじめるにつれ、私には、だんだんとＡは重たすぎる負担になった。最初の夜の、彼女のあの言葉が正しいとしか思えないだけ、私は彼女に逢うことがつきあいとしか思えず、そのうるささが苦痛だった。一度、ホテルの前まで行っただけで、私は逃げはじめた。

かれこれ十年にもなるのに、Ａは依然として昔のＡのままで、しつっこかった。その間、私は何度か、やけくそな、まるで闇の海に投身するみたいな、恐怖とも怒りともつかぬ戦慄の中で、もう君とは逢いたくない、という宣言をくりかえした。つまり、その数だけ、これが最後だから、というＡの言葉を真にうけ、のこのこと律儀に呼び出しに応じたことになるが、そのたびに私はおたがいの頑固さ、それゆえの残酷さへの嫌悪にたまらなくなり、しだいに追いつめられたネズミのように、牙をむくことになった。

その年の早春にも、私はＡに逢った。「ほんとに、ほんとにこれが最後。最後だから……」というＡの声を聞くと、やはり電話ではことはすまないのだと思った。Ａは、五反田の私の家のすぐ近くの喫茶店に来ていた。

ほぼ一年ぶりだったが、店の大きなガラス窓の隅に坐っているＡには、その間なんの変化も見えなかった。ただ、昔から思えば、全体にひとまわり小さくなったようで、目が泣いたあとのように赤く膨れていた。

私は、その正面に坐りながらいった。

「ねえ、もういいかげんにしてくれよ。……いったい、ぼくが君に、なにをしたっていうんだ？」

「なにもしないわ。……たしかに、あなたは私に、悪いことはなにもしない」

とAは、冷静な微笑をうかべながら、癖の意味深長な口調で答えた。煙草に火をともした。私は笑いだした。

「それがいけない、っていうのか？　そんな理窟はないぜ」

「理窟じゃないもの」と、ひどく落着いた声音で、Aは答えた。「それに私、あなたが私と結婚する意志はないってことも、何度も聞いておぼえているわ。……私、でも、あなたのおメカケさんでいいの」

「……またか」と、私はいった。最初にこの言葉におどろかされたのは、もう七、八年も前のことだ、と思った。そのときは返答のできぬほどのショックがあった。でも、もうこの言葉も、彼女の私への願いというより、彼女が勝手にしがみついている、すでに生命のない固定観念としか聞えてはこない。

「バカだなあ、君は」と、私はいった。「君はまだ、ぼくがそんな甲斐性のある男だと思ってるの？」

「生活のことなら、心配はかけないわ」

と、急にAは三十歳の分別をみせた顔でいった。

「……私の家、アパートを建てたの。私の名義なのよ。私、そこの管理をして、一部屋もらってらくに暮せるから」

「違うよ。金の問題なんかじゃない。ぼくが複数の女性と同時にうまくやって行けるような、そんな才能のある男だと思ってるのか、ってことだ。甲斐性って」

私は、よみがえってきたいつもの怒りを感じながらいった。逢うごとに、Aがファナティックな、骨ばった意地だけの女になって行く気がして、それが不快だった。

安っぽい板壁に、色あせて行く夕日の光があった。

「ときどき、逢ってくれるだけでいいの。……ねえ、だめ?」

「だめだね。ぼくはいやだ。だいいち、あんなに、これが最後よ、だなんていってさ。……インチキじゃねえか」

すると、奇妙なほど頑固な声になって、Aはいった。

「あなたがいなければ、私、生きて行けないわ」

「……脅迫じゃないか、それじゃ」

この言葉を、いままで何度くりかえしてきたろう、と私は考え、顔が歪むのがわかった。柄にもない色悪めいた言葉を吐かねばならぬ自分が恥ずかしく、滑稽で、しかも腹立たしく、それがさらに苦痛を深めてきて、私はいつも大声で叫び逃げだしたい衝動に駆られる。……そして、ほとんど死ぬ思いで、この種の言葉をいう羽目になるのだ。

「いままでは、やはり死なれちゃイヤだ、って思ってきた。だからなんとか話し合うことでおさらばができたら、という期待で気の重い呼び出しにも出てきたんだ。……だが、もうしようがないと思う。ぼくには、勝手にしてくれ、としかいいようがないよ」

「そう。でも、やはり私には、あなたしかいないの」

「それは君だけの問題だ。ぼくの知ったことじゃないんだ」そして、思いついて、私はいった。

「……ぼくは、結婚することにきめたよ」

「嘘ばっかり」

Aはほがらかな笑い声をあげ、私も笑った。

「嘘じゃないよ。相手の同意も得た」

「……誰？　私の知ってる人？」

突然、Aの目が険しくなった。もう、そこにはさっきの涙の跡はなかった。

「君の知らない人だ」と、私は答えた。

しばらく、Aは私の目を見ていた。呟くように、だが、はっきりと唇を動かしていった。

「ほんと、あなたって、嘘をつかないのね。……その話は、全部本当だわ」

「ぼくは嘘つきだよ」と、私はいった。「でも、君とは嘘やお愛想は、かえってことを面倒にするだけだからね」

低い声のままで、Aはいった。

「その人とは、うまく行っているの？」

「心配してくれるのかい？」と、私はいった。「来年には式をあげることになると思う。約束したのは去年だけど」

「あなたは、ダマされるのが嫌いなんでしょ？　その人に、ダマされているとは感じないの？　自信あるの？」

私は笑った。

「さあ。もしかしたら、知らないでおたがいにダマしあっているのかもしれない。相手だけじゃなく、自分までね。……でも、ぼくは、そいつにならダマされてもいいんだ。そう覚悟ができたから、結婚をするんだ」

Aは、立ち上りかけ、よろめいてまた坐った。顔が蒼ざめ、わななくように唇が震えていた。はじめて見る、それはAの衝撃を受けた素顔だった。そのまま、Aはテーブルを見ていた。

私は悲痛を感じながら、Aの首すじに立った筋が、ぴくぴくと痙攣し、脈を打つのを見た。目をそらせて、だが私は、詫びたところでなんの足しにもならない、どうせ、自分の頑固さ、一人の人間を振り捨てることとの残酷さは、解消されないのだと思った。

「……出るわ、ここ」

と、両手をテーブルに突いて、Aがいった。私は、やっと拷問の時間が過ぎたのを感じた。

顔色こそ青かったが、こんどはAはよろめかずに立ち上った。

「負けたのね、私」

喫茶店を出たところで、Aはいった。彼女が誰に負けた気でいるのか。私にか、私の婚約者にか、それを聞いても無駄なことはわかっていた。たぶん、いま、Aには「負けた」という気持だけがあるのだ。

「……さよなら」

と、家に曲る角までいっしょに歩いて、私はいった。

「さよなら」

Ａは脚をとめなかった。私は、見送らずに家の方向に脚を向けた。振り返ったところで、なんの気休めにも、自分への弁明にもなりはしない。思いながら、気がつくと私は、機械的な速足から、いつか、小走りに走りはじめているのだった。

――その夜、私は書棚を整理していて、ずっと昔、Ａに借りたまま返すのを忘れていた一冊の本をみつけた。それは、事件に巻きこまれて、知らぬ間に愛する大人たちを、ただ彼が子供であったがために裏切り、警察の手に渡してしまう少年の話だった。その小説は、六十年後、老人となった少年が死の淵にのぞみながら、なお、かつての罪の痛みのため、奇妙な叫び声をあげてその唯一の看護人である秘書をおどろかすところで終っていた。『……その間、老人はベーンスの姿を思い浮べたことだろう。――絶望しているベーンス、頭をたれているベーンス、そして「神妙にしている」ベーンス。』……

私はこの小説の最後の「ベーンス」という名前を、幾度もＡのそれに置きかえ、くりかえしそこを読んだ。自分は、とんでもない残酷な裏切り、とりかえしのつかない失敗を、この少年のように犯してしまったのではないだろうか？　死の床にまで、Ａへの罪の意識を引きずって行くのではないだろうか？

……だが私は、自分にはもはや逃げ場はないのだ、と思った。そして、その意識が、思いがけなくも、私に微笑をうかべさせているのに気づいた。——とにかく、もうAとのことは完全に終ったのだ。たとえふたたび逢うことがあり、どんなことが起ったにせよ、私はもう、けっしてAと共通の未来は考えもしないだろう。そこには、なにも賭けはしないだろう。

そのとき、私に来ていたのは、じめじめした自己嫌悪や、未練な怒りや恐怖ではなく、自分がもう決定的にAを拒絶してしまったのだという、ひどく確実な、さわやかな意識だった。将来、どんな罪の痛みが自分を責めさいなもうと、仕方がない。Aに関しては、自分は、二度と絶対にここからは動きだささないのだ。
二、三日がたち、ふと私は、あることがわかった。……それまで、Aとおたがいの平行を確認して別れたあと、私はかならず奇妙な恥ずかしさと、後ろめたく腹立たしい緊張に顔を真赤にして、あわただしく、新聞の三面記事にくわしく目を通す癖がついてしまっていた。万一、Aの自殺の記事が出てはいないか、と私は新聞をなめるように隈なく探したのだ。
でも、今度はちがっていた。私は、新聞にその記事を探すのを、すっかり忘れていた。Aなんか死んでもいい、と思っていたのではない。あれから以後、私は、Aについては、考えてみたことさえなかったのだ。——

それが、私の気づいた、婚約して以来の、最初の自分の変化だった。

島は、かなり高い岩の多い山で、「エスカー」と称する、これも有料のエスカレーターが、その頂上に向って動いていた。

女はそれに乗ったことがあるらしかったが、私ははじめてだった。私たちはその入口に歩いた。季節はずれのその観光地には、ほとんど客らしい人かげがなかった。「エスカー」も、まるで私たちだけのためのように動いていた。私たちは、それに乗った。

斜め上方の、はるかな高みに小さく白い空が見えて、それに向い、人気ない鉄の階段がきりもなく現れては無表情に昇って行く細長い急勾配のそのトンネルの中は、ハワイアンや映画音楽のメロディが、虚ろな義務のように鳴りつづけていた。

エスカレーターは、並んでは乗れない狭さで、女は私を前に立たせ、しっかりと両手で私の背広の裾をつかんでいた。

「私ね、いつもこれに乗ると、不思議の国に迷いこんだアリスみたいな気持になるの。……ねえ、なんだか、こわくはない？」

たしかに、余分の空間がまったくない、天に向ったコンクリートのトンネルのようなその内部の、無表情な、しかもきりもない規則的な鉄の階段の上昇は、いささか不気味だった。壁を、地下鉄のそれのような商品名を入れた四角いガラス板の広告が、つぎつぎと下へ降りて行って、それだけが私に、上昇の速度を感じさせた。

「これ、いったいいつごろに出来たの？」と、前を向いたまま、私はいった。

「……知らない」

女は、あまり口をききたくもない様子だった。

二連めの出口が、樟の巨木にかこまれた神社の前につづいていた。巾着型の奇妙な賽銭箱があって、そこに小銭を放りこむと、中で鈴の鳴る音が聞えた。

が面白がり、女は二、三度それをくりかえした。私は境内を歩きまわり、風景を見ようとしたが、樟がそれを邪魔していた。

「あすこに、赤い屋根の建物が見えるでしょう？　コの字型の。白い壁の」

と、いつのまにか横に来ていた女が、私たちの渡ってきた橋の向うをまっすぐに指しながらいった。

「あれが私の学校。小学校から高校まで、ずっとあすこに通ったのよ」

「どれ？　よくわからねえな」と、腰を曲げて私はいった。どうやら、そのあたりは、やはり樟の濃い緑でかくれていた。

「わかんないかな。そうね、ちょっと、ここからじゃよく見えないわね」と、女はいい、私を仰いだ。

「じゃ、展望台に上ってみる？」

「いいの？　またエスカーに乗るわけだぜ」

「いいさ。仕方ないじゃない？」

ひどく明るい口調でいい、私はそこに女の性質のひとつを見た気がした。その笑顔が、何故かとても嬉しかった。

三連めの「エスカー」の、防空壕のような入口に入りながら、

「よう、なにをお祈りしてたの？」

と、私は聞いた。

「あ」と、女は舌を出した。「いけない。拝むのもお祈りをするのも忘れちゃった。だって、鈴の音が面白かったんだもの」

私は笑い、女は、するとムキになった顔でいった。

「平気よ。大丈夫よ。とにかくお賽銭を何回も入れたんですもの、神様だって、悪くは思ってないにきまってるわ」

だが、女は「エスカー」の中では、また私の背にしがみついて、一言も口はきかなかった。

四連めで、「エスカー」は終りになり、私たちは島の頂上に来ていた。

目の前に、熱帯植物園の入口があった。展望台は、その中にあるのだった。

サルビアの紅い花が盛りだった。いつのまにか、日が沈みかけた曇り空の下に、その紅だけが生きて動いていた。

やはり、人かげがなかった。ジンジャーやマンジュシャゲの花の間を抜け、色褪せた折り鶴のような葉を並べた竜舌蘭の前を通り、サボテンが一つ二つ黄色い花を着けている間の道を、休憩所の前の広場に出た。展望台は、そこに聳えていた。

「……本当にこの上にのぼる気？」と、私は聞いた。

「うん。だって、……」と、女は私の腕に絡んだ手に、力をこめながら私を見た。笑いかけた。「だって、高い所って、上ってみたいじゃない？　そして、そこから下を見たいわ。人間って、そういうもんでしょ？」

「ほう、これは四十三メートルもあるんだな。地上、五十三・七メートル、海抜百十三メートル」と、私は説明の書かれた板を読みながらいった。

「じゃ、上ってみる？」

「……うん」と、女はいった。

だが、展望台のエレベーターには鍵がかかっていて、運転をするはずの人間が見えなかった。振り向くと、休憩所で同僚らしい女の子と話しながら、こっちを見ている褪せた紺色の上っぱりを着た若い娘がいた。

大声で呼ぶと、さも面倒そうにその娘は立ち上って、猫の額ほどの広場を横切り、展望台への石段を上ってきた。

「もう、おしまいなんですよ」と、まるで喧嘩腰の口調で、娘はいった。

「だって、まだこの植物園には入れているじゃないか」

「植物園より、こっちのほうが三十分早く終るんです」

隣で、女がさも憤慨したように呼吸を吸いこむのがわかった。

「いいじゃないか、上げてくれよ。すぐ降りるからさ」と、私はいった。「ほんの二、三分でいいんだから」

「……二、三分ね」娘は、白い眼でじろじろと私と女とを眺めて、「じゃ、どうぞ」と、いった。展望台の下に歩いて、恩着せがましくわざとのようにガチャガチャと大きな音を立てて、エレベーターの扉をひらいた。先に乗って、もう一度、「どうぞ」と、私たちのほうを見ずにいった。

あとはものもいわず、娘は展望台の上の、板敷きの見晴しに私たちを送り出すと、そのまま下へ降りて行った。

「……なんて女？　商売じゃないの。ね？」

女はまだ怒っていて、頬を膨ませながらいった。

「よくあることさ」と、私は眼下のひろい海を、眺めわたしながらいった。「気にすんなよ。いくら商売でも、面倒くさいときは面倒くさいさ」

「私だったら、もう結構です、って帰っちゃってたわ」

私は答えずに、中央の燈台をめぐっている狭い板敷の上を歩いた。板は風雨にさらされてところどころ隙間が見え、踏むたびにキシキシと音が聞えた。

「……こわい」と、女は、はじめて聞く低い、濁った声でいった。

それが、へんに真率に、女の恐怖を私につたえてきた。私は、女の肩を抱いた。はじめっから、女が高い所がこわいのはわかっていた、という気がしたが、じつは、そのときやっと私はそれを知ったのだった。

はるか彼方の地上で、さっきの娘が、休憩所の女の子とまた油を売っているのが見えた。螺旋階段があったが、それを降りるのは、女にはもっと恐いだろう、と思った。

「……さっきの、君のいっていた学校って、どこだよ」

と、気をかえるつもりで、私はいった。女は、私の胸から外をのぞくような姿勢で、私たちのやってきた海岸のほうを眺めた。

「……あそこ。ほら。ここからなら、よく見えるわ」

と、片手をのばしていった。なるほど、それらしい赤い屋根の建物はすぐわかった。

「……でも、こうして見ると、ちっちゃいなあ」

女は、無理した元気な声でいうと、そののばした手を、すっと左に振った。

「あのへんが、私の家ね。きっと」

「ああそうか。その見当かな」と私はいい、真似をするように、左手をさらにずっと左の方角にずらせた。

「あっちが、昔のぼくの疎開先さ」

「二宮？」

「ああ。あそこから見ると、晴れた日にはこの島は、まるで焼いた塩鮭の切身みたいに見えるよ」

「うん。皮の焦げた鮭の切身ね。私、そんなこの島、何べんも見た気がする」そして、女は、同じ元気をよそおったような声のままでいった。「私たち、あそこで住むことになるんでしょう?」

「……そう」

と、私はいい、ふいにその二宮の海岸から、この島を見ている私たちを想った。

ふと、私はぼんやりした。……過去と未来、未来と現在とが交錯して、私は二宮の海岸に立ち、新しく完成した展望台が、きらきらと白く日光を照り返しながら屹立した、この「鮭の切身」のような島を眺めていた。

あれは、昭和二十六、七年ごろだったろうか。私や、私の家族たちは、二宮のような遠くからさえ見えるその新しい展望台におどろき、同時に、なにか湘南の自然の風光がおかげで損われたようなつまらなさも感じたのだ。そして、たしかその年に、私たちの一家は、主に東京に移り住んだのだ、とも思う。

——そしていま、かつての私の見たその展望台に立って、私が過去の何年間かを過ごしたその海岸を眺め、そこに未来を見ようとしているのだ。私は、自分がこの展望台の上から、自分の過去と未来とを「展望」しているような気持に誘いこまれていた。

「……何年間も、私は、あそこからあそこまで通ったのよ。……歩いて行ったこともあるのよ。……せっかく、お母さまの作ってくれたスリッパ入れを落しちゃって、なんだか、死にたくなっちゃったこともあったわ……」

気づくと、女は彼女の家の方角を眺めたまま、跡切れがちに、独り言のようにそうしゃべっていた。

もう、明るいふだんの声だったが、女もまた、自分の過去を俯瞰する気分にとらえられたのに違いなかった。私は、それを感じた。

そして女は、片手を、背広の下の私のポロシャツの胴にしっかりと廻していた。私は、急にその女の肩を抱いた手を意識していた。まるで、自分たちが、過去からも未来からも隔絶した、孤立した「現在」に、そうした姿勢でただおたがいを確めあい、二人きりで立っているのだという気がした。

私は、そこに吹く風の強さも冷たさも、忘れていたのだった。だからそのとき、奇妙にひりひりするような感覚の中にいたのは、あるいは風のせいかもしれなかった。だが、私はただ、こんな自分なんて、予想もつかなかった、という、その奇怪な違和感の中にだけいたのだ。

「……わあ。見て?　海が綺麗」

と、女がはずんだ声でいった。私は我にかえった。

海は、見下ろすまでもなく、水平線のまるい膨みを見せて、目の前にはてしない細かな水の輝きをひろげていた。かすかな夕映えが、遠く箱根の連山のほうから流れ、銀箔を捺したようなその海にほのかな紅を染めて、かすかに、それが退いて行くのだった。……だが、私がおどろきの声をあげたのは、その海ではなく、彼方からまるで頭上の天の高みに奔り上るような、巨大な鰯雲の移動だった。

雲は、横に流れているのではなかった。はるかな南の水平線から、まっすぐに私たちの頭上の空に向かい、まるでまっしぐらに敵の領地に散開する騎馬の軍勢のように、急速にその斑らな小さい雲の列をひろげてくる。雄大な秋の暮れかけた空の中に、それは、いっさんに昇ってくるとしか見えないのだ。

「……ねえ。もう十五分も経っちゃっていますよ」

突然、背後でエレベーターの鉄の扉がひらく音が聞え、娘の声がいった。

「寒くないんですか?」と、エレベーターの中からその仏頂面の娘はいい、ふいに表情を崩して笑いかけた。「二、三分のつもりで、あたし、おしゃべりしてすっかり忘れちゃっていたの。……ごめんなさい?」

笑うと、その娘はいかにも善良そうな田舎娘の顔になって、虫の食った歯がのぞいた。それが可愛かった。

だが、こちらが答えないうちに、娘はまた事務的な、ひどく突慳貪な顔にもどった。

「降りないんですか?　それなら、もう来ませんから、階段から降りて下さい」

私たちは、あわててその鉄の箱に乗った。

降りながら、女は私になにもいわなかった。放心したような顔で、私はその女の沈黙が気になったが、私が話しかけても、女はただ首を動かしてそれに答えるだけで、無言だった。私は、疲れたのだ、と思った。

だが、原因はどうやら別だったらしい。休憩所で休もうと私がいうと、女はうなずき、そこの女の子に低声でなにかを聞き、そそくさと姿を消した。行ったのは、たぶん、便所だった。

苦笑して、私は熱いオレンジ・ジュースをすすりながら、また、私一人の思念にかえっていた。

そのころ、私はもっぱら先輩たちの好意によって得たあるPR誌の編集の仕事で、かろうじて家族たちへの毎月の責任を果していた。私には、その責任を逃れる意志はなかったし、それだけで精いっぱいで、その責任の外で生きている自分など、考えられなかった、といってもいい。

だから、偶然友人の家で逢ったその女と、何度か能や芝居や映画などを観に行き、いつのまにかその女が、私の中にあきらかな位置を占め、重い存在になってきているのに気づいたとき、私は、じつは当惑してしまった。……自分を検問して、もはや「一人きり」の自分なんて、ただの言葉にすぎないとは感じながら、一方では、でもこんな経験はよくあることじゃないか、Aにしても他の女たちにしても、最初は同じだったはずだ、こんな幻影を信じるなんて、賭けでしかないぞ、と自分に呟きつづけていた。だが、冷静に、正確に、とつとめるのに応じて、私のその混乱はしだいに収拾がつかなくなり、その冷静さ、正確さが、逆に自分がもう、なにも見えなくなっていることをおしえたのだ。

これは、生まれてはじめての重症だ、と私は思い、いまの自分に必要なのは、もはや手術しかない、という気がした。——結果がどう出るかはむしろ二の次の問題でしかなく、同じ手術なら、早いことすませたほうがいいのだ。

私は、私の最初のプロポーズをする決心をかためた。

でも、ある海岸のレストランで、私が花季をすぎた躑躅の庭を眺めながら、応諾したその女を前に、キツネにつままれたような気がしていたのも事実だった。たぶん、女に拒絶されて、ふたたび「一人きり」の自分という護符の中にもぐりこむことのほうが、古い棲栖に帰るように、ずっと居心地がよかったのだろうし、安定もしたのだ。……帰宅しても、不思議に「愛」とか「幸福」とかいう言葉は私にはなく、その私には、とうとう自分が「賭け」たという、緊張感だけがあった。あとは、この賭けを儲けのほうに持って行くことだけだ。さいわい準備する時間はあったし、こうなったら、女と協力して「人事をつく」そうという意志の問題しかあるまい、と私は思っていた。

……でも、こうして二人きりだけで孤立した現在を味わうなど、意志の問題だろうか。私は、否応なく、そこに意志以外のなにか——もしかしたら、「愛」としか呼べぬなにか——が、生まれてしまっている、と認めざるを得ない気がしていた。それは、私には妙に不安定な、不安な感情だった。それまで、私は信じるに足るものとしての「愛」など、まるで経験した記憶がなく、その言葉は、ひとつの負担を呼ぶ危険な禁句として、注意して避けてきた不気味な呪文でしかなかったのだ。

女が帰ってきて、私たちはまた腕を絡み合わせ、鳥や猿の金網の前を通り抜け、園外に出た。「エスカー」には下りがなく、私たちは、歩いてこの海抜何十メートルかの岩山を、降りねばならなかった。

女の顔に、疲労がうき出ているのを私は見た。はしゃいだ声をあげても、それが短かった。そして、何故か、急に私も脚がだるく、疲れてきた。

赤い鳥居をくぐり抜けたとき、意味もなく女と目が出会った。

「なんだか、へんに疲れちゃった」と、私はいった。

「ほんと。くたびれちゃった。……今日は、ハイヒールもはいてないのに」

と、女もいい、私の顔を見上げた。

「どこかに、喫茶店みたいなとこ、ないかな」

「さあ。この島に、そんなとこあるかしら」

「お腹はへらない？」

「すかないけど」と、女はあきらかに疲れた声でいった。

「へんだね、今日は買物もしないのにね」私は、景気づけのような声を出した。「ほら、いつか君の、誕生日のプレゼントをいっしょに買いに行ったろ？　そしたら、夢中になっちまって、ぜんぜん食慾を忘れちゃったじゃないか。今日は、どういうこと？」

「失礼ね、私が、いつもお腹すかしているみたいなことをいって」と、女も笑って私に応じた。「女ってね、買物をすると興奮しちゃうものよ。それで食慾もなくなっちゃうほど。……おぼえといて？」

「でも、もう夕方だぜ」

私は、急速に影を濃くして行くあたりを見まわしながらいった。坂道の、土産物店にも電燈の光がつき、ガラス入りのタツノオトシゴや貝細工の玩具が、急にきらきらと輝きを放っていた。

「……ねえ。休みましょう、どこかで」

と、女は疲れはてた声でいった。

「うん。休もう。どこかで、ごろんと横になりたいよ、ぼく」と、私もいった。

私は、自分の自制心には自信を抱いていた。私はまだ、この女と、接吻さえ交したことがなかった。いっしょに畳の部屋で食事をした経験はあっても、それが次の行為に発展したこともないのだ。

結婚するまでは、それに類した行為さえしたくない、と私は思っていた。それは私の、いわば「結婚」に関する主義のひとつだった。

客引きに呼ばれるまま、だから私は、女の肩を押して古めかしい旅館ふうの家の門に入った。玄関で年とった女中が、いかにもアヴェックを扱うような態度を見せたが、女にも、警戒の色はなかった。知らないのかも、あるいは疲れていて、それに反撥する気力さえ失っていたのかもしれなかった。

女と私とは、その女中に案内され、いくつもの階段を上り下りして、長い廊下を歩いた。

「どうぞ、こちらでございます。ただいまお茶を持ってまいります」と、女中はいった。

「土瓶ごと下さい」と、ついいつもの癖を出して、私はいった。喉が、ひどく渇いていた。

そのまま、仰向きに私は畳に寝た。大きなガラス戸越しに、ひろく海の見えるいい部屋だったが、それを見る気もなかった。

女も、無言のまま両脚を投げだし、壁にもたれていた。

女中が、茶菓子と、土瓶入りの番茶を運んできた。

「……じゃ、どうぞごゆっくり。ご用がございましたら、ここの呼鈴をどうぞ」

その言葉が、あきらかに私と女とをどう見ているかを語っていた。が、私は、苦笑でそれをやり過ごした。

女中が襖を締めて消えた。跫音が遠のくと、待っていたように、女も横になった。……私たちは、小さな机のような卓袱台をはさんで、そのまま黙っていた。

見ると、女は目をつぶっていた。

よほど疲れたんだな、と思い、私は天井を見ていた。いつのまに女中がつけたのか、電球が眩しかった。

私は、女は睡っているのだと思った。規則的な、呼吸の音が聞えていた。

だが、女は睡っていたのではなかった。何気なくその顔を眺めて、私は、ごく自然に唇がほころぶのがわかった。女は畳に横顔をつけて、大きな目をひらいて私をみつめていた。目が合うと、鼻に皺を寄せて笑った。

私もその顔の真似をして笑った。と、女はよけい鼻に皺を寄せた。私はまた真似をし、女もまた鼻を縮めた。くりかえすうちに、だんだんその間隔が短くなり、突然、私の身内に熱いものがはしった。

危険だ、と思うのと同時に、私は半身を起した。こういうときのおまじないにしている、当日の朝の新聞の見出しを思い出そうとした。……だが、吸いつけられるように、目は女の顔に行った。女は、無心に鼻に皺を寄せた顔と、いきいきした笑顔とを、交互につづけていた。まだ止められる、まだ大丈夫、と私は思った。私は立ち上った。

覆いかぶさるように、私は女の唇に唇を合わせていた。女は、なにか叫んだのかもしれない。が、それは声にならなかった。

気づくと、私は片膝を立て、女の首を両手で抱えあげるようにして、強引な接吻をつづけていた。舌が私の口の中に吸いこまれて、女はくるしげな声を洩らした。だが、私は止めなかった。

女の手が、私の背にまわっていた。——ふと私は、その手が私の胸を押すべきか、私を引っ掻いたり、撲ったりするべきじゃないか、と考えたが、すると、さらに私は身内が熱くなった。すがりつくように、女の手は、しっかりと私の両腕から肩に抱きついているのだった。

やがて、顔を反らせ、女の顔を見ると、女は真赤な顔で私の目を眺めた。海で見せたおびえた表情を私は予想したが、無心な、怒ったような目だった。

言葉は要らなかった。もう、どっちが好きか、いいあう必要も意味もなかった。

私も、笑ってなどいなかったと思う。私は邪魔な背広の上着を脱ぎ、ポロシャツの腕で女の半身を起すと、ふたたび、その唇を吸った。掌で、やわらかい薄い白毛糸の、その乳房をおさえていた。

不意に、私は唇をはなし、顔を上げた。私の肉体は、やみくもに次の行為を欲し、棒のように固く硬直していた。私は、そんな自分が信じられなかった。目の前で、なにかが——それは、私の自制心への確信、私の主義「愛」にたいする恐怖、いや、自分に侵入してくるあらゆる他人たちへの恐怖、そして、護符のように「一人きり」の自分をもとめる私の、自己納得の回路そのものかもしれなかったが、——それが破砕され、飛び散るのを、まざまざと見ているような気持だった。しかも、私の胸では、なんの恐怖も警戒心もない女の委《ゆだ》ねきった顔が、さも幸福げに、そこで目を閉じているのだ。

……

ぼんやりと顔を曲げて、私は部屋の海に向うガラス戸を見た。私は、声をのんだ。考えたこともない自分が、すでに暮れきった黒い海をひろげたガラス板に映っていた。私は、女に劣情を燃やす自分、女と抱きあった自分が、ひどく醜悪な、おそろしいような顔をしているのだとばかり信じてきた。だが、そこで胸に女の顔を埋めさせ、しっかりとその肩を抱き片手を胸に当てている自分は、ごくあたりまえな、日常の中の自分でしかなかった。……いや、むしろ、それはより自然な、意外なほどいきいきとした老人でも子供でもない私であり、女を抱いたその姿勢は、一瞬、私の目に、美しいとさえ見えていたのだった。

私は、そして嫌悪をもたずに自分を眺めた記憶のない、私のそれまでに気づいた。

――私は、予想もしていなかった変化が、実際に、その自分に起ってしまったのを感じていた。同じ姿勢のまま、私は、じっとガラス戸に顔を向けつづけていた。私の見ていたのは、しかしそのガラス板の向うの、光をちりばめた夜の町の風景、点々と光をつらねた夜のその海岸ではなかった。

私は、動くことができなかった。信じられない自分、信じられない女が、現実に、そこにいるのだった。

胸に熱い女の顔を感じながら、放心したみたいに、私はそこに映る女を抱いた自分自身を見ていた。まるで、ごく素直な男女のラヴ・シーンを見るようにそれを眺めることのできる、不思議な自分自身の変化をみつめていた。

女が顔を上げた。その顔が私を仰ぎ、笑ってまたもとの位置にかえった。私は、それを黒い海をバックにした、ガラス戸の中に見ていた。

夜のその島は、昼間よりかえって賑わっているみたいだった。土産物店の明るく眩しい光や、ネオンや新しい街燈の輝きの氾濫が、そう錯覚させていたのかもしれなかった。

私たちは、二時間ほどして宿屋を出た。

「来年のオリンピックには、この島は倍近くの大きさになるんだって」

と、女がいった。女の表情には、特別ななんの変化も読めなかった。やはり腕を私の背広の片腕に絡ませ、女は、たのしげに私を押すようにして歩いていた。

たしかに、私たちは二人きりでしかなかった。

「……倍近く？」

と、私は、意味もなくその女にたじろぎながらいった。

「そうよ。ほら、あの窓から見えたじゃない？　あの下の海岸を埋め立てていたの」

「そうだったか？」

私は、とぼけていたのではなかった。その風景は、まったく記憶にはないのだった。

「自動車の道路があそこまできてね、そこに駐車場と、ヨット・ハーバーと、それに附属するヨット・クラブっていうの？　そんな建物も建つんだって。私、弟が〝潮風一家〟っていうヨット・クラブに入ってるんで、その弟から聞いて知っているの」

「シオカゼ一家？」

でも私は、なにを考えていたのでもなかった。

すでに私たちは、橋の中ほどを通り越していたのだった。ふと、壷焼の匂いが流れてきた。

「あ、サザエ！」と、女は目を輝かせて叫んだ。「ねえ、食べない？　私、急にお腹へっちゃったわ」

そういわれた途端に、私もまた猛烈なほどの空腹を感じた。ぶつ切りになった貝の肉が、壺の中で、すこし醬油を落した汁といっしょにぶつぶつと煮えている匂い、そのありさまを想像すると、私は腹が鳴った。

「合図だ。食べよう」

と、私は笑う女にいった。その食欲の自覚で、私はやっと自分を取り戻したのかもしれなかった。

橋の屋台に、私たちは並んで腰を下ろし、壺焼を三つずつ食べた。その他に、私はおでんを食べ、イカの丸煮を二つ食べた。

やっと満足して橋に出ると、海を渡ってくる風がへんに気持よかった。

「ああ、サワヤカ」

と、女も声をあげた。私たちは、きっと屋台で頬を火照らせていたのだ。

女は、ハミングをはじめていた。私の知らないハワイアンのメロディだった。……オリンピックに便乗したのらしい、自動車道路をつくる工事がまだつづいていて、数人のヘルメットが、街燈の光を映しながらあわただしい声をあげた。その中で、ローラー車が、かるい地響きを立てて動いていた。

橋を渡り終えて、私は振り返った。私の腕にすがったまま、女も無言で脚を止めて、島のほうを眺めた。

月光が、青黒い海の面に、こまかな漣を砕けさせて、縦に滲んでいた。……でも、この月の光も、もうすぐ島にかかるだろう。

島にいたときは気がつかなかったが、円い月が島の左上方に光っていた。

いかにも秋の夜空らしいひろい空に、まだ大きな鰯雲がゆっくりと流れていた。月の光にそれが照って、その雲の列は奇妙に立体的な濃淡の層を重ねたまま、音もなく満月をこすりながら動いていた。

私は、展望台の上での感覚を思い出した。

街燈の白い輝きの美しいつながりに、橋は青白くまっすぐに走り、その向うに、島は、いまは黒い影絵になって浮かんでいた。

黒い島の中に、明るい土産物店の光と、旅館のネオンの色彩が目立っていた。――私は、あの島は、向う側の海を見る島ではなく、繁華な海岸の町の賑わいや自動車の往来に向いあって、陸をはなれ、陸での生活を、その外から眺める島なのだ、と思った。

「ねえ。そろそろ歩きださない？　なに見てるの？」

女が、私の腕に身体をもたせかけた。そっと、私のポロシャツの胸についた、女の半袖のセーターの白い毛糸の屑をとった。

「……島を見ているのさ」

と、私は、すこしこわばった声でいった。

Kの話

中学に入ったとき、私に、Kという友人ができた。

私はその中学に、同じ私学の小学校（当時は国民学校と呼ばれ、私はその第一回卒業生に当る）から進学したのだったが、小学生の頃は、まともに十日間とつづけて登校できなかったひ弱な子供だった。……もっとも、両親がうるさくなかったのをいいことに、宿題をサボっては腹が痛いといい、寝坊しては頭痛を訴え、といった怠け癖からの欠席も多かったが、とにかく、私は勉強もせず、といって運動好きの暴れん坊でもなく、しょっちゅう風邪ばかり引いている、ぐうたらで気の弱い子供だった。

それが、中学に入ると、一日も学校を休まなくなった。急に身長も伸びはじめた。進学するときの体力検定に思わぬ好成績をとったのが、ひとつの自信になったのかもしれない。跳箱でも鉄棒でも野球でも、正課の柔・剣道でも、やってみると結構うまく行くので、私はすっかりスポーツ好きになった。学業も同じことで、欠席をしなかったおかげか、一学期に意外にいい成績をもらうと、それから、私は生まれてはじめて家でも「勉強」をするのをおぼえ、それが面白くなりはじめた。

いつも避けてばかりいた同級生との喧嘩も、もう逃げなかった。幸運にも、最初の喧嘩に、私は勝った。いきなり相手に組みついて投げとばすと、われながら呆れかえるほどきれいにそれが決まり、相手が泣きだしてしまったのである。泣きながら起き上り、私に向ってこようとする彼を、同級生たちが取りおさえた。私は全身が小刻みに慄えていたが、気がつくと、それまでとは一変した級友たちの畏敬の目が、その私を取りかこんでいたのだった。

Kと友達になったのも、その頃である。

その年の四月十八日、ノースアメリカンB25が、はじめて日本の本土を襲った。たしか土曜日の午後で、私は授業を終え、家に帰るバスの中にいた。私は、窓からの明るい白い空を横切り、胴の太い双発の飛行機が巨大な鳥のように低空をかすめて行くのを見た。それから警報が鳴り、バスが停車して乗客はすべて道ばたに下ろされてしまった。……この順序には、記憶違いがあるかもしれない。が、私が低空に見慣れない双発機を見てすぐ敵機だと思ったこと、乗客たちが、みんな蹲ったり街路樹に手をかけたりしているのに、私は興奮して一人で道路の中央に出て、もっと見えないかとウロウロとあたりの空を眺めまわしていたこと、この二つだけははっきりと憶えている。そして、もしそのとき、すでに私がKと友達になっていたのだったら、間違いなくその私の横にKが立って、早くどっかへかくれようよと私の手を引っぱっていたのにきまっていると思う。

でも、そのとき私は一人だった。これは、まだKと私とがつきあいはじめていなかったことだ。おそらく、Kと私とが最初に言葉を交わしたのは、その直後あたりだろう。

Kの家は、私の家から百米ほどのすぐ近くで、彼は他の小学校から入学してきた私と同じ中学の一年生だったが、私とは、組が違っていた。学校への往復にときどき顔を合わすことはあっても、まだ小学生時代の人みしりの癖から完全に脱けきってはいない私には、自分から声をかけるほどの気持とか興味は、まるでなかった。そんなことは、考えてみたことさえなかった。

ある帰途、私は同じバスの中で、その自分と同じ中学のピカピカの徽章をつけた少年が、しきりに私を盗み見ているのに気づいた。だが、私がそちらを見ると、彼はあわてて目をそらせる。……色黒の、ガッチリした小肥りの体格で、低い鼻が仰向き、上唇も捲くれあがり、少年はいささか豚に似ていた。それが、ムッとした獰猛な目つきで床をみつめ、私をちらちらと眺めている。私は、突然、こいつ、喧嘩を売ろうとしてるんだなと直感した。

さりげなく観察して、私は、どうやら彼のほうが自分より強そうだと思った。それなら逃げたほうが悧巧だ。もし「決戦」になったら、真珠湾なみに先制攻撃をかけなければ、とうてい五分には闘えまい。私はそう考え、できるだけ穏和な顔をつくり窓の外を眺めるのに専念した。なにも彼をみつめ、ガンづけをしたと因縁をつけてくる理由を、わざわざあたえてやる必要はない。

だがバスを降り、歩きだして、私は、背中が板を貼りつけたように硬くなった。すぐ背後を、彼が尾けるように歩いてくる。ためしに速足になってみると、彼もいそぐ。歩度を緩めると、ちゃんと彼も遅れる。しかも私と彼との間には、おそらく一米ほどの距離さえない。彼の意図は、もはや疑う余地がなかった。

電車通りを左に、二本の老銀杏の間を抜け、その坂の下にある私の家に向いながら、私はしつっこく同じ距離を保っている彼の跫音をすぐ後ろに聞き、いよいよ戦機のせまったのを感じた。このあたりは適当に閑静な屋敷町で、ちょっと小路を折れれば、喧嘩には恰好の空地がいくらでもあるのである。それに、どうやら跫音はときどき距離をつめて近づこうとする気配も見せはじめている。ぶつぶつと不気味になにかを呟いている声も聞こえる。私は観念した。カレも一人、ワレも一人。全力をつくすほかはないのだ。

と、不意に彼が私の横に並んだ。

「あの、……キミ、Y君でしょ?」

目の前に白い火花が散り、無我夢中のまま、私はキッとなって立ち止った。

「あの、……Y君、でしょ?」

もうすこしで「先制の一撃」を豚そっくりの顔の中央に喰わせてやるところだった私を制したのは、思いがけず、その彼が満面にたたえていた、卑屈なお世辞笑いに似た微笑だった。

おどおどとした小さな目が、眩しげに私をみつめていた。

「ね? キミ、Y君でしょ?」

「ハイ。ボクハYデス。ナニカ御用デスカ」

——最初のその私の当惑した切口上の言葉を、Kはいつまでも憶えていて、真似をしては笑った。

が、こっちでも彼のことはよく憶えている。彼は彼で、いつ、どういうキッカケで、なにを私に話しかけようかと苦心サンタンした末、自然セリフを口中で暗誦できるまで繰り返してから、一大決心で私の横に並んだのだという。帽子を取りピョコリとお辞儀すると、彼は猛烈な早口で、唾を飛ばしながらこう私にいった。

「あの、ボクKっていうの。お父さんは軍需工場やってて、シンコー成金なの。こんどキミと同じ中学に入れたの。キミ知らないだろうけど、お家、ほんとのすぐ近くなのよ。だから、あの、お友達になろうよ、ね？」

だが、私に来たのは安堵ではなかった。むしろ私はより以上の混乱に引き込まれた。

「アアソウデスカ。ええと、ボクの家は、あの、画カキで……」

同じように、保護者の職業を述べるべきだとしか、私にはさしあたり発言の手掛りがなかった。が、すると彼は捲くれた上唇をさらにまくりあげ、小さな目を、さらに細めながら笑いかけて、大仰に手を振り、私の言葉を押しとどめた。

「ううん、キミンチのことはボクよく知っているの。ボク、キミのこともとってもよく知ってるのよ。キミは姉さんが二人の、妹さんが二人の、その真中だよね？　それからキミの名前も、小学校のときK組にいて、とてもお習字が上手かったことも。えへへ……」

私はポカンとして彼の顔を眺めた。と、赤い歯ぐきを出し相好を崩していたKは、ふいに漲るように首から上を真赧にして、

「ね？　お友達になってね？」

と恥ずかしげにいい、スキップをするみたいに一、二度飛び跳ねると、そのまま、後も見ず一目散に坂を走り下りた。まるい肉づきのいい尻に新品の白い鞄がはずみ、まるで、鞠の転げ落ちるような速さだった。

……翌朝、私が玄関で靴をはいていると、門の外で、「Y……クン」と、尻上りのふしをつけた歌うような大声が、私を呼ぶのが聞こえた。声はいくども同じ滑稽な調子で私の名を繰り返して、私は敷台で笑う母の前で、羞恥で顔が赤くなった。

だが、走り出た門の前でKの笑顔を見たとき、私は、わけのわからない嬉しさでいっぱいになった。

「……やめてよ。へんな声で呼ぶの」

と、怒ったような声でいいながらも、だから私はその私に肩を並べてきて、

「どうして？　これから、毎日キミをここまで迎えにくるよね」

と答える善良そのものの顔のKに、それ以上、なにもいえなかった。それまで、私には、こういう経験は一度もなかったのだ。

その日から、私たちは仲良く行動をともにするようになった。——それは、疎開さわぎで、私の一家が離京する日までつづいた。

毎日、Kは私を迎えにきた。私たちはいっしょに肩を並べて坂を上り、肩を並べて坂を下りた。K

の家は、私の家の前で終りになる坂の道を、さらにそのまま行き、G駅に向う道に出る寸前の左側にあった。私たちは坂を下りて、そのまま私の家に寄ったり、Kの家に行ったりもした。彼の母は、いつもコメカミに絆創膏を貼りつけて昼寝をしていて、私の姿を見ると彼そっくりの笑顔になり、だらしなく笑いながら、モゾモゾと姿を消すのだった。

日曜日にも、彼はやってくることがあった。一度家に帰ってから、Kがまた私を呼びにくることもあった。Kはそんなときも、かならず、あの歌うような恥ずかしいふしをつけた「Y……クン」という尻上りの大声で、私を呼んだ。

べつに私がそう望んだのではないのに、彼はまるで忠実な番犬のように私につき従い、あれこれと面倒をみるのを、自分の仕事みたいにしていた。貰い物だといい、へんに舌にざらざらする大きな黒砂糖の塊りを、無理に私の鞄にすべりこませたりもする。ときにはやりきれなくなるほど押しつけがましい、親切の押売りもあった。たとえば、雨が降っても彼は私が自分の傘をさすのを許さないのである。自分の傘に入れという。そして、自分は全身が濡れねずみになりながらも、私をその傘に入れていなくては承知しない。

たしかに、いささか迷惑な男だったし、その年齢の少年なりに、私には被保護者の感覚、しかも同年の少年からの子供扱いが、癪にさわることもあった。だが、私はそれまで、これほど不細工であけっぴろげな、ひたむきな好意を受けた経験がなかった。……もちろん、よく喧嘩もして、彼が迎えにこない朝もあった。でもそんな日、学校でKがそっと耳打ちをするみたいに、今日いっしょに帰ろうね、といってドタドタと逃げて行くと、もう私はダメであった。いくら黙って怒った顔をつづけていても、彼は、牛の周りをまわる虻のように、私の周囲をぐるぐるとまわりながら詫り、詫りながらいつまでもついてくるのである。

私はまだ、そんなときの彼の声が、面白おかしげな露骨な哀願の表情が、耳に、目にのこっている。

「笑って。ね？ お願いだから笑って。ボクの出ベソ見せてあげる。百面相をしようか？ ホラ、こんな顔どう？」

「……フン、なにもわざわざ百面相なんかしなくたって、充分におかしなお顔ですよ」

「ホラ返事をした。返事をした。ね、いっしょに帰ろう？ 明日また迎えに行く。ね？」

「……さわるなよ。いいよもう。あんまりへんな顔するなよ」

こうして、いつも私は負け、彼は、握手を求めてきて大げさに跳びまわった。

そういうとき、彼にはまったくプライドというものがないみたいだった。大道の真中で、本当に出ベソさえ見せかねない。その点、恥も外聞もなく、がめつい大阪商人のような粘りと押しの強さがあり、またKには一つの負目があれば、かならずそれに関聯する取柄（どんな負目にも取柄はあるものだと、私はKから教えられた）を、まるで負目をはるかに上廻るもののように吹聴するという、はなはだ実際的な宣伝の才能もあった。

だから、最初の自己紹介のとき私が啞然とした「シンコー成金」という言葉も、じつはそれが莫大な金力を持っているのを誇示する意味だったらしいし、彼の説によれば、「出ベソは出世の相」でもあり、それから自称ピグちゃんの渾名どおり、愛嬌はあるがどちらかといえば醜男の彼には、しかし女性に警戒されないから近づきやすいという充分な利益があることなど、これらを、いつもきまってひどく非暗示的な方法で人びとに押しつけてくるのである。……さらに、彼は、性知識の権威でもあった。

いっしょに坂道を降りながら、彼は声をひそめ、どうやら中学に入ると同時に発毛したらしい自分の陰毛の長さを、逐一私に報告した。最初などは、――それはまだ知りあって一週間とたたなかった頃だと思うが――私が笑って信じないからといって、ムキになって私を道ばたに引っぱって行き、わざわざボタンを外し、ズボンを下げて見せた。「……ね？ ちゃんと生えてるだろ？」

覗きこんで私がうなずくと、調子にのり、Kは得意になってもっとズボンを下げ、そのあたりを明るいほうに向けた。

「ほら、ボクの、みんなまっすぐ下を向いて生えてるだろ？ こういうの、ジョウがとても強いんだよ。いまにボク、女のひとにモテてモテて、からだがモタなくなっちゃうんじゃないか、って心配だよ。ほんとうだよ？」

私はその知識に感嘆した。……ついでながら、その断面を顕微鏡で見ると、普通の毛髪はそれが円形であるのに、局部の毛はかならず角形であって、それで擦り合わすとジャリジャリいうのだ、という説を私に教えたのもKであった。

Kは、そして自分に較べ私の発毛が晩いのをいぶかしがり、ほとんど毎日のように「生えた？ 生

えた？」と訊ねた。予兆として、男性でも乳首をおさえると痛みを感じるようになるのだといい、

「ねえ、まだ？　まだ痛くならない？　ふしぎだなあ」

と首をかしげ、服の上から私の胸を不意に押してみたりもした。

じつは私も乳首を押すとかるい疼痛がはしるのに気づいていた。が、へんに恥ずかしくて、どうしてもKにはそれをいえなかった。

夏休みに近いある日、私はやっと彼に告げることができた。

「おい、生えたぜ、二本」

彼は立ち止り、目を大きくして、よろこびに耐えぬように私の肩を叩き、跳び上った。二、三度手をパチパチと拍ち、それから、大声でこう私を祝った。

「バンザイ。これでやっとキミも一人前だね」

……一人前になったらキミに見せたいものがあるんだ、とかねてからいっていたKは、たしかその日、彼の家に私を連れて行った。彼の部屋は二階の薄暗い四畳半だったが、私がそこで待っていると、跫音を忍ばせ、唇に指をあててKが帰ってきた。持っていたのは、どうやら医学書らしい黴臭い原書だった。

「これ、親父の本棚でみつけたんだ。……でも、ボクがこれをみつけたのは誰も知らないんだ。だからナイショだよ。いいね？」

そう声をひそめていうKと首を並べ、私はなにか恐ろしい秘密の扉が開かれたような好奇心で胸を

ドキドキさせ、彼の開けた頁の図絵に見入った。いま思えば、それは学術的な説明文のついた女性の下腹部の横からの精細な断面図だったらしい。が、私には、なにがなんだか、さっぱり見当がつかなかった。

「……これ、フランス語なんだぜ？」

と、低い声でKがいった。

だが、さまざまな曲線がうねうねといくつかの色彩を囲みそこに字が書かれているだけの奇妙な地図のような断面図は、私にはなにがどうで、どこがなんなのか、一向に理解できなかった。なんの実感も、特別な慾望も、湧かなかった。私はただ、古ぼけ変色した黄色いアート紙に、美しく印刷された線と色だけを見ていた。

Kの小学校時代の同級生に、Aという少年がいた。色白で丸顔の美少年で、そのころ、Aは秀才校として名高い都心の中学校に、背広ふうの制服にネクタイという姿で通っていた。一度、私は道でその彼にニッコリと会釈されて、どぎまぎした記憶がある。どうやら、Kを通じて、Aは私のことを知ったのかもしれなかった。

私も、Aについては、Kからはじめからさんざん聞かされつづけていた。彼の話では、Aこそがどの学級の中にもたいてい一人はいる、あの同級生たちの偶像的存在であり、小学校時代、Kのクラスに君臨していた王子だった。

美貌で、秀才で、ガキ大将で、腕力においても学問・競技においても、また悪戯の着想、決断、その実行や度胸においても、遠く同級生たちを引きはなしている。六年間を通じ、Aは級長で、クラス対抗競技の主将で、ボスで、女生徒たちの憧れで、彼こそは天下の秀才であり、すぐれた万能選手であり、讃嘆すべき紳士であり、おそるべき悪漢であり、素敵な英雄であり、……つまり少年たちの夢を一身にあつめたアイドルである。

Kはよく坂の上の高台にあるAの家からの帰りだといっては私の家に寄り、Aを少年らしい語彙の乏しい讃辞で埋めつくした。

あれは、昭和十七年。私が夏休みを海岸で過して帰京してからだから、そろそろ秋のはじめ頃だったろう。——その当時、私たちの登校にはゲートルの着用がしだいに常識化してきていたというのに、そんな風潮には見向きもせず、普段着のAは、いつも半ズボンに青か粗い縞のワイシャツという、「敵性」の服装で平気な顔をしていた。長いすんなりした脛をむき出しにし、そこに海老茶のガーターで派手な色靴下を留めて、よく高台のS侯爵邸の薔薇の垣に沿って自転車を走らせてもいた。私は、Aが裾のひらいたはなやかなスカートに白靴下の妹らしい彼によく似た美少女を後ろに乗せているのを見て、まるで夢を見ているような気持ちになり、「カルイザワ」という言葉が急に浮かんできた。私はその高原の富裕な人びとがあそぶ別荘地には行ったこともなかったのだが、A兄妹のどこかバタ臭いハイカラさ、スマートな美しさに、何故か、その地名がひどく似合うような気がしたのだった。

高台の、Aの家である純白の瀟洒な洋館には天使みたいに愛らしいその一人の妹と、二人の王女のように上品で優しい姉さんとがいるという話だった。あとで私は弟もいたのを知ったが、これはそのときは完全に無視されてしまっていた。……このことは、この伝説的風説がAを尊崇し羨望し憧憬する男たちの――いや、つまりはKの――流した口碑であるのを示している。また、これがなんとなく素直に信じられたというのは、私たちが、じつはまだまだお伽噺しが好きな年頃でもあったことを証しているのだろう。

「……たい、たいへんだぞ。Aのやつ……」

いつもの呼びだす声に私が門の外に出ると、Kが小さな目をきらきらさせ、声をひそめていった。秋のある日だった。

「どうした？　Aがどうしたのさ」

でもKは、すぐには答えられず、落着かない檻の中の小動物のように目を据えて左右に歩きまわり、唇だけがパクパクと動いた。

「いったいどうしたんだよ、しっかりしろ」

焦れて私がいうと、吃りながら、やっとKは答えた。

「ス、凄えのよ、たいへんな帽子をね、かぶってやがんだ。と、とにかく凄えんだ、あ、あれ、きっと革だぜ」

彼は、あとは目を白黒させたまま、強引に私の手を引っぱり、高台への石段に登る角まで私を連れて行った。私も、そして、その道を颯爽と、しかしゆっくりと歩いてくるAの帽子を見た。

なるほど、たいしたものであった！　古い、ゆたかな時代と貫禄のついたその帽子は、まさに、私たち野暮ったく新品のピカピカの徽章を輝かせている、中学一年生たちの目をうばった。しばらくはKが、私がいくら説明しても、あれは革製だと固執してゆずらなかったほど、その羅紗は毛が擦り切れ、脂でねっとりとくろずみ美しい光沢をたたえている。その徽章もまた、一見して燻されたような古びた重厚な光を、しずかに内から放っているのだった。

いわば、それは物憂げに、安っぽい新装に無関心な眸を投げる大人、帽子の大人だった。長い年月にきたえられた見事な肉体のような、手入れのよく行きとどいた、濫費された莫大な時間と努力と才能の自然の結晶なのであった。――私たちは唸った。

それにしても、つい昨日まで新しい学帽が色白の頬に初々しく似合っていたAに、この帽子の大人がなんとよく調和して見えたことか。が、たぶん彼もその帽子に支配されていたのだった。いつも愛想のいいAは、その日にかぎり能面のような無表情でかるく頭を下げ、ただ私を見て重おもしい大人ぶった声で、「どうぞ、一度お出かけ下さい」とだけ投げ出すようにいうと、花道を引っ込む役者みたいな歩き方で、ゆっくりと駅の方角に歩み去った。

そのときから、同時に私たちは、帽子に時代をつける研究に憑かれた。私たちは、もはや帽子のこと以外はまったく口にしない、新しい季節に入ってしまったのだ。

狂奔は、やはりKのほうが私より一途であり、芸がなかった。彼はどこから聞いてきたのか、徽章を醬油で煮つめた。ポマードでべたべたの帽子で友人たちの靴を磨きまわった。もちろん、おかげで彼の学帽はみるみる鞣し皮のような臭い光沢こそ放つようにはなったが、まだ毛が擦り切れてはいなかったので、ちょうど裾刈りにしたての頭髪に無茶苦茶にポマードをなすりつけたみたいに、全体は汚ない叢に似た不細工なケバ立ちでしかなかった。

私は内心で嘲笑し、独自の研究をつづけていた。

そのうち、Kには当然といえば当然の結果が来たのだった。ある昼休み、同級生の一人が駈け寄りながら私にこうどなった。

「おい、Kのやつ、体操場の裏に連れてかれちゃったぞ、上級生に」

「……どうして？　あいつ、なにをしたんだ？」

「きっと帽子のことさ」と、同級生はいい、冷笑した。「ポマードなんか派手につけやがって。バカだなあ、あいつ」

私がおそるおそる駈けつけると、すでに上級生の姿はなかった。Kは二つ三つ胸のボタンを引き千切られ、左の目のあたりが黒くなって、地べたに坐りこみ、手の甲で鼻をこすりあげながら泣きじゃくりつづけていた。

「……K」

と私が呼ぶと、Kは顔を上げたが、涙と泥でくしゃくしゃに汚れ、その上、殴られたためか片眼が腫れて歪んでいて、みじめとも滑稽ともつかぬ哀れな形相に変わっていた。

「帽子、トラレちゃった」と、Ｋはいった。

私は暗然としたまま答えなかったが、それは、あんまり豚小舎の豚そっくりになったＫを眺め、なにかいうと吹き出してしまうおそれもあったからだ。

やがて、Ｋは泣き止んで私の渡したハンカチで顔を拭いた。突然、顔を上げて私を見ていつものだらしのない微笑に上唇を捲くりあげると、洟をすすりながらいった。

「でも、……あれ、ワセリンでやるといいんだってね」

性こりもない熱情に、私は打たれた。

――私の方法は、いわば、より合理的で、小賢《こざか》しかった。私はまず、いわゆる時代がつくという、その「時代」の分析からはじめて、それがつまり風雨に曝されたということであると思い、では簡便に風雨にサラす法は、と求めた。私は裏布地を破り棄て、毎日ブラシをかけて毛を抜き、なるべく雨の日は傘から何気なく帽子を出して歩いた。屋根の上にも置いた。雨にさらすと、たしかに羅紗の毛は抜けるのである。また家では徽章を外し、樋から雨水の流れ落ちる地面に、表側を出して埋めた。ただの水ではいけない。雨水が私の秘法なので、これは一種の信仰であり、だから秘密でなければいけなかったが、効果は確実にあがった。風の代りに私は万遍なくブラシをかけ、一晩じゅう木の枝にかけて置いたりした。ときどきは晴れた日も屋根に出して、直接に天日に干す。

細工はそれからであった。臆病な私はＫの二の舞になるのをおそれ、ポマードに代るものをあれこれと探し、ほんのちょっとずつつけてみてためした。ワセリンもいささか派手すぎる気がした。ある日、メンソレータムを後ろの縫合わせの部分につけると、胸が高鳴るほどいい効果である。でも、これでも目立つことは目立つ。あわててこそぎ落し、私は思案の末、帽子の裏側にそれを塗った。この方法は、大成功であった。メンソレは、徐々に外側に、満足すべき穏やかさで控えめな艶を滲み出させた。さらに私は鼻翼の脂を帽子で拭き、汗もまた効果的であるのを発見した。

だが、年が変り、私たちが二年生になった頃、Kは、帽子への興味などはすっかり忘れていた。そして、私の帽子は脂染んで、さながら帽子の思春期の相貌を呈していた。

その冬、私たち中学生にも一律に勤労動員が実施されるという噂がひろまりだした頃、Aの妹が急性腹膜炎とかで急逝した。たった四日ほど病気だっただけなんだよ、とKが電話で泣きながらそれを報らせてきた。受話器を片手に握ったまま、私は、ふいに自分は彼女を「愛」していたのだと思った。彼女とは、いわば私にとり美しい「カルイザワ」の一部であり、スカートを風にひるがえし兄の自転車に乗せてもらっていた白靴下の美少女の絵姿につきたのだが、私は、はじめてそれがある痛みの記憶なのを認めたのだ。

まず、Aの一家が疎開して東京を去った。次の私たちの家族が東京を離れたのは、昭和十九年の秋であった。暮に、父が死んだ。

B29は、毎日のように海岸の私たちの頭上に白い糸のような雲を描いて、東京へと向っていた。空襲の惨鼻をきわめた噂が、次つぎと私のいる町にも聞こえてきた。

そんなある日、Kから私宛に電報がとどいた。

「ソカイシタシ　イエヲサガシテクレ　イサイフミ」

発信地は東京で、父親が軍需工場をやっていて離れられないため、Kはきっと逃げおくれたのに違いなかった。私は母に話し、いまは家を探すよりも、とにかくこっちへ逃げてくるのが先だ、早くそうしなくてはKの生命が危い、といってKの一家を家に同居させてくれるように頼んだ。母は応諾した。

「じゃ、ぼく、いますぐ郵便局で、電報を打ってくるよ」

「そら、ええけど。なんて打つの」

「イサイショウチ、ハヤクコチラヘコイ、と打てばいいさ?」

私は大真面目だった。真剣に、一刻も早く打たねば、と思っていた。だが母は口を開けて、それから笑いだした。

「イサイショウチて、なんのこと? 先方さんで、イサイフミ、ていうてはるのやない? それも読まんと、あんた、……なにがショウチなんえ?」

聞いていた姉妹も笑いだした。私はだまった。でも私は、どうしても、私のほうに条理がある、としか考えられなかった。

Kからの「フミ」は、とうとう着かなかった。

——敗戦後、あれははじめての冬のことだったと思う。家の前の道で私がAとふたたび顔を合わせたとき、私たちは、だぶだぶの大人の冬外套の下にゲートルを巻き、二人とも背に大きなリュックを背負っていた。Aの顔は別人のように蒼黒く頬が落ちて、私は最初はそれがAだとは思えなかったが、きっとそれは私も同じだっただろう。声変りのせいか、思いもかけぬ老人のような声で、Aはうつむいて歩きつづけながら「……やあ」といった。私も、低く「……やあ」と答え、そのまま、私たちはへんによそよそしく、足も止めず、おたがいを避けるようにすれ違った。

夕暮れで、片側にはまだ未整理のバラック一つない焦土が、街燈の光のない陰気な道に沿って寒ざむとつづいていた。私は、Kのことは聞かなかった。べつに理由はなかった。私はただ、別人のようになったAと言葉を交わすのが、なにか面倒くさかったのにすぎなかった。

Aと私の家は、かろうじて戦災を免れたが、Kの家の跡はいつまでも完全に焼け爛れた平坦な瓦礫だった。私は、その前を通るたびに、もう、Kはどこにもいないのだ、と思った。たぶん、あの低血圧とかでいつも昼寝ばかりしていたKの母、写真でしか見たことのない精力的な禿げ頭のKの父（Kは一人っ子だった）も、死んでしまったのだ。

そして、私は、ふたたび病気がちになった。ときどき、右の胸の奥に針のような異物の感覚があり、鋭い刺すような痛みが来た。だが私は、母にも、誰にもそのことは告げなかった。

私が無事なKの顔を見たのは、翌々年、私がやっと大学予科に進んだ春であった。突然、肩をたたかれ、私は幽霊でも見たようにびっくりした。Kは母のさとの千葉に逃れ、そこの中学を出て、また私と同じ私学の大学に帰ってきたのだった。いまは学生ジャズ・バンドのマネージャーで、ひどく多忙なのだという。……そう昔ながらの人なつっこい笑顔でしゃべる彼は、しかし、二本の下の前歯しかなかった。

「親父が甘いものが好きだろ？　おかげでオレ、戦争中もとうとう甘いものを、一日も欠かさなかったもんだからね」

私の質問に、いささか恥ずかしげにそう彼は答え、アメリカ煙草に火をつけると、不意に喜色満面の顔になった。

「でもさ、だいたいオレの歯、歯並びが悪かったろ？　これで親父も責任上、オレに総入歯をつくらざるをえなくなっちゃってさ、……オレ、いい男にはなれるし、三万円トクしちゃった。三万円」

バイバイ、と手を振って大学の石畳みの坂を私とは逆の方向に降りて行く無帽の彼をみつめ、私は生きていたKに、そして、あいかわらずの彼の癖に、もはや、なんのなつかしさも親しみも湧かないしらじらしく無感動な自分に気づいていた。

冷えきった空洞のような心に、浅い春の風が吹き抜け、私は、自分はいま、去って行く昔と同じKのまるい背中に、あきらかに自分から離れ、遠ざかって行くだけの私の健康だった少年期の、その後ろ姿を見ているのだと思った。

解説と年譜

坂上　弘

解説

山川方夫の全作品の量はそう多いとはいえない。三十五歳の誕生日を迎える五日前に不慮の交通事故で亡くなったのだから、ごく近くにいた後輩の私でさえふいに消えた一艘の舟の行方をさがしている気持だった。その早春の海に残る航跡に、いま若い世代からの愛情が寄せられ、愛着が深まっている。

全作品の量はともかく、彼の残した新鮮な作品の種類は豊富で玉手箱のようだ。処女作「バンドの休暇」から晩年の「愛のごとく」、もう一つの系列の「日々の死」から「海岸公園」への作品群は、傷ついた家族の心の記憶。「お守り」や「夏の葬列」に代表される掌篇群は、山川の閃光にうつし出された現代人のアイデンティティー。「灰皿になれないということ」に始まるエッセイや批評の束は、繊細で正確に自分と他者との距離をはかる作家らしい姿。冬樹社版は全五巻、筑摩書房版全七巻ほどの短い全集であった。

久しぶりに刊行されるこの一冊の山川方夫本は、歿後五十年になる機会に編まれたアンソロジイであるが、山川の三十歳代、いわば山川の晩年に当る時期に発表された作品を集めている。それらを恣意的にだが山川の特質がわかるように並べている。

山川の年譜を、この解説に続けて掲載しておくので、こちらも彼の短い生涯を知り豊富な作品の存在を知るうえで散策していただきたい。山川の歿後四年、昭和四十五年（一九七〇年）に第一回目の全集が刊行された。冬樹社からだった。高橋正嗣、森内俊雄がいる出版社でその提案はありがたかった。その次に平成十二年（二〇〇〇年）には筑摩書房から新装の全集を刊行してもらった。その後、数年おきに文庫や単行本に編まれさまざまな山川の本が刊行されてきた。では、歿後五十年という節目に、どんな届け方をしたらよいだろうか。それはどんな山川像をつくってみようか、という作業のようである。

ともかく歿後五十年というなんだかわからない節目にかこつけてこれまで文壇の中で惜しまれてきた山川像について、あらためてふりかえってみよう。

山川の最後の、彼は自分で見ることのできなかった単行本は、歿後一箇月後に新潮社から刊行された『愛のごとく』である。奥付によれば昭和四十年三月二十六日の印刷ででき上がっている。山川自身が斎藤義重さんに装丁を頼んでいる。この本は山川のあとがきにあるように、「最初の秋」と「展望台のある島」を一緒にする準備ができていたので、山川の「海岸公園」と「愛のごとく」を一緒にするような美学もあらわれるはずの本だった。しかしでき上った本の帯は、悲痛なことばにかわっていた。

〈山川さん。あなたは悲運な人だった。ほんとうに悲運な作家だった。

昨秋の米誌「ライフ」を皮切りに、ソ連の「コムソモールスカヤ・プラウダ」、イタリアの「パノラマ」に作品がつぎつぎと紹介されて、日本の文壇はもとより、国際的にも洋々たる前途がひらけたその矢先、あなたは降ったような事故に遭われた。結婚して九箇月、三十四歳の若いあなたが逝かれた。

愛別離苦。しかし、幽明あい隔つ今は、こういう言葉自体いかにおぞましいことか。死は無量に重いのだ。ことに個性的な作家のあなたの死は。

洗練された美の感覚、透徹した造型の意識――そのあなたの文章が、この先もう新たに書きつがれないということは、何と寂しいことだろう。

孤独なあなたの、余りに孤独な死を心から悼む。〉

この帯文は刊行のよろこびを味わうべき作者が一箇月前の二月二十日に突然事故で亡くなりぶつけるやり場のない気持を書き込んでいる。新潮社の山川担当は、菅原国隆であった。私はこの帯文に感動する。よしこれから後押しするぞ、と万力で押し出していた純文学エディターの鎮魂のことばとしてこれはむろん戦友の弔辞であるが山川を担当してきたすべての編集者を代弁する愛惜の言葉であった。

この最後の作品集『愛のごとく』に山川が収めていた作品は、「煙突」「猫の死と」「街のなかの二人」「愛のごとく」「最初の秋」「展望台のある島」の六篇である。自身で慎重に選んだ、重要な遍歴をかくしもった作品群であり、この中から三篇をこの歿後五十年作品集に選んだ理由は、つければつかないことはない。それは、「最初の秋」と「展望台のある島」が、山川にとっては、結婚と新生をあらわす一つの塊となるべき連作だったからである。山川は、この二作について、後記で改稿したということばを添えていた。〈『最初の秋』は、『展望台のある島』を、その部分として含めています。／もともと、後者は前者の一部であり、前者は後者の発想から生まれました。一度は二つに分けましたが、やはりこの二つは、一つの作品として読んでいただきたい、そう読まれるべきだ、と考えました。そのため、いささか無理な点もあるかもしれませんが、ご諒解を得たいと思います。／また、上梓に際して、作品にはすべて手を加えました。……理由は、私の未練と、凝り性のせいだ、といったほうがより正確かも知れませんが、私なりに、もともとそう書かれるべきだったものに、すこしでも近づけたかったからです。山川方夫〉この改稿の途中を示す力技の後記を、書き写しつつ私は、山川は一歩先を押さえる人だとつくづく思う。それができなかったわけだが、この二作を一作にし終えれば、それはまちがいなく山川の本当の出発に当ると当時複雑な気持で思った。

山川を心から愛していた先輩の一人に北原武夫がいる。山川・桂芳久・田久保英夫の三人は、昭和二十九年自分たちのちからで休刊になった「三田文学」を再刊しようとした。そのときのいわば対小姑作戦で姑世代の七人の編集委員を携することにした。この中の一人、原稿読みに独特な眼力をもち安岡章太郎の「ひぐらし」(後に「ガラスの靴」と改題)を発見した北原武夫は、次のように山川を回想している。

〈何かの話の時、ずっと以前に読んで以来、その言葉に打たれて、爾来、作家として生きる上の信条としてゐた、アベル・ボナールの『友情論』の中に出て来る「心は優しく、頭は残酷に」といふ一句を僕が口にして、「君にはその心の優しさがあるよ」と言ふと、いかにも嬉しさうな顔をしたが、「しかし、頭の残酷さがまだ足りませんね。口惜しいなァ」と、例の人懐っこい眼で笑ひながら、いかにも口惜しげにつけ加へたのをよく覚えてゐる。〉

北原は新人を育てる慧眼の持主というだけでなく人を愛する無私の人で、これに加えて、

〈頭の残酷さは、もちろん僕にもまだ足らないが、それは努力次第でできるもんだ。しかし心の優しさといふのは、天稟のもので、努力なんかで持てるもんぢゃないよ。その天稟のものを君は持ってるからいいぢゃないか、それだけでも大変なことだよ〉

「頭の残酷」さを徐々に身につけ出したように感じた北原から激励されいわば文学的に保証され祝福されている紅潮した山川の容子が泛ぶが、北原のいうその作品とは、「海岸公園」であり「愛のごとく」である。とくに「愛のごとく」は、〈この一作を読んだ時は、僕は全く瞠目した。彼の繊細な感受性を覆ってゐた、あの固い観念のカサブタは、まだいくらか残ってはゐたが、その感受性と観念の間に、今は明らかに或る亀裂が生じ、その破れた隙間から、この作者の生得の美質、彼の魂のもつ本然の素直さといっていい、この作者の生得の美質が、まざまざとほの見えてゐた。〉

この北原の山川評は、「最初の秋」「展望台のある島」に至って、まさにあてはまる。山川がこの世に居ないということへの残念無情は、沢山の誌紙面にのこされている。それらを筑摩版全集の最後の巻にできるだけ集めた。いま私が引用しているのはそうした悼む言葉の中からだがそこになんと活き活きと山川が描かれていることか。山川の気品と才能が。平野謙の追悼は、山川を支持してきた大批評家だけに、山川の死の瞬間を山川がどう受けとめたのかを想像しなければならない。

〈私がたまたま山川方夫と最後に逢ったのは、有楽町付近の路上だった。そのとき山川方夫は人なつっこい眼をひからせながら、目下計画している長篇のことを控えめに語った。それから半年もたたぬうちに、私は山川方夫のいたましい最期を聞かねばならなかった。あれから山川方夫を襲った暴力的な死について、私はときどき考えこむことがある。青春を日々の死と自己告発するような主人公を造型した作者は、そのことによって逆に再生の道を踏みだしたにちがいない。その作者に突然襲いかかった暴力的な死！　それを山川方夫は百分の一秒くらいの速さで感得したのではなかったか。やっぱりおれの予感したとおりだった、と思ったかどうか。すくなくともその最後もふくめて、山川方夫がもっとも現代的な作家だったことは疑いない。〉

平野謙が、半年前に山川からきいた長篇の話は、昭和新山をモチーフにした構想だろう。札幌に次姉が嫁ぎ義兄の科学者に親しんだ山川の発想は、これができれば、仕合せをかく小説、と考えたものに当るものだったろうか。彼の再生の主題は、山塊の隆起のような、自然の影響を受ける感動によってしか出来上らなかったろう。私にもその火山塊のようにもり上る意識と再生、創造に当るものを書こうとしていた山川の意気込みに見事な作品がうまれる予感があった。

山川のいう〝仕合せをかく文学〟を定義してみよう。ホントにそんなものがあるのか。むしろ思考ではなく、人間の存在として。個人主義をかく文学、和解をかく文学、は日本の近代文学にもある。仕合せを、はあるか。山川にとっても、おそらくそれは、戦後を通して無いものとしての認識だったろう。しかし人は生きて行く以上、仕合せに当るもの、仕合せに過ぎないものを求める。山川もその作品世界で常に仕合せ又は不仕合せという〝私〟そのものによろわれた、不確かな人間に気がついた。そう、生き方の方程式は何を解こうとするのかではなく、仕合せを、山川の主題でいえば他者の幻影を解としてとり出そうとする努力なのではないか。

年取って読めば読むほど山川は私たちの近くにいる。

彼は、仕合せを書く文学、があっていい、と呟くように語りはじめていたが、その意味は、彼の書くものが不仕合せを書いてきたという意味ではない。彼のいう仕合せとは、適切な例えではないが、お天気の変わり目みたいなことだ。それはちょうど、どしゃぶりの雨が引き風が流れ幹がゆれ葉がさわぎ出す、そんな樹々の光景のような、ほっとする光を手にとってみたい、とでもいうような、やさしい意思の言葉だった。あり得るはずのないもの、つまり求めている光みたいなもので、決して光そのものではない、手に入らないものが〝仕合せ〟であり、そんなものはどこにもないのだが、それを描くことが、文学なのだと彼はいいたかったのだろう。

若い頃私たちは始終あそぶこと、お喋りやそれに似たゲームやストーリィをつくることに夢中だった。私たち、というのは、武満徹夫妻や俳優の卵の私の友人、私、それに山川だった。短篇のつくりっこといえば、俳句の座みたいにきこえていいのだが、私たちはショート・ショートというしゃれた短篇を競っていた。うまくつくれるとそれはすぐ雑誌にのったり、ラジオドラマに売りこめた。少し小遣いにもなった。やがてショート・ショートは山川が抜群にうまく私たちはネタの提供をして山川の料理の腕に感嘆した。

彼のショート・ショートの名人ぶりは、短篇を通して人に通じる技、短かければ短いほど文章は厳しくなる、しかし、厳しければ厳しいほど鋭く閃光のように浮かび上らせる一つの音、一つの観念、一つの生き方になる。この時代に「ＥＱＭＭ」や「宝石」といった雑誌ができ、短いことを競い磨きをかけて、サマセット・モームやロアルド・ダール、サキ、などと腕を競う閃光の文学が私たちの目の前で開花した。

たのしい時代だった。なによりも母の家計を援ける小遣いになるのが山川をほくほくさせた。私も、ショート・ショートはうまくなかったが別の才能、台詞だけはうまく、ラジオ台本は早くから小遣かせぎができた。こういう文学の誕生期が私たちのまわりにあったのだ。

ショート・ショートのあり方はこうだ。

山川にはまず、他人《ひと》はわかりあえないもの、という方程式がある。では恋人同志は、夫婦は、肉親は、それぞれわかりあえないものとして生きるもの、になりうるのだろうか。他者とはなにか。しかし人間はどうして他者ではないものに変容できるのか。つまり愛することができるのか。こういう迷路をさまよい抜け出す楽しみがあるとすればそれが文学ではないか、と山川は思惟する。

山川は何といっても小説そのものが、そのはじまりが好きなのだ。現実の人の光景と同じくらい好きなのだ。彼は即座に相手を登場人物としてうごかしてみて相手の立場に立つ。山川の文学は、いつも他人を冷静に見つめている。見つめている誠実な山川に読者は惹きこまれ、戸惑う。

講談社刊の単行本で「親しい友人たち」は山川のはじめてのショート・ショートのフランス装の本だった。松本道子さんの担当で私にも楽しい本づくりに参加させてくれた。帯文も江藤淳と両方でつくった。〈「妻、夫、友人、親しい人たちが、何をしでかすかわからない。何を考えているのかもわからない……。あなたの生活のなかにひそむ愛の残酷さと恐怖と、あざやかに描くリリシズム。「閃光の文学」と絶賛された異色短篇集〉ずいぶん古くさいコピーだと思うが自分でも一所懸命だった。まだ、プリンストン大学に研究生活を送っている江藤淳からも帯文をもらう。〈山川方夫氏のショート・ショートは、日本でも愛読したし、アメリカに来てからも待ちかねて読んだ。つまり、それは移植しても枯れない文章で書かれ、世界中に通じる現代人の恐怖の源泉にふれている。ここに登場するのは人間であって、お定りの宇宙人ではない。本当に非現実的で、恐いのは、原爆でも宇宙人でもなくて、人間だということを作者が知っているからである。したがってこれはこれで文学であるが、この文学は面白い。誰かこの本を英訳しないものだろうか。日本の読者だけが独占するのでは、ちょっともったいないような気がする。プリンストンにて。〉江藤淳の予想したように「お守り」は「ライフ」国内版の日本特集号にサイデンステッカー氏の訳で紹介される。伊・露の週刊誌にも訳される。

この年は昭和三十九年で、「最初の秋」の年である。一体誰が翌年の交通禍による突然死など考えられただろう。私はこう考えると、自分が生きているあいだに、山川のような人間の姿を一はけでも描けるだろうか、山川を最愛の小説家として自分の中にもっているといいながら、はなはだ心許なく思いはじめる。山川は三十四歳という短かい生涯に、あれだけ「愛」を深く志向し「愛」のバリエーションである人間の愚行と葛藤した。私はこう考えると彼のいう〝愛のごとく〟はあの下宿していた仕事部屋に置かれた机の上で到達したことば、いわば人間そのものではないのか、と思いはじめる。それくらい山川の〝愛〟への挑戦は誠実なのである。

彼が最も敬愛しその代表作「一個」を讃えてきた永井龍男さんの追悼のことばを、最後にそえよう。

〈夭折する人の心というものは、誰もこのように柔軟で、よくしなうものなのだろうか。決して、そうとは限るまい。

この人の柔軟な心は天賦のものであったので戦中も戦後も、その青春を干すことはなし得なかった。すりむき引き裂かれた傷だらけな心だったが、なおそこを通り抜けて、ひたむきに求めるものを追った、若い人間の姿である。

三十代に達して、この人の伸びやかな開花期がきた。そこに、不慮の死が待ち伏せていた。

この全集五巻は、山川方夫が夭折の代償として遺して行った、若い人間の姿である。〉

この永井さんの山川へとどける言葉には「柔軟な精神」と題がついている。この言葉に、私も山川方夫のすべての努力、ありようを見る。

このように、山川の豊潤なひろがりを伝えたい。生を。死ではない。そこで再度になるが、私のつたない作である年譜を、できるだけ長く収録しておく。どうか、この歩みのなかからも山川をふくらませて欲しい。山川は若い皆さんと同じように時代の不可解と未知を面白がり、創造していた。

山川よ。あなたは、気品がありエネルギッシュで、無私の人である。

どんなドロのかかる道でも、家族と一緒に、母、姉妹を、ときには祖父をまもり、それだけが満足をうる目的だった。あなたは、沢山の死をあつかった。すでに文学ではないものに対してすら、入りこもうとしていたのか。それはあなたの考えた愛と正反対の死なのだが、死に名前をつけるのに〝仕合せをかく文学〟と言ったのだろうか。そうではあるまい。

私にとって思ってもみなかったことがおこっている。あなたの歿後五十年たったことそのことだ。

福澤塾というのがあなたの母校にできて一度そこによばれたことがあり、私は若い人々に、独りにならない努力を独りきりでし続けるのですよ、と言ったところ、一人の塾生が、独りきりでするのですかそれは難しいですね、といった。私はこの一人の反応で話し甲斐があったと思った。そういう先輩が私にもいた、と口にでかかった。そしてその先輩はいまでも私の中で生きている。

年譜

昭和五年（一九三〇年）

二月二十五日、東京市下谷区（現東京都台東区）上野桜木町十六番地に父山川嘉雄、母綾子の長男として生まれる。本名嘉巳《よしみ》。姉に喜佐子、美奈子がいた。

父嘉雄（明治三十一年四月三日生、昭和十九年十二月二十九日没）は鏑木清方、池上秀畝を師とする日本画家であり、雅号は秀峰。秀峰の秀は池上から、峰は鏑木からもらった。京都生まれで三歳のとき父玄治郎にともなわれて上京した。玄治郎は染物問屋を営み、嘉雄を池上のもとへ連れて行く。十五歳の頃から絵を習い、大正十五年二十七歳のとき帝展に入選。昭和三年「安部野」で帝展特選。続いて昭和五年「大谷武子」で帝展再特選、無鑑査となる。

母綾子（明治三十九年六月三日生、昭和五十八年六月二十六日没）は京都四条新町の染物問屋の長女であり、京都府立高女卒。大正十四年一月山川嘉雄と結婚のため上京。

昭和七年（一九三二年）　**二歳**

六月、一家は日本橋浜町に転居。父秀峰は、この年代表作「序の舞」を描く。十二月暮に浜町の家が隣の普請場からのもらい火で焼失。

昭和八年（一九三三年）　**三歳**

一月、一家は麴町の綾子の親戚宅に仮寓。二月、妹佳代子誕生。四月、品川区下大崎二ノ一八三番地の通称島津山に転居。以後当地に育つ。この地は約七百坪の借地、見晴らしのいい斜面で下の土地には池があって鯉や蛙などがいる在所然とした所だった。十二月には父秀峰はこの島津山に画室を建てる。設計は吉田五十八、大工は宮崎清。父秀峰は画業にますます油がのり出す。後年嘉巳が〝五反田の家〟とよぶこの高台の家には学校の友人たちがよく遊びに来た。

昭和九年（一九三四年）　**四歳**

芝白金三光町の聖心附属幼稚園に通う。二人の姉喜佐子、美奈子も聖心女学院に通学する。

昭和十一年（一九三六年）　**六歳**

四月七日、慶應義塾幼稚舎に入学。K・O・B組があり嘉巳はK組である。一学年三学期から天現寺の新校舎に移転した。煙突のある白壁の近代的な建物でセントラル・ヒーティングであった。これは後の作品「煙突」に出てくる校舎である。K組同級生に小此木啓吾、小池晃、同学年に岡谷公二、伊藤忠三、林峻一郎、中村富十郎、松原秀一がいる。

昭和十七年（一九四二年）　**十二歳**

幼稚舎修了卒業。戦時下で国民学校初等科第一回の卒業生に当った。四月、慶應義塾普通部一年C組に進学。

昭和十八年（一九四三年）　**十三歳**

普通部二年。一家は疎開のことも考え、二宮の海岸近くに平屋の家を建てる。神奈川県中郡二宮町二宮九十七番地。吉田五十八の設計で十二月に建った。秀峰は仕事場を二宮に移し画筆をとる。

昭和十九年（一九四四年）　**十四歳**

普通部三年。夏休みに入る頃、嘉巳は健康上の理由で、休学手続きをとり、八月、祖父、父母、姉妹とともに二宮の新居に疎開。五反田の家には使用人と母や姉が留守番で替るがわる住む。二宮の家は崖下の浜辺まで続いた千二百坪ほどの土地。砂地に赤松がそびえ波音の強い、眺望のよいのびのびした土地だった。山川の作品にこの海に触れる描写は多い。

十二月二十九日、父秀峰、二宮の家で脳溢血で急逝。享年四十六。

昭和二十年（一九四五年）　**十五歳**

二月、米機動部隊の艦載機延べ千二百機が関東各地を空襲。昭和二十年には二宮の家に神田で菓子業を営む叔母（綾子の妹）一家も疎開してきた。

四月、普通部三年C組に復学。この春、三田の普通部校舎も空襲で焼失し、天現寺の幼稚舎校舎に同居していた。嘉巳は動員で生徒の少なくなった校舎に居残り組として登校した。後の作品「煙突」は二十年十月から二十一年三月にかけての時期を背景にしている。

八月十五日の敗戦を二宮の家で迎える。

昭和二十一年（一九四六年）　**十六歳**

普通部四年。加瀬進と、加瀬が映画を一年間に百本観るのに対して嘉巳は文庫本を三百六十五冊読むと誓い合った。嘉巳は読書ノートをつくり、昭和二十一年の読書量は単行本雑誌を入れて二百二冊、二十二年三百三冊、二十三年二百五十二冊、二十四年百十二冊とメモしている。本は学友、近所から借り、二宮駅前の貸本屋の常連でもあった。また後に知る梅田晴夫の蔵書も宝庫だった。

昭和二十二年（一九四七年）　**十七歳**

二宮在住の劇作家、梅田晴夫を母に連れられて訪ねる。

二宮の梅田邸は、海岸縁りにある山川の家から駅の踏切を渡り、歩いて十五分の山手にあり、嘉巳は足繁く通い夜遅くまで遊ぶことが多かった。梅田は嘉巳の病弱からくる引込み思案の性格を直そうと、野球をやらせたり、行動を共にする。梅田は嘉巳に大濫読を勧め蔵書を開放した。当時本が手に入らない時代であり、嘉巳は梅田邸からリヤカーで本を運んで来て読む。特に重要な衝撃を受けた作品に「チボー家の人々」「地獄の季節」「赤と黒」「嘔吐」「死者の書」「錯乱の論理」「暗い絵」を挙げる。梅田晴夫の蔵書へ移ってから読むものが、欧州の文学、演劇関係、文芸雑誌、三田文学へとひろがった。ストイックな耽読惑読は毎日続けられ、一方で作品を書きはじめる。

この年はたかまる文学への関心と自分の躰との関係において、書くこと、文学をやることを選んだ時期でもある。梅田はこのような嘉巳を励まし、小説家か劇作家になるよう勧める。

昭和二十三年（一九四八年）　**十八歳**

二宮の家では嘉巳は二階の父の画材置場兼書斎だった部屋を使った。海に面していて波の音が強かった。蟻川はこの二階の書斎で小さい茶箱から出された原稿の束を見せられ驚き、病人とも思える少年が本当に小説家になる意を固めていると知ったという。「安南の王子」「猿」「仮装」などの原稿を嘉巳は蟻川に読ませ、すこし照れていたという。

予科二年に進学。一家の経済は苦しく、母綾子は下大崎の家の画室をそのまま使って、貸席風の仕事を始める。

昭和二十四年（一九四九年）　**十九歳**

三月、予科制度が終り、四月、新制大学二年にきりかわる。仏文科へ転出する。当時二宮孝顕、佐藤朔が教鞭をとっていた。仏文同級生に、青木一郎、古賀浩一、長島喜一郎、薩摩忠、横光象三、片桐邦郎、久保庭敬之助、浅野信二郎らがおり以後親しく付き合う。

昭和二十五年（一九五〇年）　**二十歳**

四月、慶應日吉校舎が進駐軍から返還され文学部一年生の一部が移る。山川はこの組に入っていない。「三田文学」四月号新人特輯に若林眞、三木雄介、伊藤忠三ら同学年の学生が創作評論を発表したのに刺激を受ける。

八月～九月にかけて「バンドの休暇」を書き、慶應義塾大学文学部会の機関誌「文林」九号（十二月発行）に載せる。「文林」は編集者磯部洋一郎、発行者西脇順三郎。初めて活字にした作品であり、筆名に山川方夫《まさお》を使う。ペンネーム・山川方夫の由来は、父秀峰の師鏑木清方の「方」と、私淑していた梅田晴夫の「夫」を取って付けたという。

この時期、東京渋谷のトリスバー「ボン」は佐藤朔、白井浩司、沢田允茂、金沢誠、奥野健男、西島大、芥川比呂志、東野芳明、駒井哲郎など新進の大学教師、文壇、演劇人、芸術家や文学志望の学生たちの溜り場であり、さながらボン時代の観があった。桂、山川らもよく出入りし多くの先輩世代との交際ができた。

昭和二十六年（一九五一年）　二十一歳

この年までに「仮装」「娼婦」「猿」「安南の王子」「歌束」「昼の花火」「外套」といった作品の原型をすでにまとめていて後の発表の基となる。

この年になると同人誌「文学共和国」の発刊に加わったり、「文林」或いは復刊された「三田文学」に関心を寄せるなど文学活動意欲、発表意欲共に旺盛になる。また一方で、内村直也、梅田晴夫によって発足した芸術協会に出入りし演劇にも大いに興味を寄せる。

芸術協会は、民放発足を目前に控えて演劇振興を目的に作られた演劇研究所形式の団体であり、内藤濯、内村直也、原千代海、梅田晴夫、野上彰、堀江史朗、前田達郎、中田耕治、村崎敦雄が名を連ね、俳優には三段崎静江、湯浅百合子、麻々絢子、中村喜久子らが、演出台本担当には、江田法雄、山川方夫らがいた。場所は梅田家の所有する中央区槙町一ノ五梅田ビルにあり、山川はよく出入りして、アクターやアクトレス志望の男女と交友する。

この年、一学期に桂芳久、若林眞、田中倫郎、林峻一郎、守屋陽一、蟻川茂男、山川らによって同人誌の話がもち上った。この同人誌「文学共和国」は事実上桂芳久の発案準備になるもので、メンバーの主体は慶應、早稲田、東大の東京にいる文学青年と、桂芳久の出身校である広島一中時代の同級生であった広島の文学青年、西元千展、安宅隆、吉崎通洋、児玉昭人（石原稔）、中村宏（上総英郎）らとの混成軍という珍しいものであった。

昭和二十七年二月十五日発行の第二号から、編集者兼発行人を山川方夫の名にし、発行所は東京中央区槙町一ノ五梅田ビル内　芸術協会　文学共和国編集室にかえた。

この第二号冬季号には山川方夫「仮装」、蟻川茂男「静（しずか）—或いは幻想の光—一幕」、田中倫郎訳ジュリアン・グリーン「いま一つの眠り」が載っている。山川の「仮装」では、梅田晴夫邸と、梅田と妻と妹たち家族の様子が下絵のように描かれている。

第三号春季号は昭和二十七年四月十二日発行。九十六頁。その後記に、真木奎は「かつてフランスに〈一九一四年の世代〉と呼ばれる第一次大戦の断層に生まれた世代があったように、ぼくらはぼくらのことを〈一九四五年の世代〉だと自ら名づけよう。一九四五年、ぼくらは忘れてはいないはずだ。あの敗戦という決定的な年を。ぼくらはすべて戦争に育くまれ祖国の敗戦を成長の契機として巣立った者ばかりなのだ。いわばぼくらは典型的なアプレゲールなのである。」と記している。山川「娼婦」、桂「装置の中で」、若林「三島由紀夫論」のほか、守屋陽一訳アアニスト・ダウン「成功した或る男の日記」、林峻一郎訳シュテファン・ツヴァイク「ベアトリーチェ・チェンチの伝説と真実」が載り、三田の文学部学生の仕事が目立つ。なお山川の「娼婦」は旧字旧かなだが、後に現代表記にして改稿し、『長くて短い一年』に収めている。

第四号夏季号は昭和二十七年七月二日発刊。百三十四頁。若林「未知なる海へ」、山川「歌束（上）」のほか、田久保英夫が詩「滞郷音信」を載せている。この若々しい季刊同人誌を目ざした「文学共和国」は四号で終ることになる。昭和二十六年から一年間の短い間であるが山川の発表の場としては「文林」に続いて二つ目だった。因みに「文学共和国」の誌名は梅田晴夫が付けた。

この年五月、戦後第二次の「三田文学」が五月号より復刊された。佐藤春夫、木々高太郎（林髞）、北原武夫が中心になって編集する。北原が安岡章太郎の原稿「ひぐらし」を発見し、「ガラスの靴」と改題されて、六月号に載り、山川たちは注目する。

「文林」十号（十二月刊）に「安南の王子」を発表。

山川はこの「安南の王子」と「歌束」を芸協の親しい演劇仲間に読ませている。自信作であった。この頃は後に「日々の死」に描かれる時期である。

昭和二十七年（一九五二年）　**二十二歳**

卒業論文「ジャン・ポオル・サルトルの演劇について」を一月に書く。一月、「約束」を書く。後に「三田文学」に「春の華客」と改題し改稿して発表した作品。二月、「仮装」を「文学共和国」二号に発表。

三月、仏文科卒業。山川は大学生活を通じて珍しいくらい制服制帽であったが、初めて父の背広を着る。自分の目的は小説を書いて行くことしかない、小説一本の主義にして行くことを決める。

四月、大学院文学研究科仏文専攻に入学。これより先主任教授佐藤朔に将来を相談する。大学院には仏文同期生が多く進学した。

四月、「娼婦」を「文学共和国」三号に発表。

五月、ラジオ民放発足し脚色ものの帯ドラマを園垣三夫名で書く。このペンネームは山川、桂、若林の三名がラジオドラマで稼ごうという意図で作ったものだが、後々まで園垣三夫名で放送台本を書いたのは山川だけになった。

五月八、九日、戯曲「埴輪」を書き千代田生命講堂芸術協会第二回試演会にて上演。

　七月、「歌束（上）」を「文学共和国」四号に発表。同誌はこの号をもって廃刊。

　大学院生活のかたわら小遣に不自由だったのでラジオドラマをよく手がける。ミュージカル「幻のカプリの城」（八月）、「青い鳥」（十二月）などを園垣三夫の名で書く。これらが好評で困る。後の「日々の死」の時間的背景はこの時期を截りとったものである。

昭和二十八年（一九五三年）　**二十三歳**

　仏文科の学生たちは佐藤朔教授の永福町の家に正月、新学期、夏休みなどに集まるようになり「吾朔会」と呼ぶようになっていた。山川も正月は欠かさず訪問した。佐藤は「君達は、青春を引き伸ばしている」と、暗かった青春時代を戦後に取り戻そうとしている群像を評していた。

　二月、第二十八回芥川賞に「三田文学」前年九月号掲載の松本清張の「或る『小倉日記』伝」が決まる。祝賀会を山川らも手伝う。三月号より復刊した「三田文学」は木々高太郎が主幹、責任同人として佐藤春夫、奥野信太郎、丸岡明、小島政二郎、北原武夫、木々高太郎の六人がなり、若い編集協力者として桂芳久、田久保英夫、林峻一郎、守屋陽一、若林眞、山川方夫ら六名の「文学共和国」時代のメンバーが積極的に企画や編集実務にたずさわった。

　山川は、「昼の花火」を「三田文学」三月号に、「春の華客」を「三田文学」七月号に、と書き溜めた小説を次々に発表する。仲間の中では桂芳久の「三田文学」への登場が早く、昭和二十七年九月号に「羽衣」（戯曲）がある。田久保英夫は詩、戯曲を発表しはじめる。彼等はまた塩野俊彦（田久保英夫）、富樫左門（山川方夫）、有賀一郎（林峻一郎）とペンネームで活躍している。

　山川はとりわけ「三田文学」の編集に熱心だった。七月、大学院を中退。月謝が続かないと母から洩らされ中退を決意した。

　八月、第二十九回芥川賞を安岡章太郎受賞。九月、折口信夫死去。山川が中心になって「三田文学」十一月号で折口信夫追悼号を企画編集する。「三田文学」が一冊を費やして追悼号を編んだ例は昭和十五年五月臨時号水上瀧太郎追悼号のほかなく山川はこの号を小池晃のところへ借りに行く。十二月、加藤道夫の自殺を知り、衝撃を受ける。

昭和二十九年（一九五四年）　**二十四歳**

「煙突」を「三田文学」三月号に発表。

「三田文学」は五月号の加藤道夫追悼号で再び休刊した。できるだけ早い復刊を自分たちの手でと、新たな構想のもとに、山川と桂芳久、田久保英夫三人が話し合い、準備を進める。

山川らは復刊準備に情熱を傾け、わずか四ヵ月で十月号より復刊にこぎつけた。所謂戦後第三次三田文学と称した。編輯担当に桂、田久保、山川の三人がなり、編輯委員には内村直也、北原武夫、佐藤朔、戸板康二、丸岡明、村野四郎、山本健吉がなる。編輯発行人は奥野信太郎がなり、三田文学会という新たな組織を作り発行所とした。しかしこの三田文学会は名称だけで別に会員がいるわけでもなく会費も入って来ないので、広告収入によって雑誌の採算をとる方針をとったが、三人の担当者は手持弁当が実情だった。

復刊に際して資金の工面を頼むために藤原銀次郎を訪ねたエピソードがある。山川の妹佳代子の友人に阿部芳郎の娘がいた。阿部は藤原銀次郎の娘婿である。このつてを頼んで藤原を紹介してもらい、面会したのであるが、文学雑誌発行とはいえ利潤の上らない計画には出資できないと丁重に断わられ大いに感服した。しかし資金二十万円を阿部芳郎が貸してくれた。阿部芳郎は水上龍太郎の弟である。事務所は山川から相談を受けた蟻川茂男が同級生の六車昭に頼み、中央区銀座西八丁目七番地日本鉱業会館三十五号室にあった六車の父の会計事務所に間借りした。六車の父が快諾して家賃電話代も只だった。印刷所は木々時代からの浅草北清島町にある五峰堂であった。

七人の侍と称した編輯委員を防波堤にと発想したのは山川だった。彼等は毎月「はせ川」の二階や「はち巻岡田」の二階にて編集会議の席をもち、三人の編集プランに示唆し、また自分たちも執筆した。三人が作る文学上のプランが自由に編集出来たのは七人の侍のおかげだった。核になる作品や企画は三人一致を旨とし、この合議制を共和制と呼んだ。

三人の「三田文学」は八十頁のリトルマガジンであったが編集には合議制をとり、金銭面では寄付等に頼らない独立採算であった。第一号の目次に「逆立」安岡章太郎、「燕買い」曾野綾子、「雅歌（うた）」矢代静一を揃え、毎号新人による小説、演劇、詩、評論にも力をそそぐ方針をもつ。復刊第二号（十一月号）には小沼丹、川上宗薫、遠藤周作、第三号（十二月号）には桂芳久、佐藤愛子が小説を、奥野健男が「太宰治論―下降性の文学―」を載せる。

山川は再刊第一号の評判が予想外に高かったことを編輯後記に書き喜ぶ。「商業雑誌の断層を縫った編集を重ねていき、全国に散らばる無名の人々の登場を、つよく期待する」と書く。戦後十年経って「第三の新人」をはじめ次世代が現われはじめた文壇情勢に呼応し新人発掘に使命をおいたのである。

昭和三十年（一九五五年）　**二十五歳**

山川らの「三田文学」は軌道に乗る。新年号の編輯後記で山川は、「新しい年が始まらうとしてゐる。『三田文学』も通巻四十五巻を算へ、昭和はこれで三十歳になる。文学上の新しさは、べつにその作者の戸籍年齢と決定的な関係はもちはしない。だが、来るべきこの年を境として、昭和生れの人々自身の手で、新しい、真の昭和の文学が抬頭してゆかうとする大勢を予感するのは、最早、その年齢からして気の早すぎる錯覚でも夢想でもない。」と書いている。

編集に従事する山川は新人発掘を得意とした。しかし自らはこの年の「三田文学」八月号に「遠い青空」を発表したのみだった。六月号の復刊後初めての創作特集に坂上弘、中田耕治、石崎晴央を載せ坂上の作品が芥川賞候補になったのを喜ぶ。同人誌の多くに目を通し、新人に目をつけると直接会って何を書くかを話し合った。銀座並木通りに面した事務所に居候していたので近くの喫茶店サボイアをよく使う。江藤淳の「マンスフィールド覚書」を同人誌で見つけ夏目漱石論を十一月号、十二月号に書かせ平野謙の賞讃を得る。

昭和三十一年（一九五六年）　**二十六歳**

八月、劇団四季の座談会「これからの新劇にのぞむ」に浅利慶太、谷川俊太郎、武満徹、坂上弘らと出る。

九月、鎌倉佐助の武満宅に坂上弘と遊びに行き、江ノ島などで遊ぶ。以後たびたび佐助を訪問する。武満の妻は芸術協会時代に山川とあったことのある若山浅香で再会をよろこぶ。

「三田文学」は十月号で満二年を迎えた。一時は休刊も考え休刊の辞を用意する。しかし復刊当初の計画で編集を若手にバトンタッチする構想をもっており、英文科大学院に行き始めた江藤淳と哲学科学生の坂上弘が手伝い始めていたので編輯担当に二人を加え、編集事務を引き継ぎ、編集を退いてよりかねてからの構想によって長篇「日々の死」の執筆にとりかかる。

昭和三十二年（一九五七年）　**二十七歳**

『文明』の無力さと『力』とについて」を「三田文学」一月号に匿名で書く。「日々の死」を「三田文学」一月号～六月号まで連載。第一回五十五枚、第二回六十枚、第三回六十五枚、第四回七十枚、第五回六十五枚、第六回六十五枚であったが後に単行本を上梓する際大幅に加筆し五百六十枚になる。

この六月号で山川、田久保、桂の始めた第三次「三田文学」は休刊した。

昭和三十三年（一九五八年）　**二十八歳**

「日々の死」によって注目され商業誌に作品を発表し始める。三月、「文學界」の編集部員青木巧一より注文があり「灰の抒情」を渡す。採用になり「演技の果て」と改題して発表、初めて商業誌で活字になる。家族も喜ぶ。自己の信じる文学をもっていよいよ生活人の中に、強引に割り込んで行ってやろう、とひそかに決意したという。「演技の果て」を「文學界」五月号に、「その一年」を「文學界」八月号に発表。「帰任」を「文學界」十月号に、「海の告発」を「文學界」十二月号に発表。平野謙は毎日新聞（S33・11・18）「今月の小説ベスト・3」で「海の告発」を今月一番の佳作と紹介。山本健吉も読売で「一つの世界をさぐり当てたのではないかと思う」と賞賛する。（S33・11・21）これに対し東京新聞で北原武夫が「自己の資質を超えて無理に背伸びしたあまり、文体も構成もガタガタにゆるんでしまったように見える」と酷評している。

河上徹太郎は「その一年」を「イヤ味がなく、才筆である」と評した。（S33・7・21東京新聞）「演技の果て」は第三十九回芥川賞候補になる。受賞作は大江健三郎の「飼育」。

この年十一月、岸内閣の警職法改正案に反対して石原慎太郎、開高健ら新進作家、詩人、映画人、演劇人で作る「若い日本の会」が発足した。山川もこれに最初から参加した。その理由として一連の保守派の「プログラム」がこれから発展することに対して反対したいから、であり、文学的なことではなく「生活の問題」とよんでいる。

昭和三十四年（一九五九年）　**二十九歳**

「その一年」「海の告発」が第四十回芥川賞候補となる。受賞作はなし。山川の「その一年」「海の告発」には、選評で、中村光夫、丹羽文雄、瀧井孝作、舟橋聖一、石川達三、川端康成、井上靖、永井龍男が触れ、「その一年」は佳作とされるが「海の告発」の評価が低く、見送られている。

三月、短篇集『その一年』を文藝春秋社より刊行。父秀峰の友人であった佐野繁次郎に装幀を依頼する。「その一年」は一九五八年度下期『創作代表選集』に収録される。三月、日本教育テレビでフィルム構成「半常識の眼」を江藤淳、大江健三郎と作る。「映画評論家への公開状」、「二十四時間の情事」（「ヒッチコック・マガジン」）が映画評の最初である。

五月、『日々の死』を平凡出版社より刊行。真鍋博に装幀を頼む。真鍋のロートレアモン全集の「マルドロールの歌」に入れたエッチングに感動して頼んだという。同作は「三田文学」に連載したものより改稿して約百枚ふえ五百六十枚になる。安岡章太郎は「日々の死」の完成をよろこび新聞紙上で「苦節十年型の新人」であり「正統派の文学青年」と奮闘をよびかけた。五月、「三田新聞」早慶戦特輯号に「昼の花火」を改稿再録。五月、銀座米津風月堂にて『その一年』『日々の死』の出版記念会が開かれる。

七月、「文學界」九月号に「画廊にて」を書く。読売テレビの芸術祭参加番組を依頼され広島へ取材。八月、「聲」秋季五号に「にせもの」を書く。八月、「三田文学」企画のシンポジウム「発言」のために「灰皿になれないということ」を書く。同月三十日、三十一日東京築地の灘萬で開かれた二日間にわたるシンポジウムに参加。司会は江藤淳。このシンポジウムは浅利慶太、石原慎太郎、大江健三郎、城山三郎、武満徹、谷川俊太郎、羽仁進、吉田直哉が参加し、各紙で反響があり、日本の「怒れる若者たち」の発言とみられた。

十月から約一年、世田谷区下馬町のアパートに四畳半の仕事部屋を借り、ふえてきた仕事に集中する。十月末、広島に再度取材旅行してテレビ台本「今日を生きる」(原題「朝の真空」)を仕上げる。

十一月、「宝石」翌二月号に「十三年」を書く。編集担当は大坪直行。当時流行しはじめたショート・ショートの山川の第一作であった。

昭和三十五年(一九六〇年) **三十歳**

一月、「新潮」三月号に「ある週末」を書く。二月、「日本」四月号に新宿の夜をルポする。この中の一部は後の作品「夜の中で」の構想になる。二月、ニッポン放送民放祭参加番組「音の壁・けものの声」を書く。プロデューサーは柳治郎。三月、「お守り」を三社連合に書く。四月、「新潮」六月号に「永井龍男氏と『一個』」を書く。

六月、ニッポン放送で「砂と空と人間」を放送。七月、文化放送で「昨日にはかえれない」を放送。当時の風潮としてラジオドラマは文学性が高く文学畑の新進に依頼されることが多かった。

八月、「宝石」十月号に「ロンリー・マン」を書く。ショート・ショートは山川の好きな世界であり得意とする分野であった。十一月、「ヒッチコック・マガジン」二月号に「箱の中のあなた」を書く。

十月から年末にかけて、母が疲労と病気のため十三年間家計を支え続けてきた商売をやめる話がもち上る。下大崎の家での寮をやめ、永年住んできた画室の棟を売り払い、改築して住む話が家族の間でまとまる。家は経済的転機にきたのである。

昭和三十六年（一九六一年）　**三十一歳**

二月、ニッポン放送のラジオドラマ「フル・ハウス」を藤田敏雄と横浜のホテルに泊りこみ共作する。このとき「海岸公園」の想を得る。

三月、「新潮」五月号に「海岸公園」を書く。担当は菅原国隆。「海岸公園」は各文芸時評が取り上げる。同月、「現代挿花」にショート・ショート「彼のえらんだ道」（後に〝予感〟と改題）を書く。

平野謙は「海岸公園」につき、「山川は、ここで一種の自己脱皮に苦しんでいる」が、その方向を支持する、と賞揚する。（S36・4・28毎日夕）

大岡信は「海岸公園」について、「その求心力においてきわだって、密度の高い小説世界を感じさせる。作者が抽象操作を行おうとする時、いらだって言葉が空転しているようにみられる部分はあるが、今月読んだ諸作品のうち、最も説得力をもつものの一つだった。この作家には、対象を征服するということの意味についての、ある確かな本能的理解があって、それがキメ細かい文体にも現れているように思う。」（S36・4・29図書新聞）

五月、「宝石」別冊号の座談会「ショート・ショートのすべて」に星新一、都築道夫と語る。「宝石」六月号に、「山川方夫コーナー」としてショート・ショートが再録される。この掌篇の分野での文名が上がり、脚色して放送されたりする。

九月、「映画評論」に「目的をもたない意思―マルグリット・デュラスの個性―」を書く。以後暫く映画論を映画誌に発表する。

これより先七月、「海岸公園」が第四十五回芥川賞候補になる。いわゆる万年候補としてインタビューを週刊誌より受ける。「海岸公園」は受賞を逸したが井伏鱒二ほかに推され、又永井龍男から励ましの言葉を受ける。

受賞作はなし。選評で「海岸公園」は中村光夫、丹羽文雄、瀧井孝作、川端康成、井伏鱒二、永井龍男が支持しているが、すでに新人ではないという理由で推す候補作家が割れてしまったことがうかがえる。

九月、短篇集『海岸公園』を新潮社より刊行。中原弓彦より「ヒッチコック・マガジン」に一年間の連載ショート・ショートの依頼がある。中原の「掌篇小説であれば自由に。エンターテインメントでなくてよい」という勧めに応じて構想を作る。

十二月、友人岡谷公二夫妻の紹介で聖心女子大学在学中の生田みどりを知る。

昭和三十七年（一九六二年）　**三十二歳**

ショート・ショート「親しい友人たち」を「ヒッチコック・マガジン」二月号から連載。翌三十八年一月号まで続く。

二月、「軍国歌謡集」を書くが生前未発表になる。二月、札幌の義兄北海道大学教授の梅岡義貴のもとへ旅行。昭和新山を見物する。「北海道新聞」に「山を見る」を書く。この新山をもとに記憶喪失の人物を主人公に長篇を構想するも果さずに終る。

七月、北海道放送からテレビ芸術祭参加作品の依頼を受け再び札幌に旅行。八月、テレビドラマ「りゅうれんじん」（原題「不知道」）を書く。同月、「映画芸術」十月号に「中途半端な絶望」を書く。「りゅうれんじん」は十一月三十日に放映。主役渥美清は中原弓彦の紹介。

この年は、ショート・ショートと映画評の仕事が多かった。十二月、ニッポン放送で「夜のメニュー」にショート・ショートが脚色放送されはじめる。

昭和三十八年（一九六三年）　**三十三歳**

一月、「風景」三月号に旧作「猫の死と」を改作して載せる。

四月、「芸術生活」に「外套の話」（昭和二十六年頃の旧作「外套」の改作）を発表。日本教育テレビの帯ドラマ「バラ色夫婦」を書く。五月、「文學界」七月号に「夜の中で」を書く。

同月、ショート・ショート二十枚以下のものを集めて短篇集『親しい友人たち』を講談社より刊行。『親しい友人たち』は好評でこれもニッポン放送から「夜のメニュー・山川方夫特集」と題して脚色放送された。

八月、「小説新潮」に「月とコンパクト」を載せる。

十月、生田家と結納を交わす。

昭和三十九年（一九六四年）　**三十四歳**

一月、「クリスマスの贈物」が第五十回直木賞候補になる。芥川賞・直木賞について再び週刊誌よりインタビューを求められる。東海テレビＰＲ誌に「テレビの効用」をかく。ＩＢＭのＰＲ誌に「相性は——ワタクシ」を書く。

二月、「愛のごとく」を「新潮」四月号に書く。担当は菅原国隆。同号の新人特集の冒頭を飾る編集で組まれた。

三月、「ＥＱＭＭ」に「トコという男」を連載し始める。

1964年10月、二宮の自宅にて

この初めてのエッセイは、マリノフスキー、フロイト、リフトン、ローレンツなど山川のよく読んでいた本の話が盛り込まれている。五月、十二カ月のカレンダー風に並べたコントール集『長くて短い一年』を光風社より刊行。五月十六日、佐藤朔夫妻の媒酌により赤坂・ヒルトンホテルにて生田みどりと結婚式を挙げる。司会を遠藤周作が受け持った。新居を疎開先だった二宮の家に構える。

　五月ＴＢＳに「おかあさん」シリーズの台本「二人の秋」を書く。同月、「婦人の友」七月号に「夏近く」を書く。六月、「朝日新聞」名古屋版にコラムを担当する。七月、「小説現代」十月号に「旅恋い」を書く。七月、「愛のごとく」が第五十一回芥川賞候補になる。

　受賞作は柴田翔「されどわれらが日々──」。選評で、山川の「愛のごとく」に中村光夫、高見順、瀧井孝作、永井龍男、舟橋聖一が触れる。舟橋聖一は「彼の前作『演技の果て』や『海岸公園』などより、肚の出来た作品だが、やや悪達者な点があって、一委員のごときは、彼を巧みな売文業者と極めつけた。山川がそれを聞いてがっかりするようなら、こういう選考風景は書かないほうがいいが、これに反撥して、浴びせかけられる非難を押し破れるようなら、これも鞭撻の一つと思って書いておく。」と評している。すでに、新人賞の候補者として棚ざらしになる季節は過ぎていた。

　八月、江藤淳がアメリカ外遊より帰るのを羽田に迎える。「お守り」（『親しい友人たち』所収）がアーサー・ケストナーの推薦で「ライフ」のアメリカ国内版九月十一日号日本特集に掲載される。訳はエドワード・サイデンステッカーであった。

　九月、「新潮」十一月号に「最初の秋」を書く。「朝日新聞」の文芸時評で一貫して山川を理解してきた林房雄に賞される。この頃から「〝仕合せをかく文学〟があってもいいはず」と洩らす。文学的転機を志していた模様である。「文芸朝日」で匿名座談会を始める。『別れ』が愉し」を漫画文芸十月号に、「三つの声」を「ＥＱＭＭ」十月号に書く。十月、「小説現代」十二月号に「千鶴」を書く。十月、「科学朝日」十一月号よりＳＦショート・ショートの連載を始める。「文學界」十一月号に旧作「煙突」（「三田文学」五四年四月号）を改稿して発表。

　十二月、「新潮」二月号に「展望台のある島」を書く。

　十二月、和田芳恵、北原武夫の推薦で日本文芸家協会に入会。

昭和四十年（一九六五年）

　前年に引き続き正月から注文仕事が多かった。一月、「小説現代」三月号に「春の驟雨」を書く。ＰＲ誌「東海テレビ」一月号からショート・ショートの連載を始める。これは毎回十二支に因んで書く予定だったが、第一回「蛇の殻」、第二回「クレヴァア・ハンスの錯誤」で中断。

　「風景」に「Ｋの話」（「帽子」として昭和三十年頃書い

たものを改作）を載せる。二月、「婦人公論」四月号に「遅れて坐った椅子」を書く。『愛のごとく』を新潮社より五月刊行が決まる。「展望台のある島」と「最初の秋」の二作品を一つの作品にするつもりだったが果たさず。

二月十九日午後十二時三十分頃、二宮駅前の国道横断歩道で輪禍に遭い頭蓋骨折の重傷を負う。山川は郵便を二宮駅前の郵便局や二宮駅の鉄道便受付で出す習慣がありその帰り道であった。通りがかりの地元タクシーが山川を大磯病院まで運んだ。夕刻になると同級生や先輩たちが病院にかけつけたが意識は戻らなかった。翌二十日午前十時二十分、大磯病院の病室で家族に見守られ死去。二十二日、二宮の自宅にて葬儀。葬儀委員長山本健吉。佐藤朔、山本健吉、友人代表で蟻川茂男がそれぞれ弔辞を述べた。平塚火葬場で荼毘に付される。四月九日、蒲田妙覚寺の山川家の墓に埋葬される。

没後

昭和四十年三月、『愛のごとく』新潮社刊。

昭和四十年十月、『トコという男』早川書房刊。

昭和四十四年六月、『山川方夫全集』全五巻刊行開始。（冬樹社刊）四十五年七月完結。

昭和四十七年五月、『山川方夫珠玉選集』上、下巻冬樹社刊。

昭和四十八年十二月、『安南の王子・その一年』旺文社文庫刊。

昭和五十年八月、『海岸公園』新潮文庫刊。

昭和五十年八月、現代日本の名作46巻『山川方夫・坂上弘集』旺文社刊。

平成三年五月、『夏の葬列』集英社文庫刊。

平成五年十月、『安南の王子』集英社文庫刊。

平成十年五月、『愛のごとく』講談社文芸文庫刊。

平成十二年五月、『山川方夫全集』全七巻刊行開始（筑摩書房刊）十一月完結。

平成二十三年三月、『目的をもたない意志』清流出版社刊。

平成二十四年九月、『歪んだ窓』出版芸術社刊。

平成二十七年九月、『親しい友人たち』東京創元社、創元推理文庫刊。

本書は、筑摩書房版『山川方夫全集』第4巻「愛のごとく」二〇〇〇年五月、第5巻「最初の秋」二〇〇〇年八月を底本とした。

●著者●
山川方夫（やまかわ　まさお）
1930 年、日本画家山川秀峰の長男として東京に生まれる。慶應義塾大学大学院文学研究科仏文専攻中退。1954 年第 3 次「三田文学」創刊。創作活動も始め、芥川賞候補 4 回、直木賞候補 1 回となるが、受賞に至らず。1965 年 2 月 20 日交通事故のため逝去。享年 34。主な著書に『海岸公園』『親しい友人たち』『愛のごとく』『山川方夫全集』などがある。

●編者●
坂上弘（さかがみ　ひろし）
1936 年、東京生れ。慶應義塾大学文学部哲学科卒業。第 3 次「三田文学」で山川方夫より、小説を書くよう勧められ、19 歳の時「息子と恋人」が芥川賞候補になる。『優しい碇泊地』で読売文学賞、芸術選奨文部大臣賞、『田園風景』で野間文芸賞、『台所』で川端康成文学賞を受賞。

展望台のある島

2015 年 11 月 20 日　初版第 1 刷発行

著　者――――山川方夫
編　者――――坂上　弘
発行者――――坂上　弘
発行所――――慶應義塾大学出版会株式会社
〒108-8346　東京都港区三田 2-19-30
TEL〔編集部〕03-3451-0931
〔営業部〕03-3451-3584〈ご注文〉
〃　03-3451-6926
FAX〔営業部〕03-3451-3122
振替　00190-8-155497
http://www.keio-up.co.jp/
装　丁――――鈴木堯 + 岩橋香月（タウハウス）
組　版――――ステラ
印刷・製本――中央精版印刷株式会社
カバー印刷――株式会社太平印刷社

Printed in Japan　ISBN978-4-7664-2273-3